As Minas do Rei Salomão

direção editorial **Ethel Santaella**
tradução **Ciro Mioranza**
revisão **Rita Del Monaco**
capa e diagramação **Marcos Sousa**
imagem de capa **Shutterstock**

Dados Internacionais de Catalogação na Publicação (CIP)
(Câmara Brasileira do Livro, SP, Brasil)

Haggard, Henry Rider, 1856-1925
As minas do rei Salomão / Henry Rider Haggard ; tradução Ciro Mioranza. -- São Paulo : Lafonte, 2023.

Título original: King Solomon's mines
ISBN 978-65-5870-495-9

1. Ficção inglesa I. Título.

23-172193 CDD-823

Índices para catálogo sistemático:

1. Ficção : Literatura inglesa 823

Eliane de Freitas Leite - Bibliotecária - CRB 8/8415

Editora Lafonte

Av. Profª Ida Kolb, 551, Casa Verde, CEP 02518-000
São Paulo-SP, Brasil – Tel.: (+55) 11 3855-2100
Atendimento ao leitor (+55) 11 3855-2216 / 11 3855-2213 – atendimento@editoralafonte.com.br
Venda de livros avulsos (+55) 11 3855-2216 – vendas@editoralafonte.com.br
Venda de livros no atacado (+55) 11 3855-2275 – atacado@escala.com.br

As Minas do Rei Salomão

Henry Rider Haggard

Tradução:
Ciro Mioranza

2023 - Brasil

Lafonte

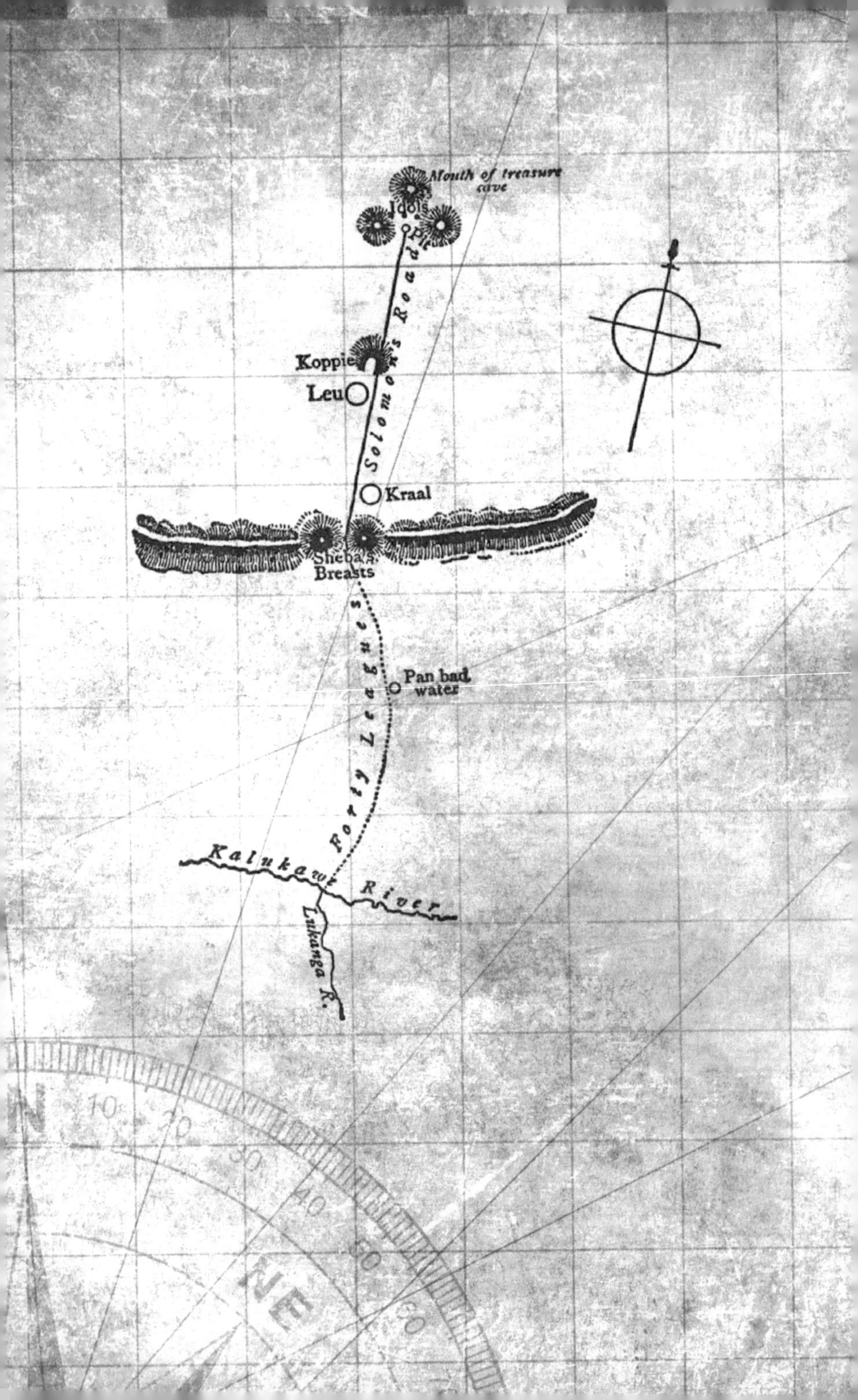

Mouth of treasure cave
Idols
Pit
Solomons Road
Koppie
Leu
Kraal
Sheba's Breasts
Pan bad water
Forty Leagues
Kalukawe River
Lukanga R.
10
20
30
40
50
60
NE

ÍNDICE

Introdução 11

1. Meu encontro com Sir Henry Curtis 13

2. A lenda das Minas de Salomão 25

3. Umbopa se põe a nosso serviço 39

4. Caça aos elefantes 53

5. Nossa caminhada pelo deserto 65

6. Água! Água! 81

7. A estrada de Salomão 95

8. Chegada a Kukuanalândia 113

9. O rei Twala 123

10. A caça aos bruxos 139

11. O sinal 155

12. Antes da batalha 171

13. O ataque 183

14. O último embate dos Cinzentos 195

15. Good adoece 215

16. A Morada da Morte 227

17. A câmara do tesouro de Salomão 241

18. Perdendo todas as esperanças 255

19. A despedida de Ignosi 269

20. O encontro 281

Canariæ Insulæ olim Fortunatæ
UM.
CANCRI.
BARBARIA
TELESIN
Tremisen
Marochi
Dara reg.
BILEDULGERID
quæ
Zuenziga reg
olim NUMIDIA.
Targa reg.
ZANHAGA
GUALATA REGN.
Argain
Hoden.
Fulli
Ghir
LIBYA INTERIOR
quæ hodie SARRA appellatur qua vox idem quod desertum significat.
GARAMAN
Lempta reg
Berdoa
GENEHOA REGIO
Canina reg.
TOMBUTU REG.
GUANGARA
CASSENA
ZANFARA REGNUM
bo Verde olim
Gorgades
Mandinga
Bangana
Melli
Caragotes
La Dagas
Zegzeg
Dauma
GUINEA.
BIAFARA REGNUM.
Kust van Benin
Tand Kust
Oua qua Kust
LINEA ÆQUINOCTIALIS.
Bramas populi.
OCEANUS
ÆTHIOPICUS
CAPRICORNI.

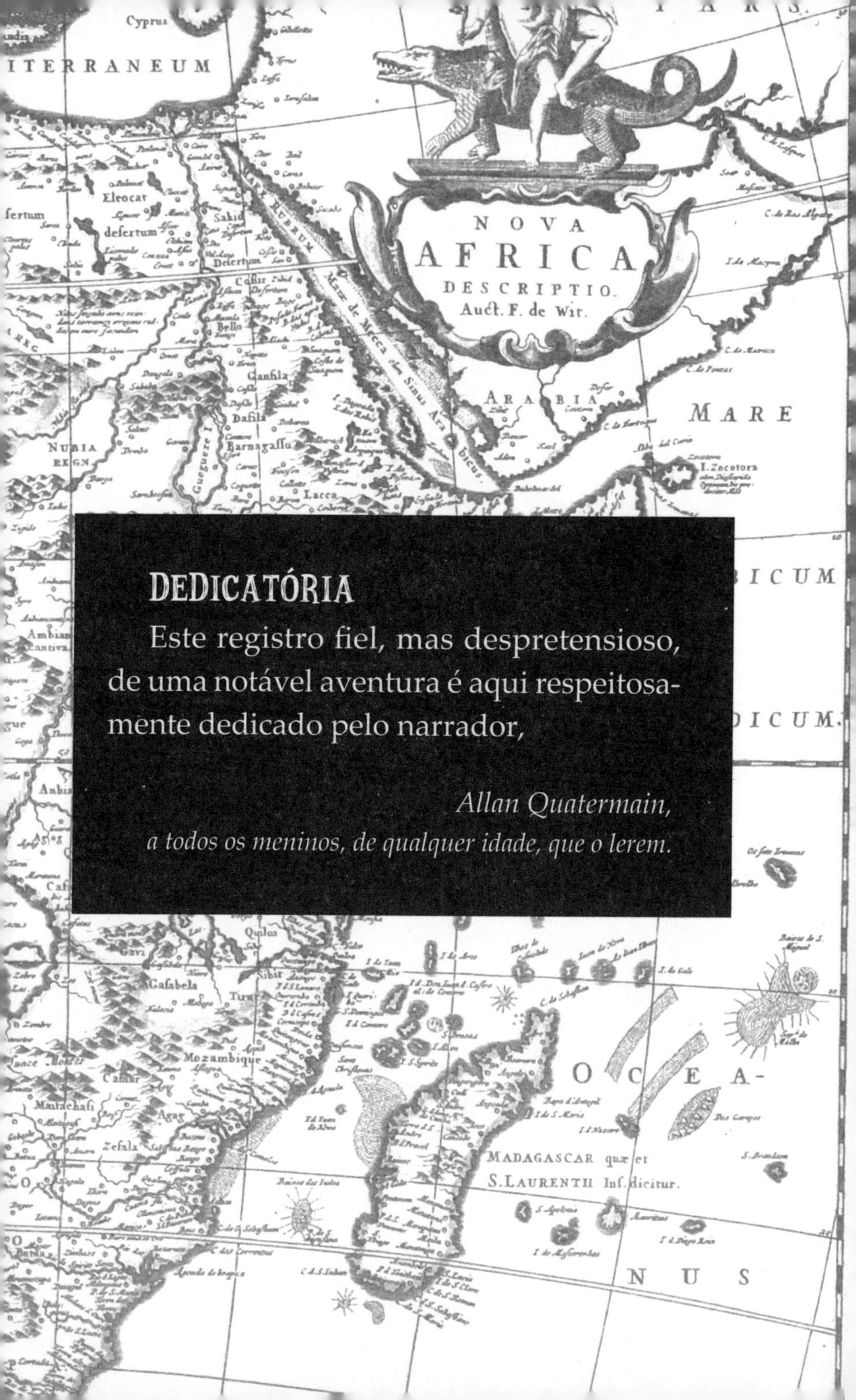

DEDICATÓRIA

Este registro fiel, mas despretensioso, de uma notável aventura é aqui respeitosamente dedicado pelo narrador,

Allan Quatermain,

a todos os meninos, de qualquer idade, que o lerem.

NOTA DO AUTOR

O autor faz questão de aproveitar a oportunidade para agradecer aos seus leitores a amável acolhida que têm dispensado às sucessivas edições desse conto ao longo dos últimos doze anos. E espera que, em sua forma atual, caia nas mãos de um público ainda mais amplo e que, nos próximos anos, continue a divertir aqueles que ainda são bastante jovens para se deliciar com uma história de tesouro, guerra e aventuras.

Ditchingham, 11 de março de 1898.

POST SCRIPTUM

Agora, em 1907, por ocasião desta nova edição, só posso dizer como estou feliz por ver que meu romance continua agradando a muitos leitores. A imaginação foi comprovada pelos fatos. As minas do rei Salomão, com que sonhei, foram descobertas e estão revelando seu ouro mais uma vez e, de acordo com os últimos relatos, seus diamantes também. Os kukuanas, ou melhor, os matabeles, foram domados pelas balas do homem branco, mas parece haver ainda muitos que encontram prazer nestas simples páginas. Que continue assim até a terceira e quarta gerações, ou talvez ainda mais, será, tenho certeza, a esperança de nosso velho e falecido amigo, Allan Quatermain.

H. Rider Haggard
Ditchingham, 1907.

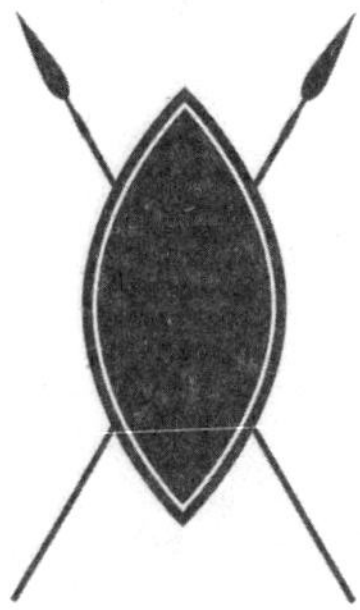

INTRODUÇÃO

Agora que este livro foi impresso e está prestes a ser apresentado ao mundo, a consciência de suas deficiências, tanto em estilo quanto em conteúdo, pesa sensivelmente sobre mim. Quanto ao conteúdo, só posso dizer que não pretende ser um relato completo de tudo o que fizemos e vimos. Há muitas coisas relacionadas com nossa jornada em Kukuanalândia que eu gostaria de ter abordado mais delongadamente, às quais, como estão no livro, se percebe que mal aludi. Entre elas estão as curiosas lendas que coletei sobre a cota de malha que nos salvou da destruição na Grande Batalha de Lu e também sobre os "Silenciosos" ou colossos na entrada da caverna das estalactites.

Além disso, se eu tivesse dado livre curso a meus impulsos, teria tratado das diferenças, algumas das quais, a meu ver, são muito sugestivas, entre os dialetos zulu e kukuana. Algumas páginas poderiam também ter sido proveitosamente dedicadas à descrição da flora e da fauna nativas de Kukuanalândia.[1]

Resta ainda o assunto mais interessante – que, aliás, só foi abordado incidentalmente – do magnífico sistema de organização militar vigente naquele país que, a meu ver, é muito superior ao instaurado por Chaka na Zululândia, na medida em que permite uma mobilização ainda mais rápida e não exige o emprego do pernicioso sistema de celibato forçado.

Por fim, pouco falei dos costumes domésticos e familiares dos kukuanas, muitos dos quais são extremamente peculiares, ou de sua proficiência na arte de fundir e soldar metais. Executam essa técnica com considerável perfeição e um bom exemplo

1 Descobri oito variedades de antílopes, que desconhecia totalmente, e muitas novas espécies de plantas, a maioria da família das bulbosas. – A.Q. (Nota do autor)

dela pode ser conferido em suas "*tolas*", ou pesadas facas de arremesso, com cabos feitos de ferro batido e com lâminas de refinado aço habilmente soldadas nesses cabos de ferro.

O fato é que pensei, com Sir Henry Curtis e com o capitão Good, que o melhor plano seria contar minha história de maneira simples e direta, e deixar esses outros assuntos para serem tratados posteriormente, da maneira que, em última análise, pudesse parecer mais conveniente. Enquanto isso, é claro, terei o maior prazer em fornecer todas as informações de que eu tenha conhecimento a qualquer pessoa interessada nessas coisas.

E agora só me resta pedir desculpas por minha maneira contundente de escrever. Como desculpa, só posso dizer que estou mais acostumado a empunhar um rifle do que uma caneta, e não posso pretender alçar os grandes voos e redigir os floreios literários que vejo nos romances – pois às vezes gosto de ler um romance. Suponho que eles – os voos e os floreios – sejam desejáveis, e lamento não poder oferecê-los; mas, ao mesmo tempo, não posso deixar de pensar que as coisas simples são sempre as mais impressionantes e que os livros são mais fáceis de compreender quando escritos em linguagem direta, embora talvez eu não possa me atribuir o direito de opinar sobre esse assunto.

"Uma lança afiada", diz o ditado kukuana, "não precisa de polimento." Com base no mesmo princípio, atrevo-me a dizer que uma história verdadeira, por mais estranha que seja, não precise ser enfeitada com belas palavras.

Allan Quatermain

CAPÍTULO 1

MEU ENCONTRO COM SIR HENRY CURTIS

É curioso que nessa minha idade – 55 anos feitos no último aniversário – eu me encontrasse com uma caneta nas mãos para tentar escrever uma história. Pergunto-me que espécie de história vai ser quando a tiver terminado, se é que vou conseguir chegar até o fim! Fiz muitas coisas em minha vida – vida que me parece ter sido bem longa –, talvez por ter começado a trabalhar tão jovem. Numa idade em que outros meninos estavam frequentando a escola, eu ganhava a vida como comerciante, na velha Colônia. Desde então, andei envolvido no comércio, fui caçador, estive em batalhas e trabalhei em minas. E, no entanto, faz apenas oito meses que consegui acumular alguma fortuna. E uma bela fortuna, a meu ver – embora ainda não saiba a quanto possa chegar –, mas não acho que por ela haveria de me sujeitar a passar novamente pelo que passei nos últimos quinze ou dezesseis meses. Não, nem mesmo sabendo que haveria de sair em total segurança no fim, com uma bela fortuna e tudo o que pudesse desejar. Mas, afinal de contas, sou um homem tímido, não gosto de violência. Além do mais, estou farto de aventuras. Fico me perguntando por que razão vou me meter a escrever esse livro: não é de meu feitio. Não sou um literato, embora goste muito de ler o Antigo Testamento e também as Lendas de Ingoldsby[2]. Vou tentar expor minhas razões para fazê-lo, só para ver se tenho alguma.

Primeira razão: porque Sir Henry Curtis e o capitão John Good me pediram para fazê-lo.

Segunda razão: Porque estou parado aqui, em Durban, com fortes dores na perna esquerda. Desde que fui atacado por aquele maldito leão, tenho estado sujeito a esse problema e, o fato de minha condição ter piorado agora, me deixa mancando mais do que nunca. Deve haver algum veneno nos dentes dos leões, caso contrário, como é que os ferimentos, uma vez curados, geralmente se reabrem, coisa digna de nota, na mesma época do ano em que alguém foi mordido? É coisa difícil de aceitar quando alguém que matou 65 leões ou mais, como fiz no decorrer de minha vida, veja aparecer o 66º para mastigar sua perna como se fosse um pedaço de fumo de mascar. Isso acaba com a rotina dos fatos e, deixando de lado outras considerações, sou um homem metódico e não gosto disso. Tanto para dizê-lo de passagem.

Terceira razão: porque quero que meu filho Harry, que agora está num hospital de Londres, estudando para se formar médico, tenha algo para se entreter e manter-se longe de outros problemas por aproximadamente uma semana. O trabalho num hospital pode se tornar, às vezes, tedioso e enfadonho, pois até mesmo o de dissecar cadáveres pode chegar a ser cansativo. E como essa história, apesar de certos aspectos, não haverá de ser monótona, é bem provável que possa animar um pouco as coisas por um ou dois dias, enquanto Harry estiver lendo essas aventuras.

---

2 Série de contos de Richard Harris Barham (1788-1845), publicados incialmente em periódicos e depois reunidos em três volumes, entre 1840 e 1847, com o título de *Lendas de Ingoldsby*, título que relembrava o pseudônimo do autor, Thomas Ingoldsby. (N.T.)

Quarta e última razão: porque vou contar a história mais singular e notável de que me lembro. Pode parecer estranho dizer isso, especialmente porque não há mulher alguma envolvida nesse relato – exceto Fulata. Um momento! Há Gagula, se fosse realmente uma mulher, e não um demônio. Mas ela tem pelo menos cem anos e, portanto, não é mulher casadoura; por isso não a levo em consideração. De qualquer forma, posso dizer com segurança que não há uma única saia em toda essa história.

Bem, é melhor vir aos fatos. É tarefa penosa e sinto como se estivesse com minha carroça atolada até o eixo. Mas, "*sutjes, sutjes*", como dizem os bôeres... certamente não é assim que eles escrevem... isto é, faça-o com toda a calma, aos poucos. Uma boa junta de bois vai, finalmente, tirá-lo do atoleiro, se os animais não forem ruins. Nunca se pode fazer nada com bois de qualidade inferior. Mas é hora de começar.

"Eu, Allan Quatermain, de Durban, Natal, cavalheiro, juro e digo..." Foi assim que comecei meu depoimento perante o magistrado sobre as lamentáveis mortes dos sempre lembrados Khiva e Ventvögel; mas não me parece, de modo algum, a maneira correta de dar início a um livro. E, além disso, sou mesmo um cavalheiro? O que é um cavalheiro? Não sei bem, mas já lidei com negros... não, vou riscar essa palavra "negros", porque não gosto dela. Conheci nativos que *são cavalheiros,* e você vai concordar com isso Harry, meu garoto, antes de terminar essa história, e conheci também brancos mesquinhos, com muito dinheiro e recém-saídos da casa paterna, que *não o são.*

De qualquer forma, nasci *cavalheiro,* embora não tenha passado de um pobre mercador itinerante e caçador durante toda a minha vida. Se permaneci cavalheiro, não sei, você é que deve julgar isso. Deus sabe que eu tentei. Matei muitos homens em minhas andanças, mas nunca matei por maldade ou manchei minhas mãos com sangue inocente, só em legítima defesa. O Todo-poderoso nos deu a vida, e suponho que o que ele mais queria é que a defendêssemos, pelo menos sempre agi de acordo com esse princípio, e espero que isso não seja levantado contra mim quando minha hora chegar. De qualquer maneira, esse é um mundo cruel e perverso e, para um homem tímido, andei envolvido em muitas brigas fatais. Não posso dizer se estava realmente em meu direito, mas, de qualquer forma, nunca roubei, embora uma vez tenha trapaceado um cafre na negociação de um rebanho de gado. Mas ele, por sua vez, me havia enganado anteriormente; apesar disso, esse fato me deixou perturbado desde então.

Bem, faz aproximadamente dezoito meses que conheci Sir Henry Curtis e o capitão Good. Aconteceu dessa forma. Eu estivera caçando elefantes numa área além de Bamangwato e não tivera muita sorte. Tudo tinha dado errado naquela expedição e, para completar, fiquei com muita febre. Assim que me recuperei, voltei para as minas de diamantes, vendi todo o marfim que tinha conseguido, vendi também minha carroça e os bois, dispensei meus caçadores e tomei a diligência para a Cidade do Cabo. Depois de passar uma semana nessa cidade e descobrir que o hotel cobrava diárias caras demais, depois de ter visto tudo o que havia para ver, inclusive o Jardim Botânico, que me parece trazer grandes benefícios ao país, e as novas Casas do Parlamento, que acredito que não haverão de propiciar benefício algum, decidi voltar a Natal a bordo do Dunkeld, pequeno vapor atracado nas docas, à espera do Edinburgh Castle, navio que vinha chegando da Inglaterra. Comprei a passagem e embarquei. Naquela tarde, os passageiros com destino a Natal, que vinham no Edinburgh Castle subiram no pequeno vapor, levantamos âncora e zarpamos.

Entre os passageiros que embarcaram no Dunkeld, dois despertaram minha curiosidade. Um deles, um cavalheiro de cerca de 30 anos, talvez o homem mais espadaúdo e de braços mais longos que já vi. Tinha cabelos louros, uma espessa barba amarelada, traços bem definidos e grandes e profundos olhos cinzentos. Nunca tinha visto um homem de aparência mais bonita e, de alguma forma, me lembrou um antigo dinamarquês. Não que eu saiba muito sobre os dinamarqueses antigos, embora conhecesse um dinamarquês moderno, que me surripiou dez libras; mas lembro-me de ter visto, certa vez, um quadro de alguns da pequena nobreza desse povo que, a meu ver, pareciam como que zulus brancos. Estavam bebendo em grandes chifres e seus longos cabelos lhes caíam pelas costas. Enquanto eu olhava para meu amigo parado ao lado da escada, pensei que se apenas deixasse crescer um pouco seus cabelos, vestisse uma daquelas cotas de malha sobre seus largos ombros, empunhasse uma machadinha de guerra e uma caneca de chifre, poderia ter posado como modelo para aquele quadro. E, a propósito, não deixa de ser curioso (e mostra precisamente como o sangue se revela), descobri mais tarde que Sir Henry Curtis, pois esse era o nome do grandalhão, tinha mesmo sangue dinamarquês[(3)]. Ele também me lembrava muito bem outra pessoa, mas na época eu não conseguia recordar quem poderia ser.

O outro homem, que estava conversando com Sir Henry, era robusto e moreno, e tinha um feitio bem diferente. Suspeitei imediatamente que fosse um oficial da Marinha; Não sei por que, mas é difícil não conseguir identificar um homem da Marinha. Fiz caçadas com vários deles ao longo de minha vida, e eles sempre se mostraram os melhores, os mais corajosos e agradáveis companheiros que já tive, embora alguns deles, infelizmente, tenham o hábito de se valer de um linguajar bastante profano.

Perguntei uma ou duas páginas atrás, o que vem a ser um cavalheiro. Vou responder agora: um oficial da Marinha Real o é, de maneira geral, embora, é claro, possa haver alguma

3 As ideias do senhor Quatermain sobre os antigos dinamarqueses parecem bastante confusas; sempre entendemos que eram pessoas de cabelos escuros. Provavelmente ele estava pensando nos saxões. (Nota do Editor)

ovelha negra entre eles também, vez por outra. Imagino que são precisamente a imensidão dos mares e o sopro dos ventos de Deus, que lavam seus corações e extirpam os dissabores de suas mentes, que acabam por torná-los aquilo que os homens devem ser.

Bem, voltando ao assunto, provei mais uma vez que estava certo. Verifiquei que o homem moreno *era* mesmo um oficial da Marinha, um tenente de 31 anos que, após dezessete anos de serviço, havia sido dispensado por Sua Majestade com a mísera honraria de um posto de comandante, porque era impossível promovê-lo. Essa é a recompensa que devem esperar os súditos que servem à Rainha: ser jogados num mundo indiferente, obrigados a encontrar um novo meio de vida, exatamente quando estão começando a exercer sua função com perfeição e quando estão atingindo o auge de sua vida. Suponho que eles não se importem, mas, de minha parte, prefiro ganhar meu pão como caçador. O ganho pode não ser tão consistente, mas não temos de suportar tantas humilhações.

Consultando as listas de passageiros, descobri que o nome desse oficial era Good... capitão John Good. Era troncudo, de estatura mediana, moreno, robusto e de aparência bastante estranha. Andava trajado a rigor, muito bem barbeado e sempre usava um monóculo no olho direito. Estava tão bem afixado, que parecia algo natural, pois não tinha corrente e nunca o tirava, a não ser para limpá-lo. A princípio, pensei que ele costumava dormir com esse monóculo, mas depois descobri que me enganava. Antes de deitar, guardava-o no bolso das calças, com a dentadura, que formava duas belas carreiras de dentes e que, muitas vezes, me levara a violar o décimo mandamento, pois a minha não era das melhores. Mas estou antecipando as coisas.

Logo depois de nos fazermos ao largo, a noite caiu, trazendo consigo mau tempo. Um vento cortante soprava do continente, e uma espécie de pesada névoa escocesa expulsou rapidamente todos os passageiros do convés. O Dunkeld, barco de fundo chato, seguia em frente em sua instável leveza, balançando perigosamente. Parecia que ia soçobrar, mas nada aconteceu. Era praticamente impossível caminhar pela embarcação; então fiquei perto das máquinas, onde fazia calor, entretendo-me em observar o pêndulo, afixado no lado oposto, balançando lentamente para frente e para trás, enquanto o barco avançava, e marcando o ângulo que apontava em cada guinada.

– Esse pêndulo está fora de eixo; não está devidamente ajustado – disse de repente uma voz um tanto irritada atrás de mim.

Olhando em volta, vi o oficial da Marinha que havia notado quando os passageiros subiam a bordo.

– Na verdade, o que o leva a pensar assim? – perguntei.

– Pensar assim? Eu não penso em nada. Ora, veja – disse ele, quando o barco se endireitou depois de uma forte inclinação –, se o barco tivesse se inclinado realmente no grau que aquela coisa apontou, não tornaria mais a se equilibrar, só isso. Mas é exatamente assim que acontece com esses capitães mercantes, sempre terrivelmente desleixados.

Nesse momento tocou a campainha anunciando a hora do jantar. Na verdade, foi para meu alívio, pois é terrível ter de ouvir um oficial da Marinha Real quando passa a tocar nesses assuntos. Só conheço uma coisa pior que isso: ouvir um capitão de pequeno barco expressar sua sincera opinião a respeito dos oficiais da Marinha Real.

O capitão Good e eu descemos juntos para o jantar, e lá encontramos Sir Henry Curtis já sentado à mesa. Ele e o Capitão Good se acomodaram lado a lado, e eu me sentei em frente a eles. O capitão e eu logo começamos a conversar sobre caça e outras coisas. Ele me fazia muitas perguntas, pois é muito curioso sobre todos os tipos de coisas, e eu respondia da melhor maneira. A seguir, ele passou a falar sobre elefantes.

– Ah, senhor – gritou alguém que estava sentado perto de mim –, encontrou o homem certo para isso. Se há alguém aqui que entende de elefantes, é o caçador Quatermain.

Sir Henry, que estava sentado em total silêncio, ouvindo nossa conversa, ficou visivelmente surpreso.

– Desculpe-me, senhor – disse ele, inclinando-se sobre a mesa e falando em voz baixa e grave, voz muito adequada, pareceu-me, para fluir daqueles poderosos pulmões. – Desculpe-me, senhor, mas seu nome é Allan Quatermain?

Respondi que sim.

O homenzarrão não fez mais comentários, mas o escutei murmurar "Que sorte!", por entre sua barba.

Terminado o jantar e ao sair do salão, Sir Henry se aproximou e me perguntou se eu aceitaria ir até sua cabine para fumar um cachimbo. Aceitei, e ele me conduziu para sua cabine no convés do Dunkeld, um belo e aconchegante espaço. Aliás, eram duas cabines, mas, quando Sir Garnet Wolseley ou um desses grã-finos desceu a costa a bordo do Dunkeld, derrubaram a divisória entre as duas e nunca mais foi reerguida. Havia, na cabine, um sofá e uma mesinha de centro. Sir Henry mandou o camareiro trazer uma garrafa de uísque, e nós três nos sentamos e acendemos nossos cachimbos.

– Sr. Quatermain, – disse Sir Henry Curtis, depois que o homem trouxe o uísque e acendeu a lamparina – no ano retrasado, nessa mesma época, o senhor estava, creio eu, num lugar chamado Bamangwato, ao norte do Transvaal[4].

– Isso mesmo – respondi, um tanto surpreso pelo fato de esse cavalheiro conhecer tão bem meus movimentos, que não eram, até onde eu sabia, considerados de interesse geral.

4 Transvaal é uma região situada ao norte da África do Sul e que, entre 1857 e 1900, foi país independente, com o nome de República Sul-Africana ou República do Transvaal; em 1900 foi anexada em definitivo à República da África do Sul (N.T.).

– Estava a negócios por lá, não é? – interveio o capitão Good, com seu jeito brusco.

– Sim, a negócios. Levei uma carroça repleta de mercadorias, acampei nas cercanias da povoação e ali fiquei até vender tudo.

Sir Henry estava sentado à minha frente numa cadeira de madeira, com os braços apoiados sobre a mesa. De cabeça erguida, fixava seus grandes olhos cinzentos em meu rosto. Havia neles uma curiosa ansiedade, pensei.

– Por acaso, conheceu, por lá, um homem chamado Neville?

– Oh! Sim. Ele acampou a meu lado por quinze dias para descansar seus bois antes de seguir para o interior. Alguns meses atrás, recebi uma carta de um advogado, perguntando se eu sabia o que havia acontecido com ele. Respondi, na época, da melhor maneira, repassando-lhe algumas informações.

– Sim – disse Sir Henry. – Sua carta foi encaminhada a mim. O senhor dizia que o cavalheiro chamado Neville deixou Bamangwato no início de maio numa carroça com um condutor, um batedor e um caçador cafre chamado Jim, anunciando sua intenção de viajar, se possível, até Inyati, o posto comercial mais distante na terra de Matabele, onde pensava vender sua carroça e seguir a pé. Dizia também que ele vendeu a carroça, porquanto seis meses mais tarde a viu de posse de um comerciante português, que lhe disse que a comprara em Inyati de um homem branco cujo nome havia esquecido e que, julgava ele, esse branco com o criado nativo teria partido para o interior numa expedição de caça.

– Sim.

Houve então uma pausa.

– Sr. Quatermain – disse Sir Henry, subitamente –, suponho que não saiba ou não possa suspeitar de mais nada sobre as razões da viagem de meu... do sr. Neville para o Norte ou para que destino essa viagem o levaria.

– Ouvi algo a respeito – respondi e parei.

Não me interessava discutir esse assunto.

Sir Henry e o capitão Good se entreolharam, e o capitão Good assentiu com leve aceno da cabeça.

– Sr. Quatermain – prosseguiu o primeiro –, vou lhe contar uma história e lhe pedir um conselho. E talvez sua ajuda. O agente que me encaminhou sua carta me disse implicitamente que eu poderia confiar no teor dela, visto que o senhor era – dizia ele – bem conhecido e respeitado por todos em Natal e era especialmente conhecido por sua discrição.

Fiz uma reverência e bebi um pouco de uísque com água para disfarçar meu embaraço, pois sou um homem modesto... e Sir Henry continuou:

– O sr. Neville era meu irmão.

– Oh! – exclamei, surpreso, pois agora sabia de quem Sir Henry havia me lembrado quando o vi pela primeira vez. O irmão dele era um homem bem mais baixo e tinha uma barba escura; mas, pensando bem, ele possuía olhos do mesmo tom cinza e com a mesma expressão penetrante; as feições também não eram muito diferentes.

– Ele era – prosseguiu Sir Henry – meu único irmão, mais novo que eu, e até cinco anos atrás não creio que chegássemos a ficar um mês longe um do outro. Mas, há cerca de cinco anos, tivemos um desentendimento, como às vezes acontece nas famílias. Brigamos de verdade, e eu, tomado pela raiva, me comportei de modo injusto com meu irmão.

Nesse ponto, o capitão Good meneou vigorosamente a cabeça. E, nesse exato momento, o navio deu uma brusca guinada, de modo que o espelho, fixado à nossa frente, a estibordo, ficou por um momento quase acima de nossas cabeças e, como eu estava sentado com as mãos nos bolsos e olhando para cima, pude vê-lo balançando a cabeça também pelo espelho.

– Como o senhor sabe – continuou Sir Henry –, se um homem morre sem testamento e não tem nenhuma propriedade além de terras, propriedade real como é chamada na Inglaterra, tudo passa para o filho mais velho. Aconteceu que justamente no momento em que nos desentendemos, nosso pai morreu sem deixar testamento. Ele havia adiado a redação dele até que foi tarde demais. O resultado foi que meu irmão, que não havia sido instruído em nenhuma profissão, ficou sem um vintém. Claro que teria sido meu dever sustentá-lo, mas, na época, a desavença entre nós era tão severa, que eu não... e é com vergonha que o digo – ele suspirou profundamente – me ofereci para fazer o que quer que fosse por ele. Não é que eu guardasse qualquer ressentimento, mas esperava que ele desse o primeiro passo para uma reaproximação; e ele não o deu. Lamento incomodá-lo com tudo isso, sr. Quatermain, mas devo deixar as coisas bem claras, não é assim, Good?

– Isso mesmo, isso mesmo – disse o capitão. – O sr. Quatermain, tenho certeza, vai manter essa história em segredo.

– Mas é claro – disse eu –, pois me orgulho bastante de minha discrição, pela qual, como Sir Henry tinha ouvido falar, gozo de certa reputação.

– Bem – continuou Sir Henry –, meu irmão tinha algumas centenas de libras em sua conta na época. Sem me dizer nada, sacou essa soma irrisória e, tendo adotado o nome Neville, partiu para a África do Sul na louca esperança de fazer fortuna. Foi o que fiquei sabendo mais tarde. Cerca de três anos se passaram e não ouvi mais nada sobre meu irmão, embora lhe tenha escrito várias vezes. Sem dúvida, as cartas nunca chegaram às mãos dele. Mas, à medida que o tempo passava, eu ia ficando cada vez mais preocupado com ele. Descobri, sr. Quatermain, que os laços de sangue são extremamente fortes.

– Isso é verdade – disse eu, pensando em meu filho Harry.

– Descobri, sr. Quatermain, que eu teria dado metade de minha fortuna para saber que meu irmão George, o único parente que possuo, estava são e salvo, e que eu poderia vê-lo novamente.

– Mas nunca conseguiu, Curtis – disparou o capitão Good, olhando para o rosto do homenzarrão.

– Bem, sr. Quatermain, quanto mais o tempo passava, mais eu ficava ansioso por descobrir se meu irmão estava vivo ou morto e, se vivo, para levá-lo de volta para casa. Comecei a investigar, e sua carta foi um dos resultados dessas investigações. Até certo ponto, ela me deixou satisfeito, pois mostrava que até recentemente George estava vivo, mas nada além disso. Então, para encurtar a história, decidi partir e procurá-lo por minha conta. E o capitão Good teve a gentileza de me acompanhar.

– Sim – disse o capitão –, não tenho mais nada a fazer, sabe, visto que fui condenado por meus Lordes do Almirantado a morrer de fome a meio soldo. E agora, senhor, talvez se disponha a nos contar o que sabe ou o que ouviu falar do cavalheiro chamado Neville.

A LENDA DAS MINAS DE SALOMÃO

CAPÍTULO 2

– O que o senhor ouviu sobre a permanência de meu irmão em Bamangwato? – perguntou Sir Henry, enquanto eu parava para encher meu cachimbo antes de responder ao capitão Good.

– Ouvi quanto segue – respondi – e nunca o mencionei a ninguém até hoje. Ouvi dizer que ele estava partindo à procura das Minas de Salomão.

– Das Minas de Salomão? – exclamaram meus dois ouvintes ao mesmo tempo. – Mas onde ficam?

– Não sei – respondi. – Sei onde dizem que devem estar. Certa vez, avistei os picos das montanhas que as cercam, mas havia mais de duzentos quilômetros[5] de deserto entre o lugar onde eu estava e essa cordilheira de montanhas. Por outra, nunca soube de nenhum homem branco que tenha conseguido atravessar esse deserto, exceto um. Acredito, no entanto, que a melhor coisa que eu possa fazer seja a de lhes contar a lenda das Minas de Salomão como a ouvi, desde

5 É óbvio que todas as medidas no texto original inglês seguem o sistema britânico; todas elas, de superfície, massa, volume e outras (milhas, pés, libras etc.), que aparecem neste livro, foram convertidas para o sistema utilizado no Brasil, a fim de propiciar ao leitor uma leitura mais fácil, corrente e dinâmica. (N.T.)

que possa contar com a palavra de cada um de que não vão revelar nada do que eu lhes disser sem minha permissão. Concordam? Tenho minhas razões para lhes pedir isso.

Sir Henry fez menção com a cabeça de que concordava, e o capitão Good respondeu:

– Certamente, certamente.

– Bem – comecei –, como podem imaginar, os caçadores de elefantes, de maneira geral, são homens rudes, que não se preocupam muito com os modos de vida e costumes dos cafres. Mas, vez por outra, pode-se encontrar alguém que se dá ao trabalho de coletar tradições dos nativos e tenta decifrar uma parcela, por menor que seja, da história dessas terras desconhecidas. Foi um homem desses que me contou pela primeira vez, há cerca de trinta anos, a lenda das Minas de Salomão. Foi na época em que eu me aventurava na primeira caçada de elefantes na região de Matabele. Esse homem se chamava Evans e foi morto no ano seguinte, coitado, por um búfalo ferido; e está enterrado perto das cataratas do Zambeze. Eu me lembro de que, certa noite, estava contando a Evans sobre algumas maravilhosas construções que havia encontrado enquanto caçava cudos e elandes[(6)] no que é hoje o distrito de Lydenburg, no Transvaal. Fiquei sabendo que essas edificações foram localizadas novamente, há bem pouco tempo, quando da prospecção de ouro, mas já as conhecia havia anos. Há ali uma grande e larga estrada para carroças, cortada na rocha viva, e que leva até a entrada das escavações ou da galeria. Logo depois da entrada dessa galeria, há pilhas de quartzo aurífero, pronto para a trituração, o que revela que os trabalhadores, quem quer que fossem, devem ter saído dali às pressas. Além disso, cerca de

6 Cudo é um antílope de grande porte, também chamado kudu e olongo, podendo pesar até 270 kg. Elande, também chamado pacala, tuca, gunga, é uma espécie de bovino que chega a pesar até 900 kg; é encontrado nas pradarias e savanas do sul e leste da África. (N.T.)

vinte passos adiante, há um belo trabalho de construção em alvenaria, dentro da própria galeria.

– Sim – disse Evans –, mas vou lhe contar uma história mais estranha do que essa.

E ele passou a me contar como havia encontrado, bem distante, no interior, uma cidade em ruínas, que ele acreditava ser Ofir[7], mencionada na Bíblia. A propósito, outros homens mais eruditos me disseram a mesma coisa, muito tempo depois da época do pobre Evans.

Lembro-me de que eu ouvia com a máxima atenção o relato de todas essas maravilhas, pois eu era jovem na época, e a história de uma civilização mais que milenar e de tesouros que antigos aventureiros judeus ou fenícios costumavam extrair de um país, há muito decaído na mais sombria barbárie, dominava minha imaginação quando, subitamente, Evans me perguntou:

– Rapaz, você já ouviu falar das montanhas de Suliman, situadas lá pelo noroeste do território de Muchakulumbe?

Respondi que nunca tinha ouvido falar.

– Pois bem – disse ele –, é onde Salomão realmente tinha suas minas; suas minas de diamantes, quero dizer.

– Como sabe disso? – perguntei.

– Como sei? Ora, o que é "*Suliman*" senão uma corruptela do nome Salomão?[8] Além disso, uma velha *isanusi* ou curandeira, lá no interior de Manica, me contou tudo a respeito. Ela disse que o povo que vivia além daquelas montanhas era um "ramo" dos zulus e falava um dialeto zulu, mas seus homens eram ainda mais elegantes e mais altos. Disse ainda que entre eles viviam grandes feiticeiros, que haviam aprendido sua arte

7 Cidade ou região citada na Bíblia (1º. Livro dos Reis, 9,28), onde se lê que marinheiros viajaram até Ofir e de lá trouxeram milhares de quilos de ouro para o rei Salomão. Não se sabe até hoje onde ficaria essa região, embora fosse famosa, como se pode deduzir de outras citações nos livros bíblicos de Jó (22,24) e de Isaías (13,12) a respeito de seu finíssimo ouro. (N.T.)

8 *Suliman* é a forma árabe de Salomão. (Nota do Editor)

com os homens brancos quando "todo o mundo era escuro" e que conheciam o segredo de uma maravilhosa mina de "pedras brilhantes".

Bem, eu ri dessa história na época, embora até me interessasse, pois as jazidas de diamantes não haviam sido descobertas ainda. E o pobre Evans foi embora e foi morto. E, por vinte anos, nunca mais pensei no assunto.

Exatamente vinte anos mais tarde, porém... e esse é um longo período de tempo, senhores... um caçador de elefantes não costuma viver vinte anos nesse negócio... ouvi algo mais concreto sobre as montanhas de *Suliman* e o país que se estende para além delas.

Eu estava além da região de Manica, num lugar chamado Sitanda, um vilarejo miserável, onde não se conseguia o que comer e onde havia pouca caça por perto. Tive um acesso de febre e estava em condições bastante ruins quando, certo dia, chegou um português com um único companheiro... um mestiço. Conheço bem o português de classe inferior de Delagoa[9]. Não há demônio mais desprezível do que ele à solta, que viceja explorando, na forma de escravidão, os sofrimentos e a carne dos seres humanos. Mas esse era um tipo de homem bem diferente dos sujeitos mesquinhos que eu costumava encontrar; na verdade, sua aparência me lembrava os senhores educados sobre os quais tinha lido, pois era alto e magro, de grandes olhos escuros e bigodes grisalhos enrolados. Conversamos um pouco, pois ele falava um inglês atrapalhado, e eu entendia alguma coisa de português. Disse-me que seu nome era José Silvestre e que tinha uma casa perto da baía de Delagoa. Quando partiu

9 Trata-se da cidade de Lourenço Marques, hoje Maputo, capital de Moçambique. Na verdade, a denominação relembra a ***Baía da Lagoa***, como era conhecida na época a Lagoa de Maputo, em torno da qual se ergue a cidade de igual nome; os ingleses conheciam essa baía como ***Delagoa Bay*** ou simplesmente ***Delagoa.*** (N.T.)

com seu companheiro mestiço, no dia seguinte, deu-me adeus, tirando o chapéu bem à moda antiga.

– Adeus, senhor – disse ele. – Se algum dia nos encontrarmos novamente, serei o homem mais rico do mundo e me lembrarei de você.

Ri um pouco... eu estava fraco demais para rir à vontade... e o observei partindo para o grande deserto a oeste, perguntando-me se esse português estava louco ou o que é que ele pensava encontrar por lá.

Uma semana se passou e eu melhorei da febre. Certa tarde, eu estava sentado no chão em frente à pequena barraca, que sempre levava comigo, comendo a última coxa de uma mísera ave, que havia comprado de um nativo por um pedaço de tecido que valia vinte aves, e contemplando o sol quente e vermelho que se punha no horizonte do deserto quando, subitamente, vi a silhueta de um homem, aparentemente de um europeu, pois vestia um casaco, na encosta do terreno que se estendia diante de mim, a cerca de trezentos passos de distância. O homem caiu e passou a rastejar, apoiando-se nas mãos e nos joelhos; depois se levantou e foi cambaleando alguns passos para frente, mas voltou a cair e seguiu rastejando novamente. Vendo que devia ser alguém em real dificuldade, enviei um de meus caçadores para ajudá-lo, e quando ele chegou perto de mim, os senhores podem imaginar quem era?

– José Silvestre, claro! – disse o capitão Good.

Sim, José Silvestre, ou melhor, seu esqueleto recoberto de pele. Seu rosto era de um amarelo brilhante, por causa da febre biliar, e seus grandes olhos escuros estavam quase fora das órbitas, pois toda a carne havia desaparecido. Não havia nada além de pele, amarela como pergaminho, cabelos brancos e os ossos descarnados aparecendo por baixo.

– Água! Pelo amor de Cristo, água! – gemeu ele, e vi que

seus lábios estavam rachados, e sua língua, que se projetava entre eles, estava inchada e enegrecida.

Dei-lhe água misturada com um pouco de leite, e ele bebeu em grandes goles, sem parar, cerca de um litro. Não o deixei beber mais. Então a febre se manifestou de novo e ele caiu e começou a delirar, falando sobre as montanhas de *Suliman*, os diamantes e o deserto. Levei-o para dentro da tenda e fiz o que pude por ele, o que foi pouco; mas eu já previa como isso haveria de terminar. Por volta das 11 horas, ele se acalmou. Então eu me deitei para descansar um pouco e adormeci. Acordei quase ao amanhecer e, na penumbra, vi Silvestre sentado... uma forma estranha e esquelética, com os olhos fixos na direção do deserto. Logo o primeiro raio de sol cruzou a vasta planície diante de nós até atingir o cume distante de uma das mais altas montanhas da cordilheira de *Suliman*, a mais de 160 quilômetros de distância.

– Lá estão elas! – gritou o moribundo em português, apontando com seu longo e delgado braço. – Mas nunca vou chegar até lá. Ninguém jamais vai chegar até lá!

De repente, emudeceu e pareceu tomar uma decisão.

– Amigo – disse ele, virando-se para mim. – Você está aí? Minha visão está escurecendo.

– Sim! – respondi. – Estou aqui. Deite-se agora e descanse.

– Muito bem! – retrucou ele. – Logo vou descansar, vou ter tempo para descansar... toda a eternidade. Escute, estou morrendo! Você tem sido bom para comigo. Vou lhe entregar o papel. Talvez você chegue lá, se conseguir viver para atravessar o deserto, que matou meu pobre criado e a mim.

Então ele apalpou a camisa e tirou o que achei que fosse uma tabaqueira feita de couro de palanca-negra, parecida com a usada pelos bôeres. Estava amarada com uma pequena tira de couro, que chamamos de "rimpi"; tentou desatá-la, mas não conseguiu. Ele a entregou a mim, dizendo:

– Desamarre isso.

Foi o que fiz, e dela tirei um pedaço de linho amarelado e

rasgado, sobre o qual havia algo escrito em letras descoradas. Enrolado nesse trapo havia um pedaço de papel.

Então ele continuou, com voz quase sumida, pois estava ficando cada vez mais fraco:

– O papel tem tudo o que está escrito no tecido de linho. Levei anos para conseguir decifrar e transcrever. Escute! Meu ancestral, um refugiado político de Lisboa e um dos primeiros portugueses a desembarcar nessa costa marítima, escreveu isso quando estava morrendo naquelas montanhas que nenhum branco pisou antes ou depois dele. Chamava-se José da Silvestra e viveu trezentos anos atrás. O escravo dele, que o esperava do lado de cá das montanhas, encontrou-o morto e trouxe o escrito para Delagoa. Esse escrito ficou na família desde então, mas ninguém se importou em lê-lo, até que, finalmente, eu o fiz. E perdi minha vida por causa disso, mas outro pode ter sucesso e se tornar o homem mais rico do mundo... o homem mais rico do mundo. Só não entregue isso a ninguém, senhor... vá o senhor mesmo!

Então, começou a delirar novamente e, uma hora mais tarde, tudo havia acabado.

Que Deus o tenha! Ele morreu serenamente, e eu o enterrei numa cova bem funda, com grandes pedras dispostas sobre seu peito; assim, creio que os chacais não tenham conseguido desenterrá-lo. E depois vim embora.

– Sim, e o documento? – perguntou Sir Henry, em tom de profundo interesse.

– Sim, o documento; o que havia nele? – acrescentou o capitão.

– Bem, senhores, se quiserem, eu lhes contarei. Nunca o mostrei a ninguém, exceto a um velho e bêbado comerciante português que o traduziu para mim e, na manhã seguinte, já o havia esquecido totalmente. O pedaço de tecido original está em minha casa, em Durban, com a tradução do pobre Dom

José, mas tenho a versão em inglês em minha carteira e uma cópia do mapa, se é que pode ser chamado de mapa. Aqui está.

***

Eu, José da Silvestra, que agora estou morrendo de fome na pequena gruta onde não há neve no lado norte do topo da montanha mais meridional das duas montanhas que chamei de Seios de Sabá, escrevo isso no ano de 1590, com um osso fendido sobre um resto de minha vestimenta, tendo por tinta meu próprio sangue. Se meu escravo o encontrar, quando vier me procurar, e o levar para Delagoa, que meu amigo [nome ilegível] *leve o assunto ao conhecimento do rei, para que ele envie um exército que, se eles sobreviverem à travessia do deserto e das montanhas, e puderem vencer os bravos kukuanas e suas artes diabólicas, para as quais muitos sacerdotes devem ser levados, fará dele o rei mais rico desde Salomão. Com meus próprios olhos, vi os incontáveis diamantes guardados na câmara do tesouro de Salomão, atrás da Morte Branca. Mas, por causa da traição de Gagula, a feiticeira que levei como guia, nada pude recolher e levar, e quase perco a vida. Que aquele que vier siga o mapa e suba pela neve do Seio esquerdo de Sabá até chegar ao topo, ao norte do qual está a grande estrada que Salomão fez, de onde se estará a três dias de viagem até o Palácio do Rei. Que ele mate Gagula. Orem por minha alma. Adeus.*

José da Silvestra.[(10)]

10 Transcrição do texto original, em português: "*Eu, José da Silvestra, que estou morrendo de fome na pequena cova onde não ha neve ao lado norte do bico mais ao sul das duas montanhas que chamei seio de Sheba; escrevo isto no anno 1590; escrevo isto com um pedaço d'ôsso n'um farrapo de minha roupa e com sangue meu por tinta; se o meu escravo dér com isto quando venha ao levar para Lourenzo Marquez, que o meu amigo — leve a cousa ao conhecimento d'El Rei, para que possa mandar um exercito que, se desfiler pelo deserto e pelas montanhas e mesmo sobrepujar os bravos Kukuanes e suas artes diabolicas, pelo que se deviam trazer muitos padres Fará o Rei mais rico depois de Salomão. Com meus proprios olhos vi os diamantes sem conto guardados nas camaras do thesouro de Salomão a traz da morte branca, mas pela traição de Gagoal a feiticeira achadora, nada poderia levar, e apenas a minha vida. Quem vier siga o mappa e trepe pela neve de Sheba peito à esquerda até chegar ao bica, do lado norte do qual està a grande estrada do Solomão por elle feita, donde ha tres dias de jornada até ao Palacio do Rei. Mate Gagoal. Reze por minha alma. Adeos. JOSÉ DA SILVESTRA*". (Nota do Editor)

ESBOÇO DO MAPA DA ROTA PARA AS MINAS DO REI SALOMÃO

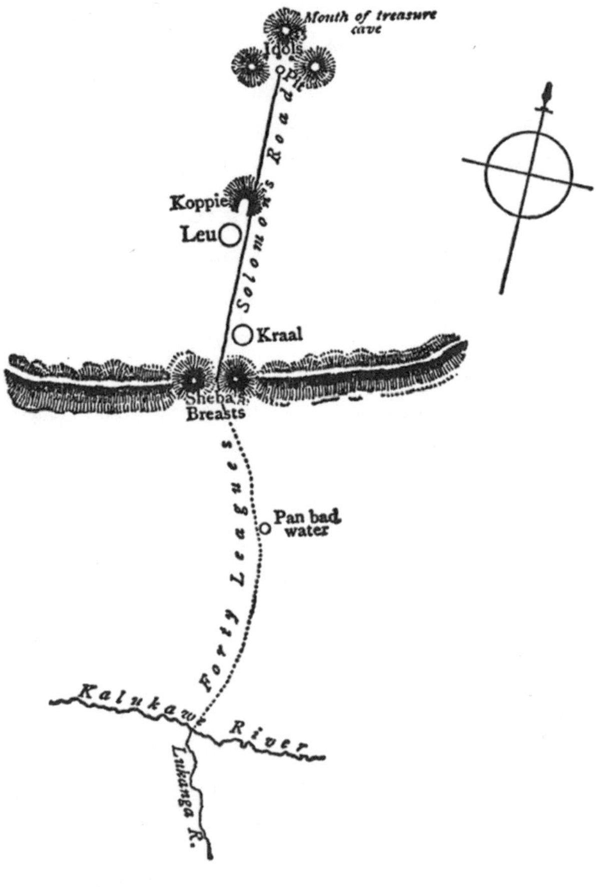

Legenda, de cima para baixo: Entrada da caverna do tesouro – Ídolos – Fosso – Estrada de Salomão – Koppie (morro) – Leu – *Kraal* – Seios de Sabá – Quarenta Léguas – Poça de água barrenta – Rio Kalukwe – Rio Lukanga

Quando terminei de ler o escrito e mostrei a cópia do mapa, desenhado pela mão do velho senhor moribundo com o próprio sangue como tinta, seguiu-se um silêncio marcado pelo assombro.

– Bem, – disse o capitão Good – eu já dei a volta ao mundo duas vezes e parei na maioria dos portos, mas posso garantir que nunca ouvi como nunca esperava ouvir um relato como esse, a não ser que fosse tirado de um livro de histórias fantasiosas e talvez nem num livro desses fosse encontrado.

– É uma história esquisita, sr. Quatermain – disse Sir Henry. – Será que não estaria tentando nos pregar uma peça? Sei que às vezes se pensa que é permitido lograr os incautos.

– Se pensa assim, Sir Henry – retruquei, muito aborrecido e guardando no bolso meu papel, pois não gosto de ser considerado um daqueles sujeitos tolos que julgam ser muito engraçado contar mentiras e que estão sempre se gabando de suas extraordinárias aventuras de caça, que nunca aconteceram, diante dos recém-chegados –, se pensa assim, então nossa conversa se encerra por aqui.

E me levantei para ir embora.

Sir Henry pôs sua enorme mão sobre meu ombro.

– Sente-se, sr. Quatermain – disse ele. – Desculpe-me. Vejo muito bem que não deseja nos enganar, mas a história soou tão estranha, que mal pude acreditar.

– Verá o mapa original e a escrita quando chegarmos a Durban – respondi, um tanto apaziguado, pois, na verdade, quando comecei a considerar a questão, não era de admirar que ele duvidasse de minha boa-fé.

– Mas – continuei –, eu não lhe falei a respeito de seu irmão. Eu conhecia Jim, o homem que o acompanhava. Era um botsuano de nascimento, bom caçador e, para um nativo, um homem muito inteligente. Naquela manhã em que o senhor Neville estava de partida, vi Jim parado ao lado de minha carroça, picando tabaco sobre o timão.

– Jim – perguntei –, para onde você vai nessa viagem? À caça de elefantes?

– Não, senhor – respondeu ele –, vamos em busca de algo que vale muito mais do que marfim.

– E o que poderia ser? – perguntei, pois acabei ficando curioso. – É ouro?

– Não, meu senhor, algo que vale mais que ouro – e sorriu.

Não fiz mais perguntas, porque não gostava de rebaixar minha dignidade parecendo curioso, mas fiquei intrigado. Logo Jim terminou de picar o tabaco.

– Senhor! – disse ele.

Não lhe dei atenção.

– Senhor! – disse ele, novamente.

– Pois bem, rapaz, o que é que há? – perguntei.

– Senhor, estamos indo à procura de diamantes.

– Diamantes! Ora, então estão indo na direção errada; devem tomar o caminho que leva às jazidas.

– Meu senhor, já ouviu falar das Montanhas de Suliman? ...isto é, as montanhas de Salomão?

– Oh! Sim.

– Já ouviu falar dos diamantes de lá?

– Ouvi uma história bem tola a respeito, Jim.

– Não é história, meu senhor. Eu cheguei a conhecer uma senhora que veio de lá, e foi para Natal com o filho; ela me contou... ela já morreu.

– Seu patrão alimentará os "*aasvögels*" (isto é, os abutres), Jim, se ele tentar chegar à região de Suliman; e você também, se é que eles conseguirem beliscar alguma coisa de suas velhas e inúteis carcaças – disse eu.

Ele sorriu.

– Talvez, meu senhor. Todo homem tem de morrer. Prefiro tentar a vida em terras novas; os elefantes por aqui já não rendem tanto.

– Ah! meu rapaz! – disse eu. – Espere até que o velho espectro empunhando a foice lhe apareça e então vamos ouvir que tipo de música você canta.

Meia hora mais tarde, vi a carroça de Neville se afastar. Logo depois, Jim voltou correndo.

– Adeus, senhor – disse ele. – Não gostaria de partir sem me despedir, pois acho que o senhor está certo e que nunca mais vamos voltar.

– Seu patrão está realmente indo para as montanhas de Suliman, Jim, ou você está mentindo?

– Não estou mentindo – respondeu ele. – Está indo para lá e me disse que estava decidido a fazer fortuna de alguma forma, ou tentar, pelo menos; então ele pode muito bem se aventurar na caça aos diamantes.

– Oh! – disse eu. – Espere um pouco, Jim; você poderia levar um bilhete meu para seu patrão, mas promete que não vai entregá-lo antes de chegar a Inyati? – que estava a mais de uma centena de quilômetros de distância.

– Sim, meu senhor.

Então tomei um pedaço de papel e escrevi: "Que aquele que vier... suba pela neve do Seio esquerdo de Sabá, até chegar ao topo, no lado norte do qual fica a grande estrada de Salomão."

– Veja bem, Jim – disse eu –, quando você der isso a seu patrão, diga-lhe que é melhor seguir o conselho indicado. Não deve entregar isso agora, porque não quero que ele volte para me fazer perguntas que não vou responder. Agora vá, seu preguiçoso, a carroça está praticamente fora de vista.

Jim apanhou o bilhete e foi embora. E isso é tudo o que sei sobre seu irmão, Sir Henry; mas estou com muito medo...

– Sr. Quatermain – disse Sir Henry –, vou procurar meu irmão. Vou rastreá-lo até as montanhas de Suliman e além delas, se necessário, até encontrá-lo ou até ficar sabendo que ele já morreu. O senhor vem comigo?

Sou, como acho que já disse, um homem cauteloso, na verdade, tímido, e essa sugestão me assustou. Parecia-me que empreender semelhante viagem seria ir ao encontro da morte certa e, deixando de lado outras considerações, como eu tinha um filho para sustentar, não podia me dar ao luxo de morrer naquele momento.

– Não, obrigado, Sir Henry, acho que prefiro não acompanhá-lo – respondi. – Estou muito velho para perder meu tempo com uma busca totalmente infrutífera e, com certeza, teríamos o mesmo fim de meu pobre amigo Silvestre. Tenho um filho que depende de mim; não posso, portanto, arriscar minha vida de maneira impensada.

Tanto Sir Henry quanto o capitão Good pareciam muito desapontados.

– Sr. Quatermain – disse o primeiro –, estou bem de vida e estou empenhado nessa busca. O senhor pode pedir a remuneração que melhor lhe convier, dentro de limites razoáveis, por seus serviços, e a quantia lhe será creditada antecipadamente. Além disso, providenciarei, no caso de qualquer coisa desagradável acontecer a nós ou ao senhor, para que seu filho receba provisões adequadas e suficientes. Com base nessa oferta que lhe faço, pode perceber como considero necessária sua presença nessa busca. E, se por acaso chegarmos a esse lugar e encontrarmos diamantes, eles pertencerão ao senhor e a Good igualmente. Eu não os quero. Mas é claro que essa promessa não tem em si valor algum, por razões óbvias, embora a mesma coisa se aplique a todo marfim que porventura conseguirmos obter. Pode muito bem expor suas condições, sr. Quatermain. Além do mais, é claro que todas as despesas da viagem estarão a meu encargo.

– Sir Henry – disse eu –, essa é a proposta mais generosa que já tive, uma oferta que não deveria ser desprezada por um pobre caçador e comerciante. Mas essa é a tarefa mais complexa que já me foi proposta, e preciso de um tempo para pensar a respeito. Deverá ter minha resposta antes de chegarmos a Durban.

– Muito bem – replicou Sir Henry.

Então lhe desejei boa-noite e me recolhi para repousar. Sonhei com o pobre Silvestre, falecido havia muito tempo, e com os diamantes.

CAPÍTULO 3

UMBOPA SE PÕE A NOSSO SERVIÇO

A viagem da Cidade do Cabo até Durban leva de quatro a cinco dias, dependendo da velocidade da embarcação e das condições do tempo. Às vezes, se o desembarque for complicado em *East London*, onde ainda não concluíram as obras daquele maravilhoso porto de que tanto falam, e no qual já injetaram ingentes somas de dinheiro, um navio pode ter de esperar até vinte e quatro horas antes que os barcos cargueiros possam se deslocar, transportando as mercadorias.

Mas dessa vez não tivemos de aguardar, pois não havia arrebentação na barra que atrapalhasse, e os rebocadores vieram imediatamente, puxando as longas filas dos feiosos barcos de fundo chato atrás deles, nos quais caixas e pacotes eram jogados uns sobre os outros estrondosamente. Não importava o que contivessem, eram atirados violentamente, quer fossem caixas de porcelana ou artigos de lã, todos eram tratados do mesmo jeito. Vi uma caixa que continha quatro dúzias de garrafas de champanhe, quase todas estilhaçadas, e o precioso líquido espumando e borbulhando no imundo piso do barco cargueiro. Era um inominável desperdício e, evidentemente, assim pensaram também os cafres no barco, pois, encontrando duas garrafas intactas, conseguiram abri-las e beberam o conteúdo. Mas não haviam desconfiado do efeito expansivo causado pela efervescência do vinho e, sentindo-se como que inchados, rolavam pelo chão do barco, gritando que o excelente licor era "tagati", isto é, enfeitiçado.

Falei com eles do navio em que eu estava, dizendo-lhes que essa bebida era a droga mais forte já fabricada pelo homem branco e que eles já poderiam se considerar homens mortos. Esses cafres, completamente apavorados, foram para a praia, e creio que nunca mais voltarão a tocar numa garrafa de champanhe.

Bem, durante todo o tempo em que estivemos navegando rumo a Natal, eu pensava na proposta de Sir Henry Curtis. Não voltamos a falar sobre o assunto por um ou dois dias, embora eu lhes tenha contado muitas histórias de caçadas, todas elas verdadeiras. Não há necessidade de contar mentiras sobre caçadas, pois, dito de passagem, acontecem inúmeras coisas curiosas na vida de um homem que se dedica a essa atividade.

Finalmente, numa bela tarde de janeiro, que é nosso mês mais quente, passamos pela costa de Natal, esperando chegar até o cabo de Durban ao pôr do sol. Todo o litoral, desde *East London* até ali, é muito bonito, com suas dunas de areia avermelhada e amplas áreas de um verde vívido, pontilhado aqui e acolá por aldeias cafres e contornado por uma faixa de ondas brancas, que se ergue em pilares de espuma na arrebentação contra as rochas.

Mas pouco antes de chegar a Durban, há uma riqueza toda singular na paisagem. Nas colinas, aparecem as profundas ravinas fendidas pelas chuvas de séculos a fio, no fundo das quais cintilam os rios; há o verde mais carregado dos arbustos, crescendo como Deus os plantou, e os outros tons de verde dos milharais e das plantações de cana-de-açúcar; e, de quando em vez, uma casa branca, sorrindo para o plácido oceano, dá um acabamento e um toque de familiaridade ao cenário.

A meu ver, por mais bela que seja uma paisagem, ela requer a presença do homem para torná-la completa. É o que acho, talvez por ter vivido tanto em regiões desertas e, portanto, por reconhecer o valor da civilização, embora, com certeza, ela espante a caça. O Jardim do Éden, sem dúvida, era belo antes da existência do homem, mas sempre penso que deve ter se tornado ainda mais belo quando Eva o adornou.

Nós tínhamos errado um pouco nos cálculos, e o sol já havia sumido fazia tempo, quando lançamos âncora no cabo de Durban e ouvimos o canhão anunciar ao bom povo de Durban que o correio inglês estava chegando. Era tarde demais para pensar em atravessar a arrebentação naquela noite, então fomos jantar tranquilamente, depois de ver os malotes do correio sendo levados pelo bote salva-vidas.

Quando voltamos ao convés, a lua aparecia no céu, brilhando tão intensamente sobre o mar e o litoral, que quase ofuscava os rápidos e grandes clarões do farol. Fluíam da praia doces e picantes aromas, que sempre me lembram hinos sacros e missionários, e nas janelas das casas do bairro de Berea brilhavam centenas de luzes.

De um grande brigue próximo provinham também as canções dos marinheiros enquanto trabalhavam levantando âncora para se preparar para os ventos favoráveis. Era, de modo geral, uma noite perfeita, uma noite como só se pode vivenciar no sul da África, envolvendo a todos num manto de paz, enquanto a lua recobria tudo com uma veste de prata. Até mesmo o grande buldogue, pertencente a um passageiro parecia ceder às suaves influências do satélite da terra e, renunciando à sua vontade de avançar num babuíno engaiolado no castelo de proa, roncava placidamente à porta da cabine, sonhando sem dúvida ter acabado com ele e feliz em seu sonho.

Nós três, isto é, Sir Henry Curtis, o capitão Good e eu, sentamo-nos perto da roda do leme e ficamos em silêncio por algum tempo.

– Bem, sr. Quatermain – disse então Sir Henry. – O senhor andou pensando em minha proposta?

– Sim – ecoou o capitão Good. – O que acha dela, sr. Quatermain? Espero que nos dê o prazer de sua companhia até as Minas de Salomão, ou até onde quer que o cavalheiro que o senhor conheceu como Neville possa ter ido.

Levantei-me e apaguei meu cachimbo antes de responder. Eu não tinha tomado ainda minha decisão e queria um momento adicional para decidir. Antes que o tabaco em brasa tivesse chegado às águas do mar, eu já havia decidido. Aquele breve segundo extra tinha sido suficiente. Muitas vezes é assim que tudo se resolve, quando se esteve longo tempo matutando sobre uma coisa.

– Sim, senhores – disse eu, sentando-me novamente. – Eu irei e, com sua permissão, lhes direi por que e em que condições. Em primeiro lugar, no tocante às minhas condições.

1. O senhor haverá de pagar todas as despesas, e todo o marfim ou outros objetos de valor que possamos obter devem ser divididos entre o capitão Good e eu.

2. Fica estabelecido que o senhor me pague 500 libras antecipadamente pelos serviços que lhe prestarei durante a viagem, e me comprometo a servi-lo fielmente até que o senhor decida abandonar o empreendimento ou até que tenhamos êxito ou até que sejamos surpreendidos por algum infortúnio.

3. Que, antes de partirmos, desejo que o senhor firme um contrato que garanta, no caso de minha morte ou invalidez, pagar a meu filho Harry, que ora estuda medicina em Londres, no Guy's Hospital, uma soma de 200 libras por ano, durante um prazo estipulado em cinco anos, após o qual já deveria ser capaz de ganhar a vida por conta própria. Isso é tudo, creio eu, e ouso supor que o senhor pretenda acrescentar algo mais.

– Não – respondeu Sir Henry. – Aceito essas condições de bom grado. Estou empenhado nesse projeto e pagaria mais do que isso por sua ajuda, considerando os exclusivos e amplos conhecimentos que o senhor possui.

– Pena que não pedi mais, então, mas não vou voltar atrás em minha palavra. E, agora que expus minhas condições, vou lhes desfiar as razões pelas quais decidi acompanhá-los. Em primeiro lugar, cavalheiros, tenho observado os dois nos últimos dias e, se não me tomarem por impertinente, posso dizer que acabei gostando dos dois e acredito que haveremos de nos dar muito bem nessa empreitada. Isso é algo de grande importância, devo dizer, quando se tem uma longa jornada como essa pela frente.

E agora, quanto à viagem em si, digo-lhes com toda a franqueza, Sir Henry e capitão Good, que acho pouco provável que possamos sair dessa com vida, isto é, se tentarmos realmente ultrapassar as montanhas Suliman. Qual foi o destino do velho senhor da Silvestra, trezentos anos atrás? Qual foi o destino de seu descendente há vinte anos? Qual foi o destino de seu irmão? Falando francamente, cavalheiros, creio que o destino que eles tiveram deverá ser o nosso também.

Fiz uma pausa para avaliar o efeito de minhas palavras. O capitão Good parecia um pouco desconfortável, mas a expressão facial de Sir Henry não mudou.

– Não há como fugir do risco – disse ele.

– Talvez os senhores possam se perguntar – continuei – por que, se penso assim, eu, que sou, como já disse, um homem tímido, deveria me aventurar nessa jornada? É por duas razões. Em primeiro lugar, sou um fatalista e acredito que minha hora está marcada, independentemente de meus movimentos e vontade; e se eu tiver de ir para as montanhas de Suliman para ser morto, para lá irei e por lá hei de morrer. Deus Todo-poderoso, sem dúvida, sabe o que deve ser de mim, então não preciso me preocupar com isso. Em segundo lugar, sou pobre. Durante quase quarenta anos me dediquei à caça e ao comércio, mas nunca ganhei mais do que o suficiente para sobreviver. Pois bem, senhores, não sei se sabem que a expectativa de vida de um caçador de elefantes, desde que começar a praticar o ofício, é de quatro a cinco anos. Podem ver, portanto, que sobrevivi a cerca de sete gerações de minha classe, e me sinto obrigado a pensar, em decorrência disso, que minha hora de partir desse mundo não pode estar distante. Ora, se alguma coisa me acontecesse durante o curso normal de minhas atividades, no momento em que minhas dívidas fossem quitadas, não restaria mais nada para sustentar meu filho Harry enquanto estava se preparando para ganhar a vida por conta própria, ao passo que agora ele vai estar resguardado por um período de cinco anos. Em poucas palavras, isso é tudo.

– Sr. Quatermain – disse Sir Henry, que vinha acompanhando com toda a atenção minhas palavras –, seus motivos para empreender uma viagem dessas, que julga que só pode terminar em desastre, o fazem merecedor de imenso crédito. Se está certo ou não, claro que somente o tempo e o desenrolar dos acontecimentos é que vão mostrar. Mas estando o senhor certo ou errado, posso lhe dizer, de uma vez por todas, que vou até o fim, custe o que custar. Se nosso fim vai ser a ruína total, tudo o que tenho a dizer é que espero que consigamos antes disparar alguns tiros, não é mesmo, Good?

– Sim, sim – interveio o capitão. –Nós três estamos acostumados a enfrentar o perigo e a arriscar a vida das mais diversas maneiras, então não adianta querer dar para trás, justo a essa altura. E agora proponho descer ao salão e discutir eventuais providências, só para dar sorte, bem-entendido.

Foi o que fizemos... através do fundo de um copo.

No dia seguinte, desembarcamos e hospedei Sir Henry e o capitão Good na pequena cabana que construí em Berea e que chamo de meu lar. Tem apenas três cômodos e uma cozinha e é construída de tijolos verdes com telhado de ferro galvanizado, mas há um belo pomar com as melhores nespereiras que conheço e algumas mangueiras jovens e bonitas, que me enchem de esperança para muito breve. Foi o curador do Jardim Botânico que me deu as mudas. Quem cuida de todas essas coisas é um de meus velhos caçadores, chamado Jack, que teve a coxa dilacerada por um búfalo na região de Sikukunis e que certamente nunca mais poderá caçar. Mas ele pode se movimentar bastante bem e tomar conta do pomar, visto que é um gríqua[11] de nascença. Jamais vai persuadir um zulu a se interessar por jardinagem. É uma arte pacífica, e artes pacíficas não calham bem com seu modo de vida.

Sir Henry e Good dormiram numa tenda armada no meio de meu pequeno laranjal, numa extremidade do pomar, pois não havia espaço para eles na casa; e com o aroma das flores e a visão das frutas verdes e douradas... em Durban, temos as três ao mesmo tempo numa única árvore... atrevo-me a dizer que é um lugar bastante agradável, até porque temos poucos mosquitos aqui em Berea, a menos que caia uma chuva ocasional e intensa.

Bem, continuando... porque, se eu não fizer isso, Harry, você vai se cansar com minha história antes mesmo de chegarmos às montanhas de Suliman... uma vez que havia decidido acompanhar os dois na viagem, comecei a fazer os preparativos. Primeiramente, consegui registrar o contrato feito com Sir Henry, deixando você, meu filho, amparado em caso de acidente. Houve alguma dificuldade na tramitação legal, pois Sir Henry era um estrangeiro aqui, e a propriedade a servir de garantia ficava do outro lado do oceano; mas acabou sendo tudo resolvido satisfatoriamente com a ajuda de um advogado, que cobrou 20 libras pelo serviço... um preço ultrajante. Recebi, em seguida, meu cheque de 500 libras.

Tendo sido pago esse tributo a meu senso de precaução, comprei uma carroça e uma junta de bois em nome de Sir Henry; uma beleza e tanto! Era uma carroça de 6,5 metros com eixos de ferro, muito forte, bem leve, toda construída de madeira da melhor qualidade; não era exatamente nova, pois havia feito uma viagem de ida e volta até as jazidas de diamante. Mas esse fato, em minha opinião, a tornava melhor ainda, pois se

11 Mestiço da África do sul, descendente de antigos colonos europeus e do povo *khoikhoi* que ali viviam. (N.T.)

podia constatar que a madeira estava bem curada. Se alguma coisa pode ceder numa carroça ou se tiver sido fabricada com madeira sem a devida secagem, o problema deverá aparecer logo na primeira viagem. Esse veículo em particular era o que costumamos chamar de carroça de "meio-toldo", ou seja, coberta apenas na metade posterior, deixando toda a parte da frente livre para acomodar a bagagem que deveríamos levar. Nessa parte posterior havia uma cama dobrável, em que duas pessoas podiam dormir, além de suportes para rifles e muitos outros pequenos objetos. Paguei 125 libras por ela e acho que foi um preço justo.

Comprei depois um belo tiro de vinte bois zulus, que eu vinha observando havia um ou dois anos. Dezesseis bois é o número normal para formar um tiro, mas adquiri quatro a mais para o caso de eventuais baixas. Os bois zulus são pequenos e leves; não passam da metade do tamanho dos bois africâneres, que geralmente são usados para fins de transporte; mas os bois zulus sobrevivem onde os africâneres morreriam de fome e, se estiverem puxando uma carga moderada, podem percorrer mais de oito quilômetros por dia, com maior rapidez e menor propensão a ferimentos ou infecções nos cascos. Além disso, esse lote foi inteiramente "curtido", isto é, tinham trabalhado em toda a África do Sul e, portanto, tinham criado resistência, comparativamente falando, contra a babesiose bovina, que tão frequentemente destrói manadas inteiras de bois quando são transferidos para outras pastagens.

Quanto à "doença pulmonar", que é uma forma terrível de pneumonia e muito prevalente nesse país, todos os animais tinham sido vacinados contra ela. A "vacinação" é realizada da seguinte maneira: procede-se a um corte na cauda do boi e nesse local se prende um pedaço do pulmão de um animal que tenha morrido dessa doença. O resultado é que o boi adoece, mas apanha a doença de forma branda; via de regra, a cauda cai a cerca de um a dois palmos da base, e o animal se torna imune contra futuros ataques. Parece cruel privar o animal de sua cauda, ainda mais num país onde há tantas moscas, mas é melhor sacrificar a cauda e manter o boi do que perder a cauda e também o boi, pois um rabo sem um boi não tem utilidade alguma, a não ser como eventual espanador. Ainda assim, parece estranho caminhar atrás de vinte cotocos, onde deveria haver belas caudas. Dá a impressão que a natureza cometeu um pequeno erro e colou nas ancas dos bois os ornamentos traseiros de uma matilha de buldogues.

Seguiu-se a questão das provisões e dos medicamentos, questão que exigia a mais cuidadosa consideração, pois o que tínhamos de fazer era evitar sobrecarregar a carroça e, ainda assim, levar tudo o que fosse absolutamente necessário. Felizmente, acontece que Good tinha alguns conhecimentos de medicina, pois, em determinado momento de sua carreira havia seguido um curso de instrução médica e cirúrgica. Ele não tem, obviamente, licença para exercer essa profissão, mas entende muito mais de medicina do que muitos indivíduos que podem apor o título de "doutor" antes de seus nomes, como descobrimos mais tarde, e tinha uma esplêndida maleta de medicamentos e um belo conjunto de instrumentos. Durante nossa permanência em Durban, ele amputou o dedão do pé de um cafre de uma maneira digna do melhor médico. Mas ficou bastante perplexo quando o cafre, que havia assistido de modo impassível a operação, lhe pediu que colocasse outro no lugar, dizendo que mesmo um dedo "branco" serviria, para eventual caso de emergência.

Uma vez resolvidas satisfatoriamente essas questões, restavam dois outros pontos importantes a considerar, ou seja, o das armas e o dos criados. Quanto às armas, nada mais posso fazer do que apresentar a lista daquelas que finalmente decidimos levar, dentre o amplo estoque que Sir Henry trouxera da Inglaterra e as que eu possuía. Copio a lista que elaborei na época em minha caderneta:

* três espingardas de cano duplo de carregar pela culatra, pesando cerca de sete quilos cada uma. Utilizadas na caça de

elefantes, com uma capacidade de carga de 11 dracmas de pólvora negra. Duas delas vinham de uma conhecida firma londrina, excelente fabricante, mas não sei quem fabricou a minha, que não tem acabamento tão refinado. Fiz uso dela em várias viagens e com ela atirei em muitos elefantes; sempre provou ser uma arma de qualidade superior, totalmente confiável.

* três rifles Express 500, de cano duplo, feitos para suportar uma carga de 6 dracmas. Ótimas armas, e sensacionais para caça de presas de tamanho médio, como elandes ou palancas-negras, ou para combate com homens, especialmente em campo aberto, e com a bala de ponta oca.

* uma espingarda calibre 12 de cano duplo, cartucho de fogo central, de estrangulador ou *choke* pleno, no tambor. Essa arma se mostrou da maior utilidade mais tarde, na caça de animais para nossa alimentação.

* três rifles de repetição Winchester (não carabinas), armas de reserva.

* três revólveres Colt de ação simples, com cartucho mais pesado ou padrão americano.

Esse era todo o nosso armamento e, sem dúvida, o leitor poderá observar que as armas de cada classe eram do mesmo tipo e calibre, de modo que os cartuchos fossem intercambiáveis, um ponto deveras importante. Não me desculpo por descrevê-las em detalhes, pois todo caçador experiente sabe como um suprimento adequado de armas e munições é vital para o sucesso de uma expedição.

Quanto aos homens que deveriam nos acompanhar, decidimos, depois de muitas deliberações, que o número deles deveria ser limitado a cinco, ou seja, um condutor, um guia e três criados.

Encontrei o condutor e o guia sem muita dificuldade: eram dois zulus, chamados, respectivamente, Goza e Tom. Mas conseguir os criados era algo bem mais difícil. Era necessário que fossem homens inteiramente confiáveis e corajosos, pois, numa expedição desse tipo, nossas vidas podiam depender da conduta deles. Finalmente, consegui dois, um hotentote chamado Ventvögel, ou "pássaro do vento", e um pequeno zulu chamado Khiva, que tinha o mérito de falar inglês perfeitamente. Ventvögel já era um velho conhecido meu; e era um dos mais exímios *spoorers*, isto é, rastreadores de caça, com quem já tive de lidar, e resistente como a tira de um chicote. Parecia nunca se cansar. Mas tinha um defeito, tão comum em sua raça, uma queda pela bebida. Havendo uma garrafa de gim a seu alcance, já não se podia confiar nele. Mas como haveríamos de seguir para uma região onde não havia tabernas, essa pequena fraqueza dele não tinha maior importância.

Depois de garantir esses dois homens, procurei em vão por um terceiro que atendesse a meu propósito. Então decidimos começar sem esse terceiro, confiando na sorte para encontrar alguém adequado pelo caminho. Mas aconteceu que, na noite anterior ao dia que havíamos marcado para nossa partida, o zulu Khiva me informou que um cafre estava esperando para falar comigo. Assim, quando terminamos de jantar, pois estávamos à mesa naquele momento, pedi para Khiva que me apresentasse esse indivíduo. Nesse momento, entrou na sala um homem alto e de boa aparência, com cerca de 30 anos de idade e com a pele muito clara para um zulu. Levantando seu bastão em sinal de saudação, agachou-se num canto e ficou em silêncio.

Não lhe dei a mínima atenção por algum tempo, pois seria um grande erro fazê-lo. Se passar a conversar com ele imediatamente, um zulu tende a considerá-lo uma pessoa de pouca dignidade ou importância. Observei, no entanto, que ele era um "keshla" ou homem de anéis; isto é, usava na cabeça o anel preto, feito de uma espécie de resina polida com gordura e entrelaçada no cabelo, geralmente usado pelos zulus ao atingir certa idade ou grau de dignidade. Também me causou impressão o fato de que seu rosto me era familiar.

– Bem, – disse eu, finalmente. – Qual é seu nome?

– Umbopa – respondeu o homem, com voz pausada e grave.

– Eu já vi seu rosto antes.

– Sim; *inkosi* (chefe), meu pai, viu meu rosto na localidade de Little Hand... isto é, Isandluana... no dia anterior à batalha.

Então me lembrei. Fui um dos guias de Lord Chelmsford naquela infeliz guerra zulu e tive a sorte de deixar o acampamento, onde eu era encarregado de algumas carroças, na véspera da batalha. Enquanto esperava que os animais fossem atrelados, passei a conversar com esse homem, que tinha certo comando entre os auxiliares nativos, e ele tinha me manifestado suas dúvidas quanto à segurança do acampamento. Na época, eu lhe disse que segurasse a língua e deixasse tais assuntos para cabeças mais sábias. Mais tarde, porém, passei a refletir sobre as palavras dele.

– Eu me lembro – disse eu. – O que quer?

– Sou Macumazan. Esse é meu nome cafre e significa "o homem que se levanta no meio da noite", ou, como se diz em inglês, "aquele que mantém os olhos abertos". Ouvi dizer que vai numa grande expedição para o Norte com os chefes brancos que vieram do outro lado do mar. É verdade?

– É verdade.

– Ouvi dizer que vai até o rio Lukanga, que fica a uma lua de viagem depois da região de Manica. E isso é verdade também?

– Por que está perguntando para onde vamos? O que lhe importa isso? – retruquei, desconfiado, pois os objetivos de nossa viagem haviam sido mantidos em absoluto sigilo.

– É isso, homens brancos: se vão viajar para tão longe, eu gostaria de ir com vocês.

Havia certa presunção de dignidade no modo de falar do homem, especialmente no uso das palavras "homens brancos", em vez de "Inkosis", isto é, chefes, o que me impressionou.

– Está se esquecendo de si mesmo – disse eu. – Está falando sem pensar. Não é assim que se deve falar. Qual é seu nome e onde está sua aldeia? Diga-nos, para que possamos saber com quem temos de tratar.

– Meu nome é Umbopa. Eu sou do povo zulu, mas não sou um deles. A casa de minha tribo fica no extremo norte; foi deixada para trás quando os zulus chegaram aqui há "mil anos", muito antes de Chaka reinar na Zululândia. Não sou de nenhum "kraal" (povoado). Estou vagando há muitos anos. Vim do Norte para a Zululândia quando era criança. Fui um dos homens de Cetewayo, no regimento Nkomabakosi, servindo sob o comando do grande capitão, Umslopogaasi do Machado[12] que treinou minhas mãos para a luta. Depois fugi da Zululândia e vim para Natal porque queria ver como viviam os homens brancos. Em seguida, lutei contra Cetewayo, na guerra. Desde então estou trabalhando em Natal. Agora estou cansado e gostaria de ir para o Norte novamente. Aqui não é meu lugar. Não quero dinheiro, mas sou um homem corajoso e vou mostrar que faço por merecer meu lugar e minha comida na expedição e minha carne. Era o que tinha a dizer.

Fiquei bastante intrigado com esse homem e com seu modo de falar. Era evidente para mim, observando suas maneiras, que quase tudo o que dizia correspondia à verdade, mas de alguma forma parecia diferente dos zulus comuns, e desconfiei de sua intenção de ir conosco, sem exigir pagamento. Estando em dificuldade, traduzi suas palavras para Sir Henry e Good e pedi a opinião deles.

Sir Henry me pediu que lhe dissesse para ficar de pé. Umbopa se pôs de pé e, ao mesmo tempo, tirou o longo sobretudo militar que usava, revelando-se totalmente despido, exceto pela *mucha* (tanga) em volta da cintura e por um colar de garras de leão em torno do pescoço. Certamente, era um homem de aparência magnífica; nunca tinha visto um nativo mais esbelto. Com cerca de 1,90 metro de altura, era de constituição robusta e muito bem proporcionado. Além do mais, sua pele

12 Para a história de Umslopogaasi e seu machado, o leitor deve consultar os livros "Allan Quatermain" e "Nada, a Lily". (Nota do Editor)

parecia pouco mais do que escura, exceto em alguns pontos, onde profundas cicatrizes negras marcavam antigos ferimentos causados por azagaia. Sir Henry caminhou até o homem e olhou para seu belo e altivo rosto.

– Formam uma bela dupla, não é? – disse Good. – Um tão grande quanto o outro.

– Gosto da sua aparência, sr. Umbopa, e vou tomá-lo como meu criado – disse Sir Henry, em inglês.

Umbopa evidentemente entendeu, pois respondeu em zulu: "Está bem". E depois acrescentou, com um olhar para a imponente estatura e robustez do homem branco: "Somos homens, você e eu".

CAPÍTULO 4

CAÇA AOS ELEFANTES

Não pretendo narrar aqui, detalhadamente, todos os incidentes de nossa longa viagem até o povoado de Sitanda, perto da confluência dos rios Lukanga e Kalukwe. Foi uma viagem de mais de 1.600 quilômetros a partir de Durban, mas tivemos de percorrer a pé os últimos quinhentos, ou pouco mais, por causa da frequente presença da terrível mosca "tsé-tsé", cuja picada é fatal para todos os animais, exceto para os burros e os homens.

Partimos de Durban no final de janeiro e foi na segunda semana de maio que acampamos perto do povoado de Sitanda. Nossas aventuras pelo caminho foram muitas e variadas, mas como são do tipo que acontece com todo caçador africano... exceto uma que vou relatar a seguir... e vou contar somente uma delas para não tornar essa história cansativa demais.

Em Inyati, a mais distante estação comercial na região de Matabele, cujo rei é Lobengula (um grande e cruel canalha), com imenso pesar nos despedimos de nossa confortável carroça. Apenas doze bois nos sobraram do belo tiro de vinte que eu havia comprado em Durban. Perdemos um por causa de picada de uma cobra, três morreram de fome e sede, um se extraviou, e os outros três morreram depois de comer a erva venenosa chamada "tulipa".

Outros cinco adoeceram por essa causa, mas conseguimos curá-los com doses de uma infusão feita com a fervura das folhas da tulipa. Se ministrada a tempo, é um antídoto muito eficaz.

Deixamos a carroça e os bois sob a responsabilidade de Goza e Tom, o condutor da carroça e o guia, ambos rapazes de confiança, solicitando ainda a um digno missionário escocês, que vivia nesse distante lugar, que ajudasse a cuidar de nossos pertences. Então, acompanhados por Umbopa, Khiva, Ventvögel e meia dúzia de carregadores que contratamos no local, partimos a pé em nossa desvairada busca. Lembro que todos ficamos calados por ocasião dessa partida, e acho que cada um de nós estava se perguntando se algum dia haveríamos de rever nossa carroça; de minha parte, achava que não. Por algum tempo, caminhamos em silêncio, até que Umbopa, que ia na frente, começou a cantar em zulu; a canção falava de alguns homens valentes que, cansados da vida e da monotonia das coisas, partiram para imensidões desconhecidas, a fim de encontrar coisas novas ou morrer, e como... vejam só! ...depois de percorrer longo caminho nessas terras sem fim, descobriram que não formavam um grande deserto, mas um belo lugar cheio de mulheres jovens e gado gordo, animais para caçar e inimigos para matar.

Então todos nós rimos e tomamos isso como um bom presságio. Umbopa era um selvagem alegre, de maneiras um tanto dignas, quando não sofria de um de seus ataques de melancolia e tinha um jeito maravilhoso de manter nosso ânimo elevado. Todos nos tornamos muito afeiçoados a ele.

E agora vou me demorar no relato de uma aventura, pois realmente me empolgo com histórias de caçadas.

Depois de uns quinze dias de caminhada depois de Inyati, chegamos a uma região peculiarmente bela, repleta de bosques e de cursos d'água. As encostas nas colinas estavam cobertas por densos arbustos, "idoros" como são chamados pelos nativos e, em alguns lugares, por "wacht-een-beche", ou seja, "espere-um-espinho"; e havia também grande quantidade da adorável árvore "machabel", carregada de refrescantes frutas amarelas com enormes caroços. Essa árvore é o alimento favorito dos elefantes, e não faltavam sinais de que esses grandes animais tinham estado por perto, pois não apenas seus rastros eram frequentes, mas em muitos lugares as árvores estavam quebradas e até arrancadas. O elefante é um animal que causa muita destruição ao se alimentar.

Certa noite, depois de um longo dia de marcha, chegamos a um lugar de grande beleza. No sopé de uma colina coberta de arbustos, havia um leito seco de rio, no qual se podia encontrar, no entanto, poças de água cristalina, cujas margens estavam repletas de marcas de pegadas de animais. Em frente dessa colina havia uma planície semelhante a um parque, onde cresciam grupos de mimosas, separados por ocasionais "machabels" de folhas lustrosas; e ao redor se estendia um impenetrável mar de silenciosos arbustos.

Ao seguir caminhando pelo leito do rio, de repente espantamos um grupo de belas girafas, que fugiram a galope, ou melhor, partiram, com seu estranho modo de andar, caudas enroladas sobre as ancas e cascos chocalhando como castanholas. Estavam a cerca de trezentos passos de distância e, portanto, praticamente fora de alcance de tiro, mas Good, que caminhava na frente com um rifle carregado com bala compacta, não pôde resistir à tentação. Erguendo a arma, disparou e atingiu a última delas, uma jovem fêmea. Por um extraordinário acaso, a bala acertou em cheio a nuca do animal, quebrando a coluna vertebral, e a girafa caiu rolando como se fosse um coelho. Nunca vi coisa mais curiosa.

– Maldição! – disse Good. – Lamento dizer que ele tinha o hábito de usar expressões pesadas quando estava exaltado... hábito contraído, sem dúvida, durante sua carreira na Marinha. – Maldição! Eu a matei.

– Ô, Bugwan! – exclamaram os cafres. – Ô, ô!

Eles chamavam Good de "Bugwan", ou seja, "Olho de vidro", por causa de seu monóculo.

– Ô, Bugwan! – repetimos Sir Henry e eu, e a partir daquele dia a reputação de Good como um ótimo atirador ficou estabelecida, pelo menos entre os cafres. Na realidade, ele era ruim, mas sempre que errava, nada dizíamos por causa daquela girafa.

Depois de mandar alguns dos "rapazes" cortar o melhor da carne da girafa, começamos a trabalhar para construir um "scherm" [abrigo, reparo] perto de uma das grandes poças d'água, a cerca de cem passos à direita. Isso é feito cortando certa quantidade de arbustos espinhosos e empilhando-os na forma de uma sebe circular. Em seguida, o espaço interno é aplainado e, com a grama seca *tambuki*, se houver, se faz uma cama no centro e se acende uma fogueira ou mais.

Concluído o "scherm", a lua apareceu e nosso jantar de bifes de girafa e tutano assado estava pronto. Como nos deliciamos com aquele tutano extraído dos ossos, embora desse um trabalho e tanto quebrá-los! Não conheço iguaria mais saborosa do que tutano de girafa, a não ser coração de elefante, e tivemos isso no dia seguinte. Tomamos nossa refeição simples ao clarão da lua, parando às vezes para agradecer a Good por seu tiro certeiro. Depois nos pusemos a fumar e a contar histórias.

Certamente, todos nós agachados em torno do fogo formávamos uma imagem curiosa. Eu, com meu cabelo grisalho curto espetado para cima, e Sir Henry, com suas mechas amarelas, cada vez mais compridas, criávamos um belo contraste, especialmente porque sou magro, baixo e moreno, pesando mais ou menos 60 quilos, ao passo que Sir Henry é alto, largo, louro e pesa mais de 90. Mas talvez o mais curioso dos três, levando em consideração todas as circunstâncias, fosse o capitão John Good, da Marinha Real. Lá estava ele sentado sobre uma bolsa de couro, como se tivesse acabado de chegar de um confortável dia de caça num país civilizado, inteiramente limpo, arrumado e bem vestido. Usava um traje de caça de tweed marrom, com um chapéu que combinava e elegantes polainas. Como sempre, estava rigorosamente bem barbeado, seu monóculo e sua dentadura postiça pareciam estar em perfeita ordem e, no conjunto, parecia o homem mais elegante com quem poderia ter contatado por esses desertos. Usava até um colarinho de guta-percha branca, do qual tinha levado um estoque.

– Veja, eles pesam tão pouco – disse ele, inocentemente, quando expressei meu espanto diante do fato. – E sempre gosto de manter a aparência de um cavalheiro.

Ah! Se ele pudesse prever o futuro e o traje preparado para ele!

Bem, ali ficamos nós três sentados conversando sob o belo luar e observando os cafres, a alguns passos de distância, fumando sua intoxicante erva "daccha" num cachimbo cujo bocal era feito de chifre de elande, até que, um a um, eles se enrolaram em seus cobertores e foram dormir perto do fogo, isto é, todos exceto Umbopa, que estava um pouco afastado, queixo apoiado numa das mãos, profundamente compenetrado. Percebi que ele nunca se misturava muito com os outros cafres.

De repente, do fundo dos arbustos atrás de nós, veio um alto "uuf, uuf!"

– É um leão – disse eu, e todos nos levantamos para ouvir.

Mal havíamos feito isso, quando, da lagoa, a cerca de cem passos de distância, ouvimos o bramido estridente de um elefante.

– *Unkungunklovo*! *Indlovu*! Elefante! Elefante! – sussurraram os cafres, e alguns minutos depois vimos uma sucessão de vastas formas sombrias se movendo lentamente da direção da água para o matagal de arbustos.

Good levantou-se de um salto, pronto para partir para o abate, pensando, talvez, que era tão fácil matar um elefante quanto tinha sido derrubar a girafa, mas eu o tomei pelo braço e o fiz sentar novamente.

– Não adianta – sussurrei. – Deixe-os ir.

– Parece que estamos num paraíso de caça – disse Sir Henry, então. – Sou da opinião que deveríamos parar aqui por um ou dois dias para aproveitar essa rara ocasião.

Fiquei bastante surpreso, pois até então Sir Henry sempre fora a favor de avançar o mais rápido possível, especialmente porque tínhamos sido informados, em Inyati, que cerca de dois anos antes um inglês chamado Neville vendera ali sua carroça e partira para o interior. Mas suponho que seus instintos de caçador levaram a melhor naquele momento.

Good se entusiasmou com a ideia, pois realmente ansiava poder caçar aqueles elefantes; e, para falar a verdade, eu também, pois ia contra minha consciência deixar escapar uma manada como aquela sem tirar proveito.

– Tudo bem, meus amigos – disse eu. – Acho que estamos precisando de alguma diversão. E agora vamos nos recolher, pois devemos partir ao amanhecer e então talvez possamos apanhá-los enquanto se alimentam, antes que sigam adiante.

Os outros concordaram e passamos a nos preparar para dormir. Good tirou a roupa, sacudiu-a, guardou o monóculo e a dentadura postiça no bolso das calças e dobrou cuidadosamente cada peça do vestuário, guardou tudo ao abrigo do sereno, sob sua capa impermeável. Sir Henry e eu nos contentamos com arranjos mais simples, e logo estávamos enrolados em nossos cobertores e caindo no sono sem sonhos que recompensa o viajante.

Rumores estranhos... O que seria isso?

Subitamente, da direção da água vieram sons de uma luta violenta e, no instante seguinte, irrompeu em nossos ouvidos uma sucessão dos mais terríveis rugidos. Não havia como duvidar de sua origem; só um leão poderia fazer um rumor desse tipo. Todos nos levantamos de um salto e olhamos na direção da água, onde vimos uma massa confusa, amarela e preta, lutando e rolando em nossa direção. Tomamos nossos rifles e colocando nossos *veldtschoons*, isto é, calçados feitos de couro cru, corremos para fora do *scherm* ou abrigo. A essa altura, o animal já havia caído e rolava pelo chão, e quando chegamos ao local, não se debatia mais. Estava estirado, imóvel.

Então vimos do que se tratava. Sobre a grama, jazia uma palanca-negra macho... o mais belo de todos os antílopes africanos... já morto e, trespassado pelos grandes chifres recurvos desse antílope, estava ali um magnífico leão de juba preta, também morto. Evidentemente, o que havia acontecido foi o seguinte: A palanca-negra tinha descido para beber na lagoa, onde o leão... sem dúvida o mesmo que tínhamos ouvido rugir... estava à espreita. Enquanto o antílope bebia, o leão saltou sobre ele, mas foi recebido pelos chifres curvos e afiados que o perfuraram. Já havia visto acontecer algo semelhante em outra ocasião. Então o leão, incapaz de se libertar, mordeu e dilacerou as costas e o pescoço do antílope que, enlouquecido de medo e dor, se debateu até cair morto.

Assim que terminamos de examinar detalhadamente os animais, chamamos os cafres, e todos juntos conseguimos arrastar as carcaças até o abrigo. Depois disso, entramos e nos deitamos, para não mais acordar até o amanhecer.

Aos primeiros raios de luz da manhã, já estávamos de pé e nos preparando para o embate. Levamos conosco os três rifles, um bom suprimento de munição e nossos grandes cantis, cheios de chá frio e fraco, que sempre achei a melhor bebida a levar para uma caçada. Depois de engolir um pouco do café da manhã, partimos acompanhados por Umbopa, Khiva e Ventvögel. Deixamos os demais cafres no local, com instruções para tirar a pele do leão e da palanca-negra, além de cortar em pedaços a carne dessa última.

Não tivemos dificuldade em encontrar a larga trilha dos elefantes, que Ventvögel, depois de examinar, afirmou ter sido feita por cerca de vinte a trinta elefantes, em sua maioria, machos adultos. Mas a manada havia se afastado um pouco durante a noite, e às 9 horas da manhã, quando já fazia muito calor, ficamos sabendo, pelas árvores quebradas, folhas e cascas estraçalhadas e pelos excrementos fumegantes, que não poderíamos estar longe desses animais.

Logo avistamos a manada, que contava, como Ventvögel havia dito, com vinte a trinta elefantes, parada num baixio, abanando suas enormes orelhas, depois de terminar sua refeição matinal. Era uma visão esplêndida, pois estavam a apenas duzentos passos de nós. Tomando um punhado de capim seco, joguei-o para o alto, a fim de verificar a direção do vento, pois se chegassem a sentir nosso odor, eu sabia que haveriam de fugir antes que pudéssemos dar um único tiro. Percebendo que o vento soprava do lado dos elefantes em nossa direção, rastejamos furtivamente e, graças à vegetação, conseguimos chegar a cerca de quarenta passos dos animais; Bem à nossa frente e em ambos os lados estavam três esplêndidos machos, um deles com enormes presas. Sussurrei aos outros parceiros que eu ficaria com o do meio; Sir Henry ficaria com aquele à esquerda, e Good com o macho de grandes presas.

– Agora – sussurrei.

Bum! Bum! Bum!... Foram os disparos dos três potentes rifles, e o elefante de Sir Henry caiu morto, atingido com um tiro certeiro no coração. O meu dobrou os joelhos e achei que ele ia morrer, mas no momento seguinte se reergueu e saiu correndo, passando direto por mim. Enquanto ele avançava, dei-lhe o segundo tiro nas costelas, que o derrubou de verdade. Colocando apressadamente dois cartuchos novos, corri para perto dele, e uma bala no cérebro pôs fim à agonia do pobre animal.

Então me virei para ver como Good havia se saído com o grande macho, que eu tinha ouvido berrando de raiva e de dor enquanto eu reduzia o meu ao silêncio. Ao chegar ao capitão, encontrei-o num estado de grande excitação. Parecia que, ao ser atingido pela bala, o elefante se virou e avançou diretamente contra seu agressor, que mal teve tempo de sair do caminho, e continuou avançando cegamente na direção de nosso acampamento. Nesse meio-tempo, a manada se havia dispersado, alarmada, na direção oposta.

Discutimos por breve tempo se iríamos atrás do macho ferido ou se atrás da manada e, finalmente, decidimos pela última alternativa; então partimos, pensando que tínhamos visto aquelas enormes presas pela última vez. Muitas vezes desejei que tivesse sido assim. Seguir os elefantes foi uma tarefa fácil, pois eles tinham deixado, em sua fuga descontrolada, um rastro semelhante a trilhas de carroças, esmagando os espessos arbustos como se fossem capim tambuki.

Mas atacá-los era outra questão, e tínhamos caminhado sob o sol escaldante por mais de duas horas antes de localizá-los. Com exceção de um macho, estavam todos reunidos, e eu pude ver, pelo modo agitado e pela maneira como levantavam as trombas para testar o ar, que eles estavam totalmente atentos diante de qualquer ameaça. O macho solitário estava desempenhando o papel de sentinela, a uns cinquenta metros de distância, de um lado da manada, e cerca de sessenta metros nos separavam dele. Pensando que poderia nos ver ou farejar, e que isso provavelmente haveria de espantar a todos novamente, se tentássemos nos aproximar, especialmente porque o terreno era muito aberto, todos apontamos para esse macho e, a meu comando dado aos sussurros, atiramos. Os três tiros surtiram efeito e ele caiu morto.

Uma vez mais, a manada saiu em disparada, mas, para azar dos animais, a cerca de cem metros adiante havia um *nullah*, ou trilha de leito seco de rio, com barrancos escarpados, local que se assemelhava muito àquele onde o príncipe imperial foi morto na Zululândia. Os elefantes ficaram encurralados dentro desse valo e, quando chegamos à borda, vimos que lutavam em grande confusão, tentando galgar aquela margem oposta, enchendo o ar com seus gritos e berros enquanto se empurravam uns aos outros em pânico, assim como fazem tantos seres humanos.

Essa era nossa oportunidade e, atirando, recarregando as armas e disparando novamente, com a maior rapidez possível, matamos cinco dos pobres animais, e sem dúvida teríamos matado a manada inteira, se os elefantes não tivessem desistido repentinamente de suas tentativas de escalar a margem, saindo em disparada pelo leito seco do rio. Estávamos cansados demais para segui-los, e talvez também um pouco fartos dessa matança: oito elefantes abatidos constituem uma ótima caçada para um dia.

Então, depois de descansarmos um pouco e depois que os cafres retiraram o coração de dois dos elefantes para o jantar, partimos de volta para o abrigo, muito satisfeitos com o nosso dia de trabalho, tendo decidido enviar os carregadores no dia seguinte para cortar as presas.

Pouco depois de passarmos novamente pelo local onde Good havia ferido o grande macho da manada, encontramos um rebanho de elandes, mas não atiramos neles, pois já tínhamos muita carne. Passaram trotando por nós e depois pararam atrás de um pequeno lote de arbustos a cerca de cem metros de distância, voltando-se para olhar para nós. Como Good estava ansioso para vê-los de perto, pois nunca tinha visto um elande, entregou seu rifle a Umbopa e, seguido por Khiva, caminhou até os arbustos. Nós nos sentamos e esperamos por ele, sem lamentar por termos um breve tempo para descansar.

O sol estava se pondo em sua glória avermelhada, e Sir Henry e eu estávamos admirando o belo cenário quando, de repente, ouvimos o grito de um elefante e vimos sua enorme silhueta, de tromba e cauda erguidas, disparando desvairadamente contra o grande globo de fogo do sol. No instante seguinte, vimos outra coisa, isto é, Good e Khiva correndo de volta em nossa direção com o macho ferido atrás deles... pois era ele que os perseguia... Por um momento não ousamos atirar... embora a essa distância teria sido totalmente inútil... receando atingir um dos homens. Logo a seguir, uma coisa terrível aconteceu... Good foi vítima de sua paixão de se vestir de forma civilizada. Se tivesse consentido em se desfazer dessas calças e polainas, como todos nós, e em ir à caça com uma camisa de flanela e um par de *veldtschoons*, tudo teria dado certo. Mas do jeito que estava, suas calças o atrapalharam naquela corrida desesperada e, nesse momento, quando estava a cerca de sessenta metros de nós, suas botas, polidas pela grama seca, escorregaram, e ele caiu de cara no chão bem na frente do elefante.

Ficamos tensos, sem respirar, pois sabíamos que ele deveria morrer, e corremos o mais rápido possível em sua direção. Em três segundos tudo acabou, mas não como pensávamos. Khiva, o rapaz zulu, viu seu patrão cair e, bravo como era, virou-se e arremessou sua azagaia diretamente na cara do elefante. Acertou a tromba.

Com um berro de dor, o elefante agarrou o pobre zulu, jogou-o no chão e, colocando uma enorme pata no meio de seu corpo, enrolou a tromba na parte superior do rapaz, partindo-o em dois.

Acorremos até ele loucos de horror e atiramos repetidamente contra o elefante, até que caiu sobre os restos mortais do pobre zulu.

O capitão Good se levantou e pôs as mãos sobre o corajoso rapaz que havia dado a vida para salvá-lo e, embora eu seja um veterano, senti um nó na garganta. Umbopa ficou contemplando o enorme elefante morto e os restos dilacerados do pobre Khiva.

– Ah, bem – disse ele, finalmente. – Está morto, mas morreu como um homem!

CAPÍTULO 5

NOSSA CAMINHADA PELO DESERTO

Tínhamos matado nove elefantes. Levamos dois dias para cortar as presas, carregá-las depois para o acampamento, e enterrá-las cuidadosamente debaixo de uma grande árvore, que constituía um ponto visível numa vasta área em derredor. Era um belo lote de marfim. Nunca tinha visto um melhor, com uma média de 20 a 25 quilos cada presa. As presas do grande macho que matou o pobre Khiva pesavam, juntas, quase 80 quilos, segundo avaliação aproximada feita no local.

Enterramos os restos mortais de Khiva numa toca de porco-da-terra, com uma azagaia para que se protegesse em sua jornada para um mundo melhor. No terceiro dia, partimos novamente, esperando sobreviver para retornar e desenterrar nosso marfim. E depois de um bom tempo, depois de uma longa e cansativa caminhada e muitas aventuras que não tenho espaço para relatar, chegamos ao povoado de Sitanda, perto do rio Lukanga, o verdadeiro ponto de partida de nossa expedição.

Lembro-me muito bem de nossa chegada àquele lugar. À direita havia um povoado nativo disperso com alguns currais de gado com cercado de pedra e algumas terras cultivadas perto de um curso d'água, onde esses selvagens cultivavam seu escasso suprimento de grãos, e mais além se estendiam grandes áreas de terreno ondulante, cobertas de capim alto, nas quais vagavam rebanhos de animais de pequeno porte. À esquerda ficava o vasto deserto. Esse lugar parece o posto mais avançado de terreno fértil da região e seria difícil dizer a que causas naturais se deve uma mudança tão abrupta na qualidade do solo. Mas assim é.

Logo abaixo de nosso acampamento corria um pequeno riacho; do outro lado dele havia uma encosta pedregosa, a mesma em que, vinte anos antes, eu tinha visto o pobre Silvestre se arrastando depois de sua tentativa de chegar às Minas de Salomão, e além dessa encosta começa o árido deserto, coberto por uma espécie bem típica de arbusto (*karu*).

Já estava anoitecendo quando passamos a montar nosso acampamento, e o grande globo do sol ia submergindo no deserto, lançando gloriosos raios de luz multicolorida por todo o vasto horizonte. Deixando Good para supervisionar a montagem de nosso pequeno acampamento, levei Sir Henry comigo e, caminhando até o topo da encosta oposta, nos detivemos a contemplar o imenso deserto. O ar estava fantasticamente límpido e, muito, muito longe, eu podia distinguir os tênues contornos azuis, aqui e acolá cobertos de branco, dos cumes de Suliman.

– Lá longe – disse eu. – Lá está a muralha em torno das Minas de Salomão, mas só Deus sabe se algum dia vamos conseguir galgá-la.

– Meu irmão deve estar lá e, se estiver, de algum modo vou encontrá-lo – disse Sir Henry, naquele tom de serena confiança que o caracterizava.

– Espero que sim – respondi, e me virei para voltar ao acampamento, quando vi que não estávamos sozinhos. Atrás de nós, também olhando seriamente para as montanhas distantes, estava o grande cafre, Umbopa.

O zulu falou quando viu que eu o havia observado, dirigindo-se a Sir Henry, a quem se afeiçoara:

– É para essa terra que pretende ir, *Incubu*? (palavra nativa que significa, creio eu, "elefante", e esse foi o nome dado a Sir Henry pelos cafres) – disse ele, apontando para a montanha com sua longa azagaia.

Perguntei-lhe de imediato o que queria dizer ao se dirigir a seu patrão dessa maneira tão familiar. É de todo normal que os nativos atribuam a alguém um nome a ser usado entre eles, mas não parece decente que chamem um homem branco por um apelido pagão diretamente em sua presença. O zulu deu então uma risadinha discreta, que me irritou.

– Como sabe que não sou igual ao *Inkosi* a quem sirvo? – disse ele. – Ele é de uma casa real, sem dúvida; pode-se vê-lo em seu tamanho e em seu semblante; talvez eu também. Pelo menos, eu sou um homem tão grande quanto ele. Seja minha voz, ó Macumazan, e transmita minhas palavras ao *Inkosi Incubu*, meu mestre, pois eu gostaria de falar com ele e com você.

Fiquei zangado com o homem, pois não estou acostumado a ser tratado dessa maneira pelos cafres, mas, de alguma forma, ele me impressionou e, além disso, eu estava curioso para saber o que ele tinha a dizer. Então eu traduzi as palavras dele para Sir Henry, expressando ao mesmo tempo minha opinião de que ele era um sujeito insolente e que sua arrogância era ultrajante.

– Sim, Umbopa – respondeu Sir Henry. – Para lá pretendo ir.

– O deserto é vasto e não há água nele, as montanhas são altas e cobertas de neve, e o homem não pode dizer o que está além delas, atrás do lugar onde o sol se põe. Como vai chegar lá, *Incubu*, e por que vai?

Mais uma vez, eu traduzi.

– Diga-lhe – respondeu Sir Henry – que vou porque acredito que um homem de meu sangue, meu irmão, foi para lá antes de mim, e estou viajando para procurá-lo.

– É isso mesmo, *Incubu*; um hotentote que encontrei na estrada me contou que um homem branco entrou nesse deserto há dois anos em direção daquelas montanhas com um criado, um caçador. Eles nunca mais voltaram.

– Como sabe que era meu irmão? – perguntou Sir Henry.

– Bem, eu não sei. Mas o hotentote, quando lhe perguntei como era o homem branco, disse-me que tinha os olhos iguais aos seus e uma barba preta. Disse também que o nome do caçador que o acompanhava era Jim; que era um caçador botsuano e usava roupas.

– Não há dúvida quanto a isso – disse eu. – Eu conhecia Jim muito bem.

Sir Henry acenou com a cabeça, em sinal afirmativo.

– Eu tinha certeza disso – disse ele. – Se George cismava fazer alguma coisa, geralmente a fazia. Sempre foi assim desde a infância. Se pretendia cruzar os montes Suliman, ele os cruzou, a menos que algum acidente lhe tenha ocorrido, mas o que temos a fazer é procurá-lo do outro lado.

Umbopa entendia inglês, embora raramente o falasse.

– É uma longa viagem, *Incubu* – acrescentou ele; e eu traduzi essa observação.

– Sim – respondeu Sir Henry. – É longe. Mas não há jornada nessa terra que um homem não possa fazer, se estiver decidido a isso. Não há nada, Umbopa, que não possa fazer, não há montanhas que não possa escalar, não há desertos que não possa atravessar, a não ser uma montanha e um deserto que não conheça, se o amor o guiar e se não tiver receio pela própria vida, Pronto tanto para mantê-la quanto para perdê-la, segundo as disposições emanadas dos céus.

Traduzi.

– Grandes palavras, meu pai – respondeu o zulu... sempre o chamei de zulu, embora ele não fosse realmente um... – Grandes e elevadas palavras, dignas de serem proferidas por um homem. Tem razão, meu pai *Incubu*. Ouça! O que é a vida? É uma pena, é a semente da grama, soprada para cá e para lá, às vezes se multiplicando e morrendo no ato, às vezes levada para o céu.

Mas se essa semente for boa e pesada, talvez possa percorrer um bom trecho na estrada que desejar. É bom tentar avançar pelo caminho e lutar com o ar. Todo homem tem de morrer. Na pior das hipóteses, ele pode morrer um pouco mais cedo. Eu o acompanharei pelo deserto e pelas montanhas, a menos que por acaso eu caia ao longo do caminho, meu pai.

Ele fez uma breve pausa e depois continuou com um daqueles estranhos arroubos de eloquência que às vezes acometem os zulus e que, a meu ver, embora repletos de repetições inúteis, mostram que a raça não é de forma alguma desprovida de senso poético e de capacidade intelectual.

– O que é a vida? Digam-me, ó homens brancos, sábios como são e que conhecem os segredos do mundo, do mundo das estrelas e do mundo que está acima e ao redor das estrelas; que transmitem suas palavras de longe sem uma voz; digam-me, homens brancos, qual o segredo de nossa vida... para onde vai e de onde vem! Não podem me responder; não sabem. Escutem, que eu vou responder. Da escuridão viemos, para a escuridão iremos. Como um pássaro impelido pela tempestade à noite, voamos vindos do Nada; por um momento, nossas asas são vistas à luz do fogo e, de repente!, partimos novamente para o Nada. A vida não é nada. A vida é tudo. É a mão com que detemos a Morte. É o vaga-lume que brilha à noite e que se apaga pela manhã; é o hálito branco dos bois no inverno; é a pequena sombra que corre sobre a relva e se perde ao entardecer.

– Você é um homem estranho – disse Sir Henry, quando ele parou.

Umbopa riu.

– Parece-me que somos muito semelhantes, *Incubu*. Talvez eu procure um irmão além das montanhas.

Olhei para ele com desconfiança.

– O que quer dizer? – perguntei. – O que sabe a respeito dessas montanhas?

– Um pouco; muito pouco. Há uma terra estranha por lá,

uma terra de bruxaria e de belas coisas; uma terra de gente corajosa, de árvores, riachos, picos nevados e de uma grande estrada branca. Ouvi falar dela. Mas de que adianta falar? Está escurecendo. Quem viver para ver, verá.

Mais uma vez, olhei para ele, apreensivo. O homem sabia demais.

– Não precisa ter medo de mim, Macumazan – disse ele, interpretando meu olhar. – Não cavo armadilhas para que caiam nelas. Não tramo conspirações. Se algum dia cruzarmos aquelas montanhas atrás do sol, contarei o que sei. Mas a Morte está por lá, à espreita. Sejam prudentes e voltem. Vão caçar elefantes, meus mestres. É o que tinha a dizer.

E sem outra palavra, ergueu sua lança em sinal de saudação e voltou para o acampamento, onde logo depois o encontramos limpando uma arma como qualquer outro cafre.

– Realmente, é um homem estranho – disse Sir Henry.

– Sim – respondi. – Muito estranho, até demais. Não gosto do jeito dele. Sabe de algo e não quer contar. Mas acredito que não adianta brigar com ele. Estamos numa viagem curiosa e um misterioso zulu, de uma forma ou de outra, não fará muita diferença.

No dia seguinte, fizemos os preparativos para partir. Claro que era impossível carregar nossos pesados rifles, próprios para a caça de elefantes, e outros equipamentos pelo deserto; então, dispensando nossos carregadores, fizemos um acordo com um velho nativo de um *kraal* [povoado] próximo para cuidar de nossos pertences até nosso retorno. Doía-me o coração deixar coisas, como aquelas belas ferramentas, aos cuidados de um velho ladrão, de um selvagem cujos olhos gananciosos brilharam só ao vê-las. Mas tomei algumas precauções.

Antes de mais nada, carreguei todos os rifles, colocando os gatilhos no ponto de tiro, e o informei de que, se os tocasse, iriam disparar. Ele não se conteve e logo quis fazer a experiência; agarrou o rifle duplo oito, que realmente disparou e abriu um buraco num dos bois que estavam sendo conduzidos até o povoado, sem falar no forte solavanco decorrente do recuo da arma, que chegou a derrubar o homem. Levantou-se muito assustado e nada satisfeito com a perda do boi, tendo o descaramento de me pedir que o pagasse. Enfim, nada o induziria a tocar novamente em nossas armas.

– Coloque esses demônios vivos fora do alcance, lá no alto do telhado – disse ele – ou vão nos matar a todos.

Então lhe disse que, se uma dessas coisas faltasse quando voltasse, eu o mataria junto a seu povo por meio de bruxaria; e se morrêssemos e ele tentasse roubar os rifles, eu viria e o assombraria, enlouqueceria seu gado e faria azedar seu leite até que a vida se tornasse insuportável; além disso, faria os demônios saírem de dentro das armas e haveriam de falar com ele de uma maneira nada agradável. Desse jeito, eu lhe dava uma ideia geral das punições que haveriam de recair sobre ele. Depois disso, ele prometeu cuidar delas como se fossem o espírito de seu pai. Ele era um velho cafre muito supersticioso e um grande pilantra.

Dispensando todo equipamento e material supérfluos, passamos a preparar aquilo que nós cinco... Sir Henry, Good, eu, Umbopa e o hotentote Ventvögel... deveríamos levar conosco na viagem. Era pouca coisa, mas, por mais que fizéssemos, não conseguíamos reduzir seu peso a menos de 18 quilos por cabeça. E aqui está em que consistiam:

* os três rifles Express e duzentos cartuchos de munição;

* os dois rifles de repetição Winchester (para Umbopa e Ventvögel), com duzentos cartuchos;

* cinco cantis de água Cochrane, cada um com capacidade para 2 litros;

* cinco cobertores;

* cerca de 12 quilos de *biltong*, ou seja, carne de caça seca ao sol;

* cerca de 5 quilos das melhores e variadas contas para presentes.

* uma seleção de remédios, incluindo alguns gramas de quinino, e um ou dois pequenos instrumentos cirúrgicos;

* nossas facas, alguns artigos diversos, como bússola, fósforos, um filtro de bolso, tabaco, uma espátula, uma garrafa de conhaque e as roupas que usávamos.

Esse era nosso equipamento completo. Na verdade, bem pequeno para semelhante aventura, mas não ousamos tentar carregar mais coisas. De fato, essa carga já era pesada para cada homem enfrentar uma caminhada pelo deserto escaldante, pois nesses lugares cada grama adicional conta. Mas não conseguíamos ver como reduzir o peso. Não levávamos nada além do estritamente necessário.

Com grande dificuldade e com a promessa de um presente de uma boa faca de caça para cada um, consegui persuadir três miseráveis nativos da aldeia a nos acompanhar na primeira etapa da travessia, cerca de trinta quilômetros, carregando três grandes cabaças, contendo um galão de água cada. Meu objetivo era o de possibilitar reabastecer nossos cantis de água após a primeira noite de caminhada, pois decidimos partir no frescor da noite. Falei a esses nativos que íamos caçar avestruzes, que abundavam nesse deserto. Eles resmungaram e deram de ombros, dizendo que éramos loucos e que morreríamos de sede, o que, devo dizer, parecia bem provável; mas desejando obter as facas, que eram tesouros quase desconhecidos por aquelas bandas, eles consentiram em nos acompanhar, tendo provavelmente refletido que, afinal, nossa morte iminente não seria da conta deles.

Descansamos e dormimos durante todo o dia seguinte e, ao pôr do sol, tomamos uma farta refeição de carne fresca acompanhada de chá que, como Good observou com tristeza, provavelmente haveríamos de beber por muitos dias. Então, tendo feito nossos preparativos finais, deitamos e esperamos que a lua surgisse. Por fim, por volta das 9 horas, ela surgiu em toda a sua glória, inundando a terra selvagem com sua luz e lançando um brilho prateado na vastidão do deserto ondulante diante de nós, que parecia tão solene e quieto e tão estranho ao homem quanto o firmamento salpicado de estrelas acima de nossas cabeças.

Levantamo-nos e, em poucos minutos, estávamos prontos, mas hesitamos um pouco, como a natureza humana costuma hesitar quando está a ponto de dar um passo irreversível. Nós três, homens brancos, ficamos sozinhos. Umbopa, de azagaia na mão e rifle ao ombro, olhava fixamente para o deserto alguns passos à nossa frente; enquanto os nativos contratados, com as cabaças de água, e Ventvögel estavam reunidos num pequeno grupo mais para trás.

– Cavalheiros – disse Sir Henry, em seguida, com sua voz grave –, estamos fazendo a viagem mais estranha que os homens podem fazer nesse mundo. É mais que duvidoso que possamos ter êxito. Mas somos três homens que vão permanecer juntos para o bem ou para o mal, até o fim. Agora, antes de começarmos, vamos orar por um momento ao Poder que molda os destinos dos homens e que, desde sempre, traçou nossos caminhos, para que se digne dirigir nossos passos de acordo com sua vontade.

Tirando o chapéu, por cerca de um minuto, ele cobriu o rosto com as mãos, e Good e eu fizemos o mesmo.

Não posso dizer que eu seja um homem de oração de primeira linha, poucos caçadores o são; quanto a Sir Henry, nunca o ouvira falar assim antes, e apenas mais uma vez depois dessa, embora no fundo de seu coração eu acredite que ele é muito religioso. Good também é piedoso, embora costume praguejar. De qualquer forma, não me lembro, excetuando uma única ocasião, de ter feito uma oração tão fervorosa em minha vida como a que fiz naquele momento; e de algum modo me senti mais feliz por isso. Nosso futuro era de tal forma desconhecido, e acho que o desconhecido e o terrível sempre aproximam o homem de seu Criador.

– E agora – disse Sir Henry –, vamos andando!

E assim, partimos.

Nada tínhamos para nos guiar, a não ser as distantes montanhas e o velho mapa de José da Silvestra que, considerando o fato de ter sido desenhado três séculos antes por um homem moribundo e meio perturbado num fragmento de linho, não era um tipo de coisa muito digno de confiança. Ainda assim, nossa única esperança de sucesso dependia dele, tal como era. Se não conseguíssemos encontrar aquela poça de água barrenta que o velho senhor assinalou como se estivesse situada no meio do deserto, a cerca de sessenta milhas de nosso ponto de partida, e aproximadamente na mesma distância das montanhas ao longe, com toda a probabilidade deveríamos perecer miseravelmente de sede. Mas, para mim, as chances de encontrá-la naquele imenso mar de areia e de arbustos *karu* pareciam ínfimas. Mesmo supondo que Da Silvestra tivesse marcado a poça corretamente, o que havia que pudesse ter impedido, muito tempo atrás, que essa lagoa tivesse secado totalmente sob o sol escaldante ou que tivesse sido destruída pelo contínuo pisoteio dos animais ou que tivesse sido soterrada pela areia carregada pelos ventos?

Caminhávamos silenciosamente como sombras na noite e pisando na areia grossa. Os arbustos de *karu* se enroscavam em nossas pernas e atrapalhavam nossos passos. A areia entrava em nossas *veldtschoons* e nas botas de caça de Good, de modo que a cada trecho de alguns quilômetros tínhamos de parar e esvaziar nossos calçados. Mas a noite continuava bastante fresca, embora a atmosfera estivesse densa e pesada, dando uma espécie de sensação cremosa ao ar; assim mesmo, conseguimos avançar bastante. Um silêncio total e uma solidão profunda predominavam no deserto, chegando a ser algo opressivo. Good percebeu isso e começou a assobiar a canção *The girl I left behind me* [A garota que deixei para trás][(13)], mas as notas soavam lúgubres naquela vastidão sem fim e ele desistiu.

---

13 Canção folclórica que surgiu na década de 1750 em circunstâncias pouco conhecidas, talvez entre a soldadesca que partia para a guerra ou entre os marinheiros em viagem; a música e o texto impressos apareceram pela primeira vez em 1791. (N.T.)

Pouco depois ocorreu um pequeno incidente que, embora nos tenha assustado no momento, mais tarde provocou risos. Good andava na frente de todos, pois levava a bússola que ele, como marinheiro, sabia muito bem como usá-la. Estávamos caminhando em fila única, atrás dele, quando subitamente ouvimos um grito e o homem desapareceu. No instante seguinte, houve um burburinho extraordinário a nosso redor, com roncos, grunhidos e sons de pés em disparada. Sob a fraca luz do luar, podíamos avistar também formas galopantes indistintas, meio escondidas por nuvens de areia. Os nativos jogaram suas cargas no chão e se preparavam para fugir, mas lembrando-se de que não havia para onde correr, se atiraram no chão e gritavam que eram fantasmas. Sir Henry e eu ficamos estupefatos. Não menos surpresos ficamos ao perceber a silhueta de Good disparando na direção das montanhas, aparentemente montado no lombo de um cavalo e gritando descontroladamente. No instante seguinte, ele ergueu os braços e nós o ouvimos cair no chão com um baque.

Então cheguei a compreender o que havia acontecido; ele tinha tropeçado num bando de *quagga* [zebras] adormecidas, caindo nas costas de uma delas que, naturalmente, se levantou e fugiu com ele na garupa. Avisando os demais de que estava tudo bem, corri em direção a Good, com medo de que se tivesse machucado, mas para meu grande alívio, encontrei-o sentado na areia, com o monóculo ainda firmemente fixo em seu olho, um tanto abalado e muito assustado, mas sem nenhum ferimento.

Depois disso, continuamos sem mais desventuras até cerca de uma hora, quando paramos e, após beber um pouco de água, não muito, pois a água era preciosa, descansamos meia hora antes de prosseguir.

E fomos adiante até que, finalmente, o leste começasse a corar como as faces de uma menina. Então surgiram tênues raios de luz rosada, que logo se transformaram em barras douradas, com as quais a aurora deslizou sobre o deserto.

As estrelas ficaram cada vez mais pálidas, até que, por fim, desapareceram; a lua dourada foi perdendo seu brilho e o alto de suas montanhas se destacava em seu rosto doentio como os ossos nas faces de um moribundo. Então faixas de luz foram se sucedendo, cintilando ao longe pelo deserto sem limites, perfurando e desfazendo os véus de névoa, até que o deserto estivesse envolto num trêmulo esplendor dourado, e era o raiar do dia.

Mesmo assim não paramos, embora a essa altura já nos agradasse fazê-lo, pois sabíamos que, no momento em que o sol estivesse bem alto, seria quase impossível continuar caminhando. Por fim, cerca de uma hora depois, avistamos um pequeno acúmulo de rochas erguendo-se da planície, e para lá nos dirigimos. Por sorte, encontramos ali uma laje saliente atapetada por baixo com areia fofa, que nos proporcionou um agradável abrigo contra o calor. Acomodamo-nos por baixo desse rochedo e, depois de beber um pouco de água e comer um pouco de carne seca, deitamos e logo caímos num sono profundo.

Eram 3 horas da tarde quando acordamos e encontramos nossos carregadores preparando-se para voltar. Eles já estavam fartos do deserto, e nenhuma quantidade de facas os teria convencido a dar mais um passo adiante conosco. Então bebemos bastante água e, depois de esvaziarmos nossos cantis, os enchemos novamente com a água das cabaças que os carregadores haviam trazido, e depois os vimos partir para casa, numa caminhada de mais ou menos trinta quilômetros.

Às 4h30, também recomeçamos nossa caminhada. Era um esforço solitário e desolador, pois, com exceção de alguns avestruzes, não se via uma única criatura viva em toda a vasta extensão da planície arenosa. Evidentemente, a região era por demais árida para os animais e, com exceção de uma ou duas cobras de aparência mortal, não vimos nem répteis. Um inseto, no entanto, era abundante, a mosca comum ou doméstica.

"Não vinham como espiões isolados, mas em batalhões", como acho que está escrito em algum lugar do Antigo Testamento[14]. A mosca comum é um inseto extraordinário. Em qualquer lugar que se vá, lá está ela, e deve ter sido sempre assim. Eu a vi envolta num fóssil de âmbar de, segundo me disseram, meio milhão de anos, e tinha a aparência exatamente igual à de suas descendentes de hoje, E tenho poucas dúvidas de que, no momento em que o último ser humano estiver por expirar nessa terra, ali estará uma mosca zumbindo em torno dele... se esse momento ocorrer no verão... esperando uma oportunidade de pousar em seu nariz.

Ao pôr do sol paramos, esperando o surgimento da lua. Por fim, ela apareceu, linda e serena como sempre; e, com uma parada por volta das 2 horas da manhã, caminhamos penosamente durante a noite, até que finalmente o sol bem-vindo colocasse um ponto final em nosso esforço. Bebemos um pouco de água e nos jogamos na areia, totalmente exaustos, e em pouco tempo já estávamos dormindo. Não havia necessidade de alguém ficar de vigia, pois não tínhamos nada a temer de ninguém ou de nada naquela vasta planície deserta. Nossos únicos inimigos eram o calor, a sede e as moscas, mas eu teria preferido enfrentar qualquer perigo oferecido por homens ou animais do que aquela terrível trindade. Dessa vez não tivemos a sorte de encontrar uma rocha protetora para nos proteger do sol, resultando disso que, por volta das 7 horas, acordamos experimentando as mesmas sensações que se atribuiriam a um bife na grelha. Estávamos literalmente sendo assados por completo. O sol ardente parecia estar sugando nosso sangue. Sentamos e começamos a tossir.

– Eita! – exclamei, tentando espantar a multidão de moscas

14 Os leitores devem ter cuidado ao aceitar as referências do senhor Quatermain como precisas, do modo, descobriu-se, como alguns estão propensos a fazer. Homem pouco afeito à leitura como ele era, a impressão produzida por ela em sua mente era confusa. Assim, para ele, o Antigo Testamento e Shakespeare eram autoridades intercambiáveis. (Nota do Editor)

que zumbiam alegremente em volta de minha cabeça. O calor não as afetava.

– Minha nossa! – exclamou Sir Henry, por sua vez.

– Faz um calor danado! – acrescentou Good.

Estava quente, de fato, e não havia qualquer abrigo à vista. Para onde quer que olhássemos, não havia rocha ou árvore, nada além de um brilho interminável, que se tornava ofuscante por causa do ar aquecido que dançava sobre a superfície do deserto como se estivesse num forno em brasa.

– O que é que se pode fazer? – perguntou Sir Henry. – Não há como aguentar isso por muito tempo.

Olhamos um para o outro sem saber o que dizer ou fazer.

– Tenho uma ideia – disse Good. – Vamos cavar um buraco, entrar nele e nos cobrir com os arbustos de *karu*.

Não parecia uma ideia muito promissora, mas pelo menos era melhor do que nada. Então começamos a trabalhar e, com a espátula que tínhamos conosco e com nossas mãos, em menos de uma hora, conseguimos cavar um pedaço de terreno com cerca de 4 metros de comprimento por 3 de largura e 60 centímetros de profundidade. Então cortamos uma quantidade de arbustos baixos com nossas facas de caça e, enfiando-nos no buraco, com eles nos cobrimos. Ventvögel não entrou, pois, sendo um hotentote, o calor não o afeta tanto. Isso nos deu um leve abrigo dos raios ardentes do sol, mas o calor reinante naquele tosco túmulo pode até ser imaginado, mas não descrito. O "Buraco Negro de Calcutá"(15) não deveria ser nada perto daquilo. Na verdade, até agora não sei como conseguimos passar o dia ali. E lá ficamos ofegantes e, de vez em quando, umedecendo nossos lábios com nosso escasso suprimento de água. Se tivéssemos

15 Referência a uma diminuta sala do Forte William, da cidade indiana de Calcutá, transformada em prisão de militares britânicos após uma rebelião e tomada do Forte pelos nativos, em 1756. Num espaço de 8 metros por 6, teriam sido encarcerados 146 homens, dos quais, na manhã seguinte, ao abrirem as portas, encontraram 123 mortos, sufocados. O incidente foi descrito por um dos sobreviventes, John Zephaniah Holwell (1711-1798) e ficou conhecido como "o buraco negro de Calcutá". (N.T.)

seguido nossa ardente vontade, teríamos bebido toda a água nas primeiras duas horas, mas fomos forçados a exercer o mais rígido controle, pois, se nos faltasse água, sabíamos que haveríamos de morrer em muito pouco tempo.

Mas tudo tem um fim, caso se consiga viver o suficiente para vê-lo, e de alguma forma aquele dia miserável chegou ao fim. Por volta das 3 horas da tarde, concluímos que não aguentaríamos mais. Seria melhor morrer caminhando do que ser morto lentamente pelo calor e pela sede nesse terrível buraco. Assim, tomando cada um de nós um pouco de água de nosso suprimento cada vez menor, e agora aquecida quase à mesma temperatura do sangue humano, fomos cambaleando para frente.

Tínhamos então percorrido cerca de oitenta quilômetros de deserto. Se o leitor tiver a paciência de rever o rascunho e a tradução do velho mapa de Da Silvestra, verá que o deserto está indicado como se medisse quarenta léguas de extensão e que a "poça de água barrenta" estaria situada na metade do caminho. Ora, quarenta léguas são cento e noventa quilômetros, consequentemente deveríamos estar no máximo a quinze ou dezoito quilômetros da água, se é que ela realmente existia.

Durante a tarde, avançamos lenta e dolorosamente, mal percorrendo dois quilômetros por hora. Ao entardecer, voltamos a descansar, esperando a lua, e depois de beber um pouco de água conseguimos dormir por um breve tempo.

Antes de nos deitarmos, Umbopa apontou para uma pequena e indistinta colina que se erguia na superfície plana do deserto, a cerca de treze quilômetros de distância. Do local onde nos encontrávamos, parecia um formigueiro e, enquanto me preparava para dormir, comecei a me perguntar o que poderia ser.

Com o surgir da lua, voltamos a seguir em frente, sentindo-nos terrivelmente exaustos e sofrendo as torturas da sede e do calor sufocante. Ninguém que não tenha passado por isso pode imaginar o que passamos. Não caminhávamos mais, cambaleávamos, de vez em quando caindo de exaustão e sendo obrigados a parar mais ou menos a cada hora. Mal tínhamos energia para falar. Até esse ponto, Good tinha vindo conversando e brincando, pois é um sujeito alegre; mas agora já não encontrava mais motivo para gracejar.

Enfim, por volta das 2 horas da madrugada, totalmente extenuados de corpo e mente, chegamos ao sopé da estranha colina, ou do *koppie* [morro] de areia, que, à primeira vista, parecia um formigueiro gigantesco com cerca de 30 metros de altura e com 2 acres de base.

Ali paramos e, impelidos pela desesperadora sede, sugamos nossas últimas gotas de água. Tínhamos menos de meio litro e cada um de nós teria bebido um galão.

Então nos deitamos. Quando estava quase pregando no sono, ouvi Umbopa comentar consigo mesmo em zulu:

– Se não conseguirmos encontrar água, amanhã estaremos todos mortos antes que a lua nasça.

Tive calafrios, mesmo com todo o calor que sentia. A perspectiva de uma morte tão terrível não é nada agradável, mas nem mesmo essa ideia me impediu de adormecer.

CAPÍTULO 6

ÁGUA! ÁGUA!

Duas horas depois, ou seja, por volta das 4 horas, acordei, pois, tão logo a primeira urgente exigência de fadiga corporal foi satisfeita, a sede torturante de que sofria voltou a se impor. Eu não conseguia mais dormir. Havia sonhado que me banhava num riacho com margens verdejantes, repletas de árvores, e acordei para me ver nesse árido deserto e para me lembrar de que, como havia dito Umbopa, se não encontrássemos água hoje, com toda a certeza teríamos uma morte horrível. Nenhuma criatura humana poderia viver muito tempo sem água naquele calor. Sentei-me e esfreguei o rosto sujo com as mãos secas e calejadas; tinha os lábios e as pálpebras colados e só depois de esfregar um pouco e com algum esforço consegui abri-los. O amanhecer não haveria de demorar, mas não havia nada da sensação de brilho no ar, que estava denso, muito escuro e quente como não consigo descrever. Os outros continuavam dormindo.

Pouco depois, no entanto, começou a ficar bastante claro, o que já me permitia ler. Tomei então um pequeno exemplar de bolso das *Lendas de Ingoldsby* que trouxera comigo e li *A Gralha de Reims*. E cheguei a esta passagem:

"Um garotinho simpático segurava um jarro de ouro,
Ornamentado e cheio da água mais pura
Como a que flui entre Reims e Namur."

Literalmente, eu lambi os lábios ressequidos, ou melhor, tentei lambê-los. O mero pensamento daquela água pura me deixou enlouquecido. Se o cardeal estivesse lá com seu sino, livro e vela, eu teria me intrometido e bebido a água que ele levava; sim, mesmo que já estivesse misturada com a espuma do sabão, "digna para lavar as mãos do Papa", e mesmo sabendo que toda a maldição da Igreja católica recairia sobre mim por fazê-lo.

Chego quase a pensar que devo ter ficado um pouco tresloucado de sede, cansaço e falta de comida; pois comecei a pensar como o cardeal, seu garotinho e a gralha ficariam surpresos ao ver um pequeno caçador de elefantes de pele torrada pelo sol, de olhos castanhos e cabelos grisalhos saltar no meio deles repentinamente, mergulhar o rosto sujo na bacia e sorver cada gota da preciosa água. A ideia me divertiu tanto que eu ri, ou melhor, cacarejei alto, o que acabou por despertar os outros, que passaram a esfregar seus rostos sujos e a abrir seus lábios e pálpebras colados.

Assim que todos estávamos acordados, começamos a discutir a situação, que era muito grave. Não restava mais uma só gota de água. Viramos os cantis de cabeça para baixo e lambemos a boca dos gargalos, mas foi inútil; estavam secos como um osso. Good, que era o encarregado da garrafa de conhaque, tomou-a e a olhou com avidez; mas Sir Henry prontamente a tirou dele, pois beber álcool puro haveria de precipitar o fim.

– Se não encontrarmos água, morreremos – disse ele.

– Se pudermos confiar no mapa do velho senhor, deve haver água aqui por perto – disse eu; mas ninguém pareceu acolher com satisfação esse comentário. Era mais que evidente que não se podia ter muita confiança nesse mapa. Aos poucos, a luz ia surgindo e, enquanto estávamos sentados olhando fixamente um para o outro, observei o hotentote Ventvögel se levantar e começar a andar com os olhos voltados para baixo. Logo parou e, proferindo uma exclamação gutural, apontou para a terra.

– O que é que há? – exclamamos; e levantando-nos todos ao mesmo tempo, fomos até onde ele estava olhando para a areia.

– Bem – disse eu. – É rastro recente de gazela; e daí?

– Gazelas não vão para longe da água – respondeu ele, em holandês.

– Não – retruquei. – Tinha esquecido. Graças a Deus.

Essa pequena descoberta deu novo ânimo. É realmente maravilhoso como o homem, ao estar numa situação desesperadora, se apega à menor esperança e passa a se sentir feliz. Numa noite escura, uma única estrela é melhor do que nada.

Enquanto isso, Ventvögel levantava o nariz arrebitado e farejava o ar quente como um velho carneiro impala que pressente o perigo. Logo ele voltou a falar.

– Sinto cheiro de água – disse ele.

Então ficamos muito contentes, pois sabíamos que instinto maravilhoso possuem esses homens de terras selvagens.

Nesse exato momento, o sol surgiu resplandecente e revelou a nossos olhos atônitos uma visão tão grandiosa, que por alguns momentos chegamos até a nos esquecer da sede.

Lá, a uma distância de sessenta ou oitenta quilômetros, brilhando como prata nos primeiros raios do sol da manhã, se elevavam os Seios de Sabá; e estendendo-se por centenas de quilômetros de cada lado corria a grande cordilheira de Suliman. Agora que, sentado aqui, tento descrever a extraordinária grandeza e a beleza daquela visão, faltam-me as palavras. Sinto-me impotente mesmo ante a memória.

Lá ao longe, bem diante de nós, erguiam-se duas enormes montanhas, como não há outras, creio eu, na África, se é que existem outras iguais no mundo, medindo cada uma delas pelo menos 4 mil metros de altura, e a uma distância entre elas de uns vinte quilômetros, ligadas por um penhasco rochoso e elevando-se em fantástica solenidade branca em direção ao céu.

Essas montanhas, assim dispostas, como os pilares de um portão gigantesco, têm o formato dos seios de uma mulher, e às vezes as névoas e sombras abaixo deles assumem a forma de uma mulher reclinada, misteriosamente velada pelo sono. Suas bases se erguem suavemente da planície, parecendo a essa distância perfeitamente redondas e lisas; e no topo de cada uma há uma colina arredondada coberta de neve, correspondendo exatamente ao mamilo do seio feminino.

O trecho de penhasco que as conecta parece ter cerca de mil metros de altura e é totalmente íngreme. E em cada flanco das montanhas, até onde a vista alcança, estendem-se linhas semelhantes de penhascos, interrompidas apenas aqui e acolá por montanhas de topo achatado, algo como a mundialmente famosa da Cidade do Cabo; uma formação, aliás, muito comum na África.

Descrever a grandeza abrangente dessa visão está além de minhas capacidades. Havia algo tão inexprimivelmente solene e imponente naqueles enormes vulcões... pois sem dúvida são vulcões extintos... que nos impressionou demais. Por algum tempo, as luzes da manhã brincaram sobre a neve, e as massas marrons salientes abaixo, e então, como se para ocultar a visão majestosa de nossos olhos curiosos, estranhos vapores e nuvens se juntaram e aumentaram ao redor das montanhas, até que, finalmente, só podíamos ver seus contornos puros e gigantescos, aparecendo como fantasmas através de uma cortina de névoa. De fato, como descobrimos depois, as montanhas eram geralmente envoltas nessa névoa semelhante a gaze, o que sem dúvida explica o fato de não as termos visto com mais clareza antes.

Os Seios de Sabá mal haviam desaparecido na privacidade coberta de nuvens, que nossa sede... literalmente uma questão ardente... voltou.

Foi muito bom ouvir Ventvögel dizer que sentia cheiro de

água, mas, para qualquer lado que olhássemos, não conseguíamos ver nenhum sinal dela. Até onde a vista alcançava, não havia nada além de areia árida e sufocante e arbustos de *karu*. Contornamos a colina e olhamos ansiosamente para o outro lado, mas era sempre a mesma coisa, não se encontrava uma gota de água; não havia nenhuma indicação de uma lagoa, de uma poça ou de uma nascente.

– Você é um doido – disse eu, com raiva, a Ventvögel. – Não há água.

Mas ainda assim ele ergueu seu feio e arrebitado nariz e farejou.

– Sinto o cheiro, meu senhor – replicou ele. – Está em algum lugar no ar.

– Sim – disse eu. – Sem dúvida está nas nuvens e daqui a dois meses cairá e lavará nossos ossos.

Sir Henry acariciou sua barba amarela, pensativo.

– Talvez esteja no topo da colina – sugeriu ele.

– Credo! – disse Good. – Quem já ouviu falar de água sendo encontrada no topo de uma colina?

– Vamos dar uma olhada – interrompi, e desesperadamente subimos as encostas arenosas da colina, Umbopa ia na frente e logo parou, como que petrificado.

– *Nanzia Manzie*!, isto é, aqui está a água! – exclamou ele, em alta voz.

Corremos até ele e ali, com certeza, num corte profundo ou reentrância no topo do *koppie* de areia, havia indiscutivelmente uma poça d'água. Não nos detivemos para perguntar como poderia haver água num lugar tão estranho nem hesitamos diante de sua aparência escura e desagradável. Era água, ou uma boa imitação dela, e isso nos bastava. De um salto e a toda pressa já estávamos debruçados sugando o fluido pouco convidativo como se fosse um néctar digno dos deuses. Céus, como bebemos! Então, quando paramos de beber, tiramos nossas roupas e nos sentamos dentro da água, absorvendo a umidade através de nossas peles ressecadas. Harry, meu filho, você que só precisa abrir duas torneiras para escolher água "quente" e "fria" de uma vasta cisterna invisível, não faz imagina a delícia que foi chafurdar naquela água lamacenta, salobra e morna.

Depois de um tempo, nos levantamos, realmente revigorados, e atacamos nosso "biltong", do qual mal tínhamos conseguido ingerir uns bocados nas últimas vinte e quatro horas, mas agora comemos até nos saciar. Então fumamos cachimbo e nos deitamos ao lado daquela lagoa abençoada, à sombra da margem saliente e dormimos até o meio-dia.

Ficamos o dia inteiro descansando à margem daquela água, agradecendo a nossas estrelas por termos tido a sorte de encontrá-la, por pior que fosse a qualidade e sem nos esquecermos de render a devida parcela de gratidão ao falecido José da Silvestra, que havia assinalado sua posição com tanta precisão num pedaço de sua camisa. O que se afigurava maravilhoso para nós era que esse tipo de reservatório tivesse durado tanto tempo; a única explicação que poderia dar a isso é que deveria ser alimentado por alguma vertente profunda sob a areia.

Tendo abastecido nosso corpo e nossos cantis de água ao máximo, com ânimo redobrado partimos novamente ao surgir da lua. Naquela noite, percorremos quase quarenta quilômetros; mas, desnecessário dizer, não encontramos mais qualquer fonte de água, embora tenhamos tido a sorte, no dia seguinte, de encontrar um pouco de sombra por trás de alguns formigueiros. Quando o sol nasceu e, por algum tempo, dissipou as misteriosas névoas, as montanhas de Suliman, com seus dois seios majestosos, agora a apenas cerca de trinta quilômetros de distância, pareciam estar se elevando bem acima de nós e pareciam mais imponentes que nunca.

Ao anoitecer, prosseguimos em nossa caminhada e, para encurtar a história, à luz do dia na manhã seguinte nos encontramos nas encostas mais baixas do Seio esquerdo de Sabá, para o qual estávamos nos dirigindo firmemente. A essa altura, nossa água tinha acabado mais uma vez e sentíamos muita sede, nem, na verdade, podíamos vislumbrar qualquer chance de aplacá-la antes de alcançarmos a camada de neve muito, muito acima de nós. Depois de descansar durante uma ou duas horas, impelidos por nossa sede torturante, continuamos, lutando dolorosamente no calor escaldante das encostas de lava, pois descobrimos que a enorme base da montanha era composta inteiramente de leitos de lava expelidos das entranhas da terra numa era muito distante.

Por volta das 11 horas estávamos completamente exaustos e, de modo geral, em péssimo estado. As rochas de lava, sobre as quais devíamos caminhar, embora lisas em comparação com outras de que ouvi falar, como as da ilha de Ascensão, ainda eram bastante ásperas para deixar nossos pés doloridos, e isso, somado a nossos outros problemas, havia acabado conosco. Algumas centenas de passos acima de nós havia alguns grandes blocos de lava endurecida, e para eles nos dirigimos com a intenção de nos deitarmos à sombra deles.

Depois de alcançá-los, para nossa surpresa, tanto quanto nos restava a chance de ser colhidos pela surpresa, num pequeno platô ou cume próximo, vimos que a rocha vulcânica estava coberta por uma densa vegetação verde. Evidentemente, solo formado por lava decomposta havia se acumulado ali, e com o tempo foi se tornando o receptáculo de sementes depositadas por pássaros. Mas não nos interessamos mais pela vegetação verde, pois não se pode viver de capim como Nabucodonosor[(16)]. Isso requer um desígnio especial da Providência e órgãos digestivos peculiares.

Então nos sentamos sob as rochas e demos vazão a queixumes e gemidos; eu, particularmente, desejei de todo coração que nunca tivéssemos iniciado essa tola missão. Enquanto estávamos ali acomodados, vi Umbopa se levantar e mancar

16 Alusão ao livro bíblico do profeta Daniel, capítulo 4, em que o rei da Babilônia, Nabucodonosor, passa uns tempos pastando entre os bois (cap. 4,33) até reconhecer o soberano poder de Deus, quando lhe é restituído o juízo e ele recupera o trono. (N.T.)

em direção da vegetação e, alguns minutos depois, para meu grande espanto, percebi aquele indivíduo geralmente muito digno dançando e gritando como um maníaco, e acenando com algo verde. Todos nós corremos até ele o mais rápido que nossos cansados membros permitiam, esperando que tivesse encontrado água.

– O que é isso, Umbopa, seu doido? – gritei em zulu.

– É comida e água, Macumazan – e acenou novamente para a coisa verde.

Então eu vi o que ele havia encontrado. Era um melão. Tínhamos encontrado um canteiro de melões silvestres, milhares deles, e bem maduros.

– Melões! – gritei para Good, que estava a meu lado; e logo ele cravava a dentadura num desses melões.

Acho que comemos uns seis cada, antes de pararmos. Por mais pobres que fossem as frutas, duvido que no momento tenha pensado em algo melhor.

Mas os melões não são muito nutritivos e, quando saciamos nossa sede com sua polpa e colocamos alguns para refrescar o ambiente pelo simples processo de cortá-los em dois e colocá-los no sol quente para esfriar por evaporação, começamos a sentir muita fome. Tínhamos ainda um pouco de *biltong* (carne seca), mas nossos estômagos estavam fartos de carne seca e, além disso, fomos obrigados a economizá-la, pois não sabíamos quando encontraríamos mais comida. Mas parece que a sorte estava de nosso lado. Olhando na direção do amplo deserto, vi um bando de cerca de dez grandes pássaros voando em nossa direção.

– *Skit, Baas, skit*! Atire, mestre, atire! – sussurrou o hotentote, jogando-se ao chão, exemplo que todos nós seguimos.

Então percebi que os pássaros eram um bando de abetardas e que passariam a pouca distância de minha cabeça. Tomando um dos rifles de repetição Winchester, esperei até que as aves estivessem quase sobre nós e então me levantei de um salto. Ao me ver, as abetardas se agruparam, como eu esperava, e então dei dois tiros diretamente no meio delas. Por sorte, uma caiu, uma bela ave, que pesava cerca de 9 quilos. Em meia hora tínhamos uma bela fogueira feita com talos de melão secos, sobre a qual conseguimos assar a ave, e tivemos uma refeição como não tínhamos havia uma semana. Comemos a abetarda... nada restou dela a não ser os ossos e o bico... e depois disso nos sentimos muito melhor.

Naquela noite, continuamos a subida à luz da lua, carregando tantos melões quantos podíamos. À medida que subíamos, descobrimos que o ar ficava cada vez mais frio, o que era um grande alívio e, ao amanhecer, pelo que pudemos calcular, não estávamos a mais de uns vinte quilômetros da linha de neve. Nesse ponto, encontramos mais melões e, portanto, não tínhamos mais nenhuma preocupação com a água, pois sabíamos que logo teríamos muita neve. Mas a subida se tornava cada vez mais íngreme, e progredíamos em passo muito lento, não conseguindo percorrer mais de um quilômetro e meio por hora. Nessa noite, comemos nosso último pedaço de carne seca.

Até então, com exceção da abetarda, não tínhamos visto nenhum ser vivo na montanha, nem tínhamos encontrado uma única fonte ou torrente de água, o que nos pareceu muito estranho, considerando a extensão de neve acima de nós que deveria, era o que pensávamos, derreter, às vezes. Mas, como descobrimos mais tarde, por alguma causa que não me é dado saber explicar, todos os riachos corriam para o lado norte das montanhas.

Começamos a ficar muito preocupados com a falta de comida. Havíamos escapado da morte por sede, mas parecia provável que fosse apenas para morrer de fome. O que aconteceu nos três miseráveis dias seguintes fica mais bem descrito copiando as anotações feitas na época em meu caderno.

"21 de maio – Partimos às 11 horas da manhã, com uma temperatura bastante fria para viajar durante o dia e carregando alguns melões. Caminhamos o dia todo, mas não encontramos mais melões; evidentemente saímos da área em que cresciam.

Não vimos nenhuma espécie de animal de caça. Paramos ao pôr do sol para pernoitar, mas sem comer já havia muitas horas. Sofremos muito durante a noite, por causa do frio."

"22 – Partimos novamente ao nascer do sol, sentindo-nos muito fracos e abatidos. Percorremos apenas cerca de oito quilômetros durante todo o dia; encontramos alguns pedaços de neve, que comemos, e nada mais. Acampamos à noite sob a borda de um grande platô. Frio intenso. Bebemos um pouco de conhaque cada um e nos aconchegamos, enrolados nos cobertores, para nos mantermos vivos. Agora sofremos terrivelmente de fome e cansaço. Chegamos a pensar que Ventvögel haveria de morrer durante a noite."

"23 – Com muito esforço seguimos adiante mais uma vez logo que o sol subiu mais alto e descongelou um pouco nossos membros. Estamos agora numa situação terrível e temo que, a menos que consigamos comida, esse será o último dia de nossa expedição. Mas sobrou um pouco de conhaque. Good, Sir Henry e Umbopa aguentam maravilhosamente bem, mas Ventvögel está em péssimo estado. Como a maioria dos hotentotes, ele não suporta o frio. A sensação de fome não é tão intensa, mas sinto uma espécie de dormência no estômago. Os outros dizem que sentem o mesmo. Estamos agora no nível da cadeia íngreme, ou parede de lava, que conecta os dois Seios, e a vista é deslumbrante. Atrás de nós, o deserto brilhante se estende até o horizonte, e diante de nós se estendem quilômetros e mais quilômetros de neve lisa e dura, quase nivelada, mas elevando-se suavemente, no centro da qual o mamilo da montanha, que parece ter alguns quilômetros de circunferência, se ergue majestoso, a mais de mil metros, apontando para o céu. Nenhuma criatura viva à vista. Deus nos ajude. Temo que nossa hora tenha chegado."

E agora vou abandonar o diário, em parte porque não é uma leitura muito interessante; em parte porque aquilo que se seguiu talvez mereça uma descrição um pouco mais completa.

Durante todo aquele dia (23 de maio), subimos lentamente

pela encosta de neve, parando de vez em quando para descansar. Devíamos parecer um grupo estranho e extraviado, enquanto, carregados como estávamos, íamos arrastando nossos pés cansados sobre a planície deslumbrante, espreitando em torno de nós com olhos famintos. Não que adiantasse muito ficar de olho, pois não podíamos ver nada para comer. Não percorremos mais de onze quilômetros naquele dia. Pouco antes do pôr do sol, nos encontramos exatamente sob o mamilo do Seio esquerdo de Sabá, que se erguia a centenas de metros, como um imenso pico de neve lisa e congelada. Fracos como estávamos, não podíamos deixar de apreciar a cena maravilhosa, tornada ainda mais esplêndida pelos raios de luz do sol poente, que aqui e acolá coloria a neve de vermelho-sangue e coroava a grande cúpula acima de nós com um diadema de glória.

– Eu acho – disse então Good, ofegante – que devemos estar em algum lugar perto daquela caverna sobre a qual o velho cavalheiro escreveu.

– Sim – disse eu –, se houver uma caverna.

– Ora, Quatermain, – gemeu Sir Henry – não fale assim. Confio plenamente no velho senhor. Lembre-se da água! Encontraremos o lugar em breve.

– Se não o encontrarmos antes de escurecer, estaremos mortos. Isso é tudo – foi minha resposta.

Nos dez minutos seguintes caminhamos em silêncio, quando de repente Umbopa, que marchava a meu lado, enrolado em seu cobertor e com um cinto de couro amarrado tão firmemente em volta do estômago, para "fazer sua fome diminuir", como dizia ele, que sua cintura parecia de menina, me tomou pelo braço.

– Olhe! – disse ele, apontando para a inclinação saliente do pico.

Segui seu olhar e, a cerca de duzentos passos de distância, percebi o que parecia ser um buraco na neve.

– É a caverna – disse Umbopa.

Fizemos o maior esforço possível para chegar ao local e

descobrimos com certeza que o buraco era a entrada de uma caverna, sem dúvida a mesma sobre a qual Da Silvestra escrevera. Não chegamos muito cedo, pois assim que nos abrigamos, o sol se pôs com uma rapidez surpreendente, deixando o mundo quase escuro, pois nessas latitudes o crepúsculo é muito breve. Então nos esgueiramos para dentro da caverna, que não parecia muito grande, e nos aconchegamos para nos aquecer, bebemos o que restava de nosso conhaque... apenas um gole cada um... e tentamos esquecer nossas angústias durante o sono.

Mas o frio era intenso demais para permitir que o fizéssemos, pois estou convencido de que, nessa grande altitude, o termômetro não pode ter marcado menos de 14 ou 15 graus abaixo do ponto de congelamento. O que aquela temperatura significava para nós, debilitados como estávamos pelas dificuldades, falta de comida, e o grande calor que havíamos suportado no deserto, o leitor pode imaginar melhor do que eu posso descrever. Basta dizer que foi o mais perto que já cheguei do ponto de morrer por exposição ao frio.

Lá ficamos sentados hora após hora dessa noite silenciosa e triste, sentindo o frio nos atacando e nos atormentando ora nos dedos, ora nos pés, ora no rosto. Em vão nos apertávamos cada vez mais; não havia calor em nossas carcaças miseráveis e famintas. Às vezes, um de nós caía num sono inquieto por alguns minutos, mas não conseguíamos dormir muito, e talvez isso tenha sido uma sorte, pois, se tivéssemos conseguido, duvido que tivéssemos acordado novamente. Na verdade, acredito que foi apenas pela força de vontade que nos mantivemos vivos.

Não muito antes do amanhecer, ouvi o hotentote Ventvögel, cujos dentes bateram a noite toda como castanholas, dar um suspiro profundo. Então seus dentes pararam de bater. Não pensei em nada na hora, concluindo que ele tinha adormecido. Suas costas estavam apoiadas nas minhas, e pareciam ficar cada vez mais frias, até que finalmente pareciam geladas.

Por fim, o ar começou a adquirir um tom cinza com a luz; então flechas douradas se refletiam por sobre a neve, e finalmente o glorioso sol espreitou por cima da parede de lava e iluminou nossas formas semicongeladas. Brilhou também sobre Ventvögel, sentado ali entre nós, *morto como uma pedra*. Não é de admirar que suas costas estivessem frias, pobre coitado. Ele havia morrido quando o ouvi suspirar e agora estava congelado, quase rígido. Profundamente chocados, nós nos afastamos do cadáver... que estranho é o horror que nós, mortais, sentimos em ficar na companhia de um cadáver... e o deixamos sentado ali, com os braços cruzados sobre os joelhos.

A essa altura, a luz do sol derramava seus raios frios, pois ali eram frios, direto para a boca da caverna. De repente, ouvi uma exclamação de medo de alguém e virei a cabeça.

E foi isso que eu vi: sentado no fim da caverna... não tinha mais que seis metros de profundidade... outro corpo, cuja cabeça repousava sobre o peito e os longos braços pendiam ao lado. Olhei bem e vi que também era um homem morto e, além disso, um homem branco.

Os outros também o viram, e aquela visão foi demais para nossos nervos em frangalhos. Todos nós saímos da caverna o mais rápido que nossos membros semicongelados nos permitiram.

A ESTRADA DE SALOMÃO

CAPÍTULO 7

Paramos fora da caverna, sentindo-nos um tanto tolos.

– Vou voltar – disse Sir Henry.

– Por quê? – perguntou Good.

– Porque me ocorreu que... o que vimos... pode ser meu irmão.

Essa era uma ideia nova, e decidimos retornar para nos certificarmos. Depois de expor os olhos à claridade intensa do lado de fora, que se refletia na neve, nós não conseguíamos enxergar, por alguns momentos, na escuridão da caverna. Aos poucos, no entanto, eles se acostumaram com a semiescuridão e avançamos em direção ao morto.

Sir Henry se ajoelhou e examinou o rosto do cadáver.

– Graças a Deus! – disse ele, com um suspiro de alívio. – Não é meu irmão.

Então me aproximei para olhar. O corpo era de um homem alto de meia-idade com feições aquilinas, cabelos grisalhos e um longo bigode preto. A pele era inteiramente amarela e ressequida sobre os ossos. Suas roupas, com exceção do que pareciam ser os restos de ceroulas de lã, haviam sido removidas, deixando a figura esquelética despida. Em torno do pescoço do cadáver, que estava perfeitamente congelado, pendia um crucifixo de marfim amarelo.

– Quem poderia ser? – perguntei.

– Não consegue adivinhar? – perguntou Good.

Meneei a cabeça.

– Ora, o velho sr. José da Silvestra, é claro... quem mais poderia ser?

– Impossível! – murmurei. – Ele morreu trezentos anos atrás.

– E o que poderia impedir, gostaria de saber, que seu corpo perdurasse assim por três mil anos nessa atmosfera? – perguntou Good. – Se apenas a temperatura for suficientemente baixa, a carne e o sangue se manterão frescos para sempre como o carneiro que vem congelado da Nova Zelândia, e Deus sabe que aqui faz muito frio. O sol nunca entra aqui; nenhum animal vem aqui para dilacerar ou destruir. Sem dúvida, o escravo dele, de quem fala no escrito, retirou a roupa e o deixou. Ele, sozinho, não conseguiria enterrá-lo. Olhe! – continuou ele, abaixando-se para apanhar um osso de formato estranho, raspado na extremidade, formando uma ponta afiada. – Aqui está o "osso fendido" que Da Silvestra usou para desenhar o mapa.

Ficamos por um momento contemplando, atônitos, esquecendo nossas agruras, esse quadro extraordinário e, como nos pareceu, quase milagroso.

– Sim – disse Sir Henry – e foi daqui que ele tirou a tinta –, apontando para um pequeno ferimento no braço esquerdo do senhor morto. – Alguém já viu uma vez coisa semelhante?

Não havia mais dúvidas sobre o assunto, o que, de minha parte, confesso que me deixou realmente estarrecido. Lá estava ele, o morto, cujas instruções, escritas cerca de dez gerações antes, nos tinham levado até esse local. Em minha mão estava a rude caneta com a qual ele as havia escrito e em seu pescoço pendia o crucifixo que seus lábios moribundos haviam beijado. Olhando para ele, minha imaginação podia reconstruir a última cena do drama, o viajante morrendo de frio e fome, ainda se esforçando para transmitir ao mundo o grande segredo que ele havia descoberto: a terrível solidão de sua morte, cuja evidência estava diante de nossos olhos. Parecia-me possível ver em seus traços fortemente marcados uma semelhança com os de meu pobre amigo Silvestre, seu descendente, que havia morrido vinte anos antes em meus braços, mas talvez isso fosse apenas imaginação. De qualquer forma, lá estava ele, sentado, uma triste lembrança do destino que tantas vezes surpreende aqueles que querem penetrar no desconhecido; e ali, sem dúvida, ele ainda haverá de permanecer, coroado com a terrível majestade da morte, por séculos ainda não nascidos, para assustar os olhos de andarilhos como nós, se algum deles vier novamente aqui para invadir sua solidão. Quase mortos como estávamos de frio e de fome, aquilo nos abateu ainda mais.

– Vamos! – disse Sir Henry, em voz baixa. – Esperem, vamos dar a ele um companheiro. – E, erguendo o cadáver do hotentote Ventvögel, colocou-o ao lado do corpo do velho cavalheiro. Então ele se abaixou e, com um puxão, arrebentou o cordão apodrecido do crucifixo que pendia do pescoço de Da Silvestra, pois seus dedos estavam muito frios para tentar desatá-lo. Eu acredito que ainda o tenha com ele. Eu recolhi a caneta de osso, que está diante de mim enquanto escrevo... às vezes, eu a uso para assinar meu nome.

Então, deixando esses dois, o orgulhoso homem branco de tempos passados e o pobre hotentote, para manter uma eterna vigília no meio das neves também eternas, saímos da caverna para o benfazejo sol e retomamos nosso caminho, perguntando-nos em nossos corações quantas horas haveriam de se passar antes que estivéssemos na mesma situação deles.

Depois de caminharmos cerca de um quilômetro, chegamos à beira do platô, pois o pico da montanha não se elevava exatamente de seu centro, embora fosse essa a impressão ao olhar do lado do deserto. Não podíamos enxergar o que havia abaixo de nós, pois a paisagem estava envolta em camadas de neblina matinal. Logo, no entanto, as camadas mais altas de névoa se dissiparam um pouco e revelaram, no fim de uma longa encosta de neve, um trecho de vegetação verdejante, atravessado por um riacho, a cerca de quinhentos metros mais abaixo. Mas isso não era tudo. Às margens do riacho, aquecendo-se ao sol, havia um grupo de dez a quinze grandes antílopes... de que espécie, não era possível distinguir a essa distância.

Essa visão nos encheu de uma alegria irracional. Haveria alimento em abundância, se obviamente conseguíssemos caçar esses animais. Mas a questão era como fazê-lo. Os antílopes estavam a mais de quinhentos metros, uma distância enorme para um tiro de rifle, e não havia como confiar no êxito, especialmente quando nossas vidas dependiam de resultados.

Discutimos rapidamente sobre a conveniência de tentar perseguir a caça, mas descartamos, por fim, a ideia com relutância. Para começar, o vento não era favorável e, além disso, tínhamos certeza de que seríamos vistos, por mais cuidadosos que fôssemos, naquele cenário de neve ofuscante, que deveríamos atravessar.

– Bem, devemos tentar daqui onde estamos – disse Sir Henry. – Qual se deve utilizar, Quatermain, o rifle de repetição ou o Express?

Esse era realmente outro problema. Os rifles de repetição Winchester... dos quais tínhamos dois, uma vez que Umbopa carregava o dele e também o do pobre Ventvögel... tinham um alcance de tiro de até mil metros, enquanto os Express tinham um alcance de apenas trezentos; além dessa distância, acertar o tiro era mais ou menos uma questão de sorte. Por outro lado, se acertassem o alvo, as balas Express, ao se "expandir", ofereciam maior probabilidade para derrubar a caça. Era um ponto complicado, mas decidi que devíamos arriscar e usar os rifles Express.

– Que cada um de nós mire no macho à sua frente. Mirem bem na ponta mais alta do ombro – disse eu. – Umbopa, você deve dar o sinal para atirarmos todos juntos.

Então veio uma pausa, cada um de nós mirando o melhor nível de tiro, como de fato um homem provavelmente faz quando sabe que a própria vida depende desse tiro.

– Fogo! – gritou Umbopa em zulu, e quase no mesmo instante foram ouvidos os três disparos dos rifles. Três nuvens de fumaça pairaram por um momento diante de nossos olhos, e uma centena de ecos ressoou por sobre a neve silenciosa. Logo a fumaça se dissipou e revelou... oh, alegria!... um grande cervo caído no chão, debatendo-se furiosamente em sua agonia mortal. Demos um grito de triunfo... estávamos salvos... não haveríamos de morrer de fome! Mesmo fracos como estávamos, corremos pela encosta abaixo coberta de neve, e dez minutos depois dos tiros, o coração e o fígado daquele animal estavam diante de nossos olhos. Mas então surgiu nova dificuldade, não tínhamos combustível e, portanto, não podíamos fazer fogo para cozinhá-los. Olhamos um para o outro, desacorçoados.

– Homens que estão prestes a morrer de fome não devem ser exigentes – disse Good; – Teremos de comer carne crua.

Não havia outra saída para o dilema, e nossa fome corrosiva tornava a proposta menos desagradável do que se poderia pensar. Então tomamos o coração e o fígado e os enterramos por alguns minutos na neve, a fim de resfriá-los. Em seguida, os lavamos na água gelada do riacho e, por fim, os devoramos com avidez. Parece um tanto horrível, mas, honestamente, nunca provei nada tão bom quanto aquela carne crua. Quinze minutos depois, já nos sentíamos revigorados. Recuperamos nossa vida e nosso vigor, nossos batimentos cardíacos enfraquecidos se fortaleceram novamente, e o sangue corria célere em nossas veias. Mas, atentos aos resultados da superalimentação em estômagos famintos, tomamos cuidado para não comer demais, parando quando ainda sentíamos um pouco de fome.

– Graças a Deus! – disse Sir Henry. – Aquele animal salvou nossas vidas. O que houve, Quatermain?

Levantei-me e fui olhar o antílope, pois não tinha certeza. Era do tamanho de um burro, com grandes chifres curvos. Eu nunca tinha visto um animal desses antes; a espécie era nova para mim. Era de cor marrom, com listras vermelhas fracas, e de pelagem espessa. Depois descobri que os nativos daquele país maravilhoso chamam esses animais de "inco". Eram muito raros, encontrados apenas em grandes altitudes, onde nenhum outro antílope viveria. O animal foi atingido exatamente no alto do ombro, embora não pudéssemos, é claro, descobrir de quem havia sido o tiro que o havia derrubado. Acredito que Good, lembrando-se de seu maravilhoso tiro na girafa, secretamente atribuiu esse tiro à sua destreza, e preferimos não contradizê-lo.

Estávamos tão ocupados satisfazendo nossa fome que até então não havíamos encontrado tempo para olhar ao nosso redor. Mas agora, tendo mandado Umbopa cortar o máximo da melhor carne que pudéssemos carregar, começamos a inspecionar os arredores. A névoa havia se dissipado, pois já eram 8 horas, e o sol fizera com que evaporasse, de modo que podíamos ver toda a área à nossa frente. Não sei como descrever o deslumbrante panorama que se descortinava diante de nosso olhar. Nunca vi nada parecido antes, nem o verei novamente, suponho.

Atrás e acima de nós, erguiam-se cobertos de neve, os Seios de Sabá, e abaixo, cerca de 1.500 metros abaixo de onde estávamos, se estendia, por léguas e léguas, a mais bela região de planícies. Havia trechos de densa floresta alta e um grande rio que seguia sinuoso com suas águas prateadas. À esquerda, via-se uma vasta extensão de *veld*, ou savana rica e ondulada, onde podíamos distinguir incontáveis manadas de animais selvagens ou de gado, que a essa distância era difícil distinguir. Essa extensão parecia estar cercada por uma parede de montanhas distantes. À direita, a região era mais ou menos montanhosa; isto é, colinas solitárias se erguiam esparsamente, com extensões de terra cultivada, perto das quais podíamos ver grupos de cabanas com o teto em forma de cúpula. A paisagem se estendia diante de nossos olhos como um mapa, no qual os rios brilhavam como serpentes prateadas e os picos semelhantes aos Alpes, encimados por coroas de neve descontroladamente retorcidas, se erguiam de modo imponente, enquanto o sol, acima de tudo, derramava sua alegre luz e a natureza espargia o sopro da vida plena de felicidade.

Duas coisas curiosas nos impressionaram enquanto olhávamos. Primeiro, que a região à nossa frente devia estar pelo menos mil e quinhentos metros acima do deserto que havíamos atravessado, e segundo, que todos os rios corriam do Sul para o Norte. Como sabíamos por dolorosa experiência, não havia água no lado sul da vasta cordilheira em que estávamos, mas na face norte havia muitos riachos, a maioria dos quais parecia se unir ao grande rio que podíamos ver serpenteando mais ao longe a perder de vista.

Sentamo-nos um pouco e contemplamos em silêncio essa vista maravilhosa; Pouco depois, Sir Henry falou:

– Não há algo no mapa sobre a Grande Estrada de Salomão? – perguntou.

Afirmei que sim com a cabeça, pois eu estava contemplando a vastidão que parecia não ter fim, diante de meus olhos.

– Bem, olhe; aí está ela! – e ele apontou um pouco à nossa direita.

Good e eu olhamos para o lado indicado, e ali, serpenteando em direção à planície, estava o que parecia ser uma larga estrada de rodagem. De início, não a tínhamos visto porque, ao chegar à planície, ela se escondia por trás de uma área acidentada. Não dissemos nada, pelo menos não muito; estávamos começando a perder o senso de admiração. De alguma forma, não parecia particularmente antinatural que devêssemos encontrar uma espécie de estrada romana nessa terra estranha. Aceitamos o fato, só isso.

– Bem! – disse Good. – Deve estar bem perto de nós se fizermos um desvio pela direita. Não seria melhor começar a andar?

Era um bom conselho e, assim que lavamos o rosto e as mãos no riacho, começamos a nos movimentar. Percorremos um quilômetro e meio ou mais, caminhando por cima de pedregulhos e trechos de neve, até que, de repente, ao chegar ao topo da pequena elevação, encontramos a estrada a nossos pés. Era uma esplêndida estrada escavada na rocha maciça, com pelo menos 15 metros de largura e aparentemente bem conservada; embora o estranho fosse que ela parecia começar ali. Descemos até ela e paramos, mas, cem passos atrás de nós, na direção de

Seios de Sabá, ela desaparecia, e toda a superfície da montanha era coberta de pedregulhos intercalados com manchas de neve.

– O que acha disso, Quatermain? – perguntou Sir Henry.

Meneei a cabeça, em sinal de não estar entendendo nada.

– Já sei! – disse Good. – A estrada, sem dúvida, atravessava a cordilheira e o deserto do outro lado, mas a areia de lá a cobriu e, acima de nós, foi destruída por alguma erupção vulcânica de lava liquefeita.

Parecia uma hipótese plausível. De qualquer forma, a aceitamos e fomos descendo a montanha. Foi muito diferente descer colina abaixo naquela estrada magnífica com o estômago cheio do que andar montanha acima sobre a neve, quase morrendo de fome e de frio. De fato, se não fosse pelas melancólicas lembranças do triste destino do pobre Ventvögel e daquela sombria caverna onde fazia companhia ao velho cavalheiro, deveríamos estar realmente alegres, apesar da sensação de perigos desconhecidos que poderiam sobrevir mais adiante.

A cada trecho percorrido, a atmosfera se tornava mais suave e amena, e o campo à nossa frente brilhava com uma beleza ainda mais luminosa. Quanto à estrada em si, nunca vi semelhante obra de engenharia, embora Sir Henry tenha dito que a grande estrada sobre o monte São Gotardo, na Suíça, é muito parecida. Nenhuma dificuldade foi grande demais para o engenheiro do Velho Mundo que a projetou e construiu. Em certo ponto, chegamos a uma ravina de 90 metros de largura e pelo menos 30 de profundidade. Esse vasto abismo foi realmente preenchido com enormes blocos de pedra polida, sustentando-se sobre arcos no fundo que abriam caminho a uma via navegável; e sobre ela a estrada seguia de forma sublime. Em outro lugar, a estrada avançava em ziguezagues na lateral de um precipício de cento e 50 metros de profundidade, e num terceiro ponto penetrava num túnel de 30 metros ou mais, que perfurava uma colina que se interpunha no trajeto.

E notamos ali que as laterais do túnel estavam cobertas de esculturas pitorescas, a maioria de figuras envergando armaduras e dirigindo carruagens. Uma, extremamente bela, representava toda uma cena de batalha com uma fila de cativos sendo levados a distância.

– Bem – disse Sir Henry, depois de inspecionar essa antiga obra de arte. – É bem interessante chamar essa via de Estrada de Salomão, mas minha humilde opinião é que os egípcios estiveram aqui antes que o povo de Salomão pusesse os pés nela. Se isso não é obra de arte egípcia ou fenícia, devo dizer que, pelo menos, é muito parecida.

Por volta do meio-dia, havíamos avançado bastante montanha abaixo e chegamos à região em que havia bosques. Primeiro, nos deparamos com arbustos dispersos, que se tornavam cada vez mais frequentes, até que finalmente encontramos a estrada serpenteando por um vasto bosque de árvores prateadas semelhantes às que podem ser vistas nas encostas da Table Mountain (Montanha da Mesa), na Cidade do Cabo. Eu nunca as havia encontrado antes em todas as minhas andanças, exceto no Cabo, e sua aparição aqui me deixou muito surpreso.

– Ah! – exclamou Good, examinando essas árvores de folhas brilhantes com evidente entusiasmo. – Aqui há muita lenha, vamos parar e assar nosso almoço. Eu já digeri aquela carne crua.

Ninguém se opôs à ideia, e então, saindo da estrada, seguimos para a margem de um riacho que borbulhava não muito longe, e logo estava ardendo uma bela fogueira feita de galhos secos. Cortando alguns pedaços substanciais da carne do inco que trazíamos conosco, passamos a assá-los na ponta de gravetos afiados, como fazem os cafres, e os comemos com visível satisfação. Depois de nos saciarmos, acendemos nossos cachimbos e nos entregamos ao prazer que, comparado com as dificuldades pelas quais havíamos passado recentemente, parecia quase celestial.

O córrego, cujas margens se revestiam de densas massas de uma espécie gigantesca de samambaia, entremeadas por tufos emplumados de aspargos silvestres, murmurava alegremente a nosso lado. A brisa suave soprava por entre as folhas das árvores prateadas, pombas arrulhavam em derredor, e pássaros de asas brilhantes reluziam como joias vivas, saltando de galho em galho. Era um paraíso.

A magia do lugar combinada com uma sensação avassaladora de perigos deixados para trás e da terra prometida finalmente alcançada, parecia nos encantar, deixando-nos em silêncio. Sir Henry e Umbopa, sentados, conversavam em voz baixa numa mistura de inglês estropiado e de zulu rudimentar, mas com toda a seriedade, e eu, deitado naquele canteiro de samambaias perfumadas, os observava, de olhos semicerrados.

Pouco depois, senti falta de Good e procurei ver o que havia acontecido com ele. Logo o observei sentado na margem do riacho, banhando-se. Não vestia nada além de sua camisa de flanela e, tendo retomando seus hábitos naturais de extremo asseio, estava ativamente empenhado em se submeter à mais completa toalete. Havia lavado o colarinho de guta-percha, tinha sacudido bem as calças, o casaco e o colete, e agora os estava dobrando cuidadosamente, enquanto não chegava a hora de vesti-los, balançando a cabeça tristemente ao examinar os numerosos rasgos e desgastes neles, que eram naturalmente o resultado de nossa terrível jornada. Tomou então as botas, esfregou-as com um punhado de folhas de samambaia e, finalmente, lustrou-as com um naco de gordura do inco, que ele havia guardado com carinho, até que, por assim dizer, adquirissem uma aparência relativamente respeitável. Depois de inspecioná-las criteriosamente através de seu monóculo, ele as calçou e começou uma nova operação. De uma pequena bolsa que carregava, tirou um pente de bolso com um pequeno espelho, e passou a se examinar. Aparentemente, não estava satisfeito, pois começou a pentear o cabelo com o máximo capricho. Então fez uma pausa enquanto contemplava novamente o efeito; não estava ainda satisfeito. Apalpou o queixo, onde se acumulava uma barba de dez dias.

"Certamente", pensei, "não vai tentar se barbear." Mas ele estava determinado a fazê-lo. Tomando o pedaço de gordura com que untara as botas, Good lavou-o bem no riacho. Em seguida, enfiando a mão novamente na bolsa, tirou uma pequena navalha de bolso com uma proteção, como as compradas por pessoas que têm medo de se cortar, ou por aqueles prestes a empreender uma viagem marítima. Depois esfregou vigorosamente o rosto e o queixo com a gordura e começou. Evidentemente, era um processo doloroso, pois ele gemia muito, e eu continha o riso enquanto o observava lutando com aquela barba por fazer. Parecia tão estranho que um homem se desse ao trabalho de barbear-se com um pedaço de gordura em tal lugar e em tais circunstâncias. Por fim, ele conseguiu tirar o cabelo do lado direito do rosto e do queixo, quando, de repente, eu, que estava assistindo, percebi um facho de luz passar perto de sua cabeça.

Good levantou-se de um salto, soltando um impropério (se não estivesse usando uma lâmina com proteção, certamente teria cortado a garganta), e eu também dei um salto (sem qualquer exclamação), e diante de mim, vi o seguinte.

Parado a não mais de vinte passos de onde eu estava, e a dez de Good, estava um grupo de homens. Eram muito altos, com a pele cor de cobre, e alguns deles usavam grandes adornos de plumas pretas e mantos curtos de pele de leopardo; isso foi tudo o que notei no momento. Na frente deles estava um jovem de cerca de 17 anos, com a mão ainda erguida e o corpo curvado para frente na atitude de uma estátua grega de um lançador de dardo. Evidentemente, o facho de luz fora causado por uma arma que ele havia arremessado.

Enquanto eu observava, um velho, parecendo um guerreiro, deu uns passos à frente, tomou o jovem pelo braço e lhe disse alguma coisa. Em seguida, o grupo inteiro avançou em nossa direção.

A essa altura, Sir Henry, Good e Umbopa já haviam empunhado os rifles, apontando-os de modo ameaçador. O grupo de nativos seguia avançando. Ocorreu-me que eles não deviam saber o que eram rifles, caso contrário, não os teriam tratado com tanto desprezo.

– Abaixem as armas! – disse eu, aos outros, percebendo que nossa única chance de salvação estava na conciliação. Eles obedeceram e, caminhando para frente, dirigi-me ao velho que havia segurado o jovem.

– Saudações – disse eu em zulu, sem saber que língua usar. Para minha surpresa fui compreendido.

– Saudações – respondeu o velho, não na mesma língua, mas num dialeto tão próximo ao zulu que nem Umbopa nem eu tivemos dificuldade em entendê-lo. De fato, como descobrimos mais tarde, a língua falada por esse povo é uma forma antiquada do idioma zulu, tendo a mesma relação com ele como o inglês de Chaucer(17) tem com o inglês do século XIX.

– De onde é que vocês vêm? – continuou ele. – Quem são? E por que o rosto de três de vocês é branco, e o rosto do quarto é como o rosto dos filhos de nossa mãe? – e apontou para a Umbopa.

Olhei para Umbopa quando disse isso e percebi que ele estava certo. O rosto de Umbopa era como o rosto dos homens que estavam diante de mim, assim como sua grande estatura era semelhante à deles. Mas eu não tinha tempo de refletir sobre essa coincidência.

– Somos estrangeiros e viemos em paz – respondi, falando bem devagar, para que ele pudesse me entender. – E esse homem é nosso criado.

– Você mente – retrucou ele. – Nenhum estrangeiro pode cruzar as montanhas onde todas as coisas perecem. Mas o que importam suas mentiras?... Se vocês são estrangeiros, então devem morrer, pois nenhum estrangeiro pode viver na terra dos kukuanas. É a lei de nosso rei. Preparem-se então para morrer, estrangeiros!

Fiquei um pouco confuso ao ouvir isso, especialmente

---

17 Alusão a Geoffrey Chaucer (c.1343-1400), escritor, filósofo e diplomata britânico, considerado por muitos o "pai da literatura inglesa". (N.T.)

quando vi as mãos de alguns dos homens deslizar até os quadris, de onde pendiam o que me pareciam ser grandes e pesadas facas.

– O que esse sujeito está dizendo? – perguntou Good.

– Diz que seremos mortos – respondi amargamente.

– Oh, meu Deus! – gemeu Good. E como era seu hábito em momentos de perplexidade, levou a mão à boca e tirou a parte superior da dentadura, para fazê-la voltar a seu lugar logo em seguida, com um leve estalido. Foi um gesto de sorte, pois no mesmo instante o digno grupo de kukuanas soltou um grito simultâneo de horror, e recuou alguns passos.

– O que houve? – perguntei.

– Foram os dentes dele – sussurrou Sir Henry, excitado. – Ele os tirou. Tire-os de novo, Good, tire-os!

Ele obedeceu, enfiando a dentadura na manga da camisa de flanela.

Instantes depois, a curiosidade superou o medo, e os homens foram se aproximando bem devagar. Aparentemente, já haviam esquecido sua amável intenção de nos matar.

– Como é, ó estrangeiros – perguntou o velho, solenemente –, que esse homem gordo – apontando para Good, que vestia apenas botas e uma camisa de flanela, e tinha apenas metade da barba feita – que tem o corpo vestido, mas com as pernas nuas, que deixa crescer o cabelo de um lado do rosto pálido e não do outro, e que usa um olho brilhante e transparente... como é, pergunto, que ele tem dentes que se movem por si mesmos, saindo da boca e retornando por conta própria?

– Abra a boca – disse eu a Good, que prontamente arreganhou os lábios e sorriu para o velho como um cachorro raivoso, revelando a seu olhar atônito duas finas linhas vermelhas de gengivas tão desprovidas de marfim como as de um elefante recém-nascido. O grupo de aborígenes se pôs a murmurar.

– Onde estão os dentes dele? – gritaram, então. – Nós os vimos com nossos olhos.

Virando a cabeça devagar e com um gesto de inefável

desprezo, Good passou a mão na boca. Então sorriu novamente, e ali estavam duas belas fileiras de dentes.

O jovem que havia arremessado a faca se jogou no chão e soltou um longo grito de terror; e o velho batia os joelhos de medo.

– Vejo que vocês são espíritos – disse ele, vacilando. – Alguma vez homem nascido de mulher teve cabelo de um lado do rosto e do outro não, ou um olho redondo e transparente, ou dentes que se movem e se derretem e crescem novamente? Perdoem-nos, meus senhores.

Na verdade, isso foi puro golpe de sorte e, escusado dizer, não perdi a oportunidade.

– Estão perdoados – disse eu, com um sorriso imperial. – Pois então, devem conhecer a verdade. Viemos de outro mundo, embora sejamos homens como vocês; viemos – continuei – da maior estrela que brilha à noite.

– Oh! oh! – gemeram em coro os aborígenes, atônitos.

– Sim – continuei –, viemos de lá, verdade! – e sorri uma vez mais, benignamente, ao proferir aquela incrível mentira. – Viemos para ficar com vocês por um tempo e beneficiá-los com nossa estada. Podem notar, ó amigos, que me preparei para essa visita aprendendo sua língua.

– É isso mesmo, é isso mesmo – dizia o coro.

– Apenas, meu senhor – interveio o ancião –, aprendeu-a muito mal.

Lancei-lhe um olhar indignado, e ele se intimidou.

– Agora, amigos – continuei –, vocês devem pensar que, depois de uma viagem tão longa, deveríamos ter em nossos corações o desejo de vingança diante de tal recepção, talvez almejando punir com a morte a mão que... que, em resumo... atirou uma faca na cabeça daquele cujos dentes aparecem e desaparecem.

– Poupem-no, meus senhores – suplicou o ancião. – Ele é o

filho do rei, e eu sou o tio dele. Se alguma coisa acontecer com ele, a vingança por seu sangue se voltará contra mim.

– Sim, assim é, com certeza – disse o jovem, com grande ênfase.

– Talvez duvidem de nosso poder de vingança – continuei, sem me importar com as palavras deles. – Esperem! Vou lhes mostrar. Venha para cá, seu escravo – disse eu, em tom ríspido, dirigindo-me a Umbopa – dê-me o tubo mágico que fala.

E, com um piscar de olhos, indiquei meu rifle Express.

Umbopa mostrou-se à altura da situação e, com uma expressão mais próxima a um sorriso que já vi em seu rosto altivo, entregou-me a arma.

– Está aqui, senhor dos senhores – disse ele, com uma profunda reverência.

Pouco antes de pedir o rifle, eu tinha visto um pequeno antílope parado sobre uma grande rocha a cerca de sessenta metros de distância e decidi arriscar atingi-lo com um tiro.

– Estão vendo aquele antílope? – perguntei, apontando o animal para o grupo à minha frente. – Digam-me, é possível para um homem nascido de mulher matar o animal dessa distância somente com um ruído?

– Não é possível, meu senhor – respondeu o velho.

– Ainda assim vou matá-lo – retruquei, calmamente.

O velho sorriu.

– Isso, meu senhor, não conseguirá fazer – replicou ele.

Levantei o rifle e mirei no animal. Era um antílope pequeno, e seria de todo natural que o tiro não acertasse o alvo, mas eu sabia que não podia errar.

Respirei fundo e apertei lentamente o gatilho. O cervo estava parado como uma pedra.

Bum! O tiro ecoou. O antílope saltou no ar e caiu sobre a rocha, inerte e morto.

Um gemido simultâneo de terror irrompeu do grupo de aborígenes.

– Se quiserem carne – comentei friamente –, vão lá, recolher o animal.

O velho fez um sinal, e um de seus seguidores partiu e logo voltou trazendo o antílope. Notei com satisfação que o havia acertado bem atrás do ombro. Eles se reuniram em volta do corpo da pobre criatura, olhando consternados para o buraco da bala.

– Vejam – disse eu –, quando falo, não digo palavras à toa.

Não houve resposta.

– Se ainda duvidam de nosso poder – prossegui – que um de vocês suba naquela rocha para que eu faça com ele o que fiz com o cervo.

Nenhum deles parecia disposto a aceitar a proposta, até que finalmente o filho do rei falou.

– Está bem. Vá, meu tio, fique de pé sobre a rocha. Foi apenas um antílope que a arte mágica matou. Certamente, não pode matar um homem.

O velho cavalheiro não aceitou muito bem a sugestão. Na verdade, parecia ofendido.

– Não! Não! – protestou, sem pestanejar. – Meus velhos olhos já viram muitas coisas. Esses homens são realmente bruxos. Vamos levá-los ao rei. Mas se alguém desejar mais provas, que suba espontaneamente na rocha, para que o tubo mágico possa falar com ele.

Houve uma expressão geral e apressada de discordância.

– Que a boa magia não seja desperdiçada em nossos pobres corpos – disse um deles. – Estamos satisfeitos. Toda a feitiçaria de nosso povo não consegue mostrar nada disso.

– Isso mesmo – observou o ancião, em tom de intenso alívio. – Sem dúvida, é assim. Ouçam, filhos das estrelas, filhos do olho brilhante e dos dentes móveis, que rugem como trovões e matam de longe. Eu sou Infadus, filho de Kafa, outrora rei do povo kukuana. Esse jovem é Scragga.

– Ele quase me matou – murmurou Good.

– Scragga, filho de Twala, o grande rei... Twala, marido de mil esposas, chefe e senhor supremo dos kukuanas, guardião da grande Estrada, terror de seus inimigos, estudioso das Artes Negras, Comandante de cem mil guerreiros, Twala, o Caolho, o Negro, o Terrível.

– Então – disse eu, de forma arrogante –, leve-nos até Twala. Não tratamos com criados e subalternos.

– Está bem, meus senhores, nós os conduziremos; mas o caminho é longo. Estamos caçando a três dias de viagem do palácio do rei. Mas que meus senhores tenham paciência, e nós os guiaremos.

– De acordo – disse eu, descuidadamente. – Temos todo o tempo disponível, pois não morremos. Estamos prontos, podemos ir. Mas Infadus, e você, Scragga, cuidado! Nada de truques, nada de trapaças, pois, antes que seus cérebros de lama possam arquitetá-los, nós os descobriremos e nos vingaremos. A luz do olho transparente daquele com as pernas despidas e metade do rosto barbado os destruirá e também a suas terras; seus dentes que somem os morderão e os devorarão, vocês, suas esposas e seus filhos; os tubos mágicos discutirão com vocês em voz bem alta e os transformarão em peneiras. Cuidado!

Esse magnífico discurso não deixou de causar seu efeito; na verdade, poderia até ter sido dispensado, pois nossos amigos já estavam profundamente impressionados com nossos poderes.

O velho fez uma profunda reverência e murmurou as palavras "Kum Kum", que depois descobri ser a saudação real deles, correspondendo a *Bayete* dos zulus; e, virando-se, falou a seus seguidores, que imediatamente apanharam todos os nossos pertences, a fim de carregá-los para nós, exceto as armas, que não queriam nem tocar. Recolheram até as roupas de Good, que, como o leitor deve se lembrar, estavam cuidadosamente dobradas ao lado dele.

Ele percebeu e deu um salto para recuperá-las, seguindo-se, por causa disso, uma discussão.

– Que meu senhor do Olho transparente e dos Dentes que somem não toque em nada – disse o velho. – Certamente seu escravo levará as coisas.

– Mas eu quero vesti-las! – rosnou Good, nervoso, em inglês.

Umbopa traduziu.

– Não, meu senhor – respondeu Infadus, – Meu senhor cobriria suas belas pernas brancas (embora seja bastante moreno, Good tem uma pele singularmente branca) dos olhos de seus servos? Ofendemos meu senhor para que se decida a fazer tal coisa?

Nesse momento, eu quase explodi de tanto rir e, enquanto isso, um dos homens já ia partindo com as roupas.

– Danado! – rugiu Good. – Aquele pateta de um negro levou minhas calças.

– Veja bem, Good – disse Sir Henry. – Você apareceu por aqui com uma determinada aparência, e agora deverá mantê-la sempre igual. Não será de bom tom que vista calças novamente. De agora em diante, deve comparecer sempre com uma camisa de flanela, um par de botas e um monóculo.

– Sim – disse eu –, e com suíças num só lado do rosto. Se mudar alguma dessas coisas, as pessoas vão pensar que somos impostores. Sinto muito por você, mas, falando sério, deve ser assim. Se eles começarem a suspeitar de nós, nossas vidas não valerão um centavo sequer.

– Vocês realmente pensam assim? – perguntou Good, acabrunhado.

– Eu sim, com absoluta certeza. Suas "lindas pernas brancas" e seu monóculo são agora as características de nosso grupo e, como diz Sir Henry, você deve manter o figurino, de qualquer jeito. Agradeça por estar calçando suas botas e pelo clima quente.

Good suspirou e não disse mais nada, mas levou quinze dias para se acostumar com seu novo e escasso traje.

CAPÍTULO 8

CHEGADA A KUKUANALÂNDIA

Durante toda aquela tarde, viajamos pela magnífica estrada, que seguia continuamente na direção noroeste. Infadus e Scragga caminhavam a nosso lado, mas seus seguidores andavam a cerca de cem passos à frente.

– Infadus – perguntei, por fim –, quem fez essa estrada?

– Foi construída há muito tempo, meu senhor. Ninguém sabe como ou quando, nem mesmo a sábia Gagula, que viveu por gerações. Não temos idade suficiente para lembrar de sua construção. Ninguém consegue traçar estradas como essa atualmente, mas o rei não permite que cresça qualquer tipo de vegetação nela.

– E de quem são as inscrições nas paredes dos túneis que atravessamos ao vir pela estrada? – perguntei, referindo-me às gravuras egípcias que tínhamos visto.

– Meu senhor, as mãos que fizeram a estrada gravaram os maravilhosos escritos. Não sabemos quem os fez.

– Quando é que o povo Kukuana entrou nessas terras?

– Meu senhor, nossa raça desceu para cá como o sopro de uma tempestade há dez mil luas, das grandes terras que ficam além –

respondeu ele, apontando para o Norte. – Não puderam viajar para mais longe por causa das altas montanhas que circundam essa terra, assim dizem as velhas vozes de nossos pais que chegaram até nós, os filhos, e assim diz Gagula, a mulher sábia, a farejadora de bruxos – e apontava novamente para os picos cobertos de neve. – A região também era boa, então eles se estabeleceram aqui e se tornaram sempre mais fortes e poderosos, e agora somos numerosos como a areia do mar, e quando o rei Twala convoca seus exércitos, suas plumas cobrem a planície até onde o olho do homem pode alcançar.

– Se essas terras estão cercadas por montanhas, com quem lutam esses exércitos?

– Ora, meu senhor, a região tem um espaço aberto lá em direção ao norte e de vez em quando nuvens de guerreiros invadem nosso território, vindos de terras que não conhecemos, e nós os matamos. É a terceira parte da vida de um homem desde que houve a última guerra. Muitos milhares morreram nela, mas conseguimos derrotar aqueles que vieram nos atacar. Desde então, não houve mais guerra.

– Seus guerreiros devem estar cansados de repousar apoiados em suas lanças, Infadus.

– Meu senhor, houve uma guerra, logo depois que derrotamos o povo que nos atacou, mas foi uma guerra civil; "cães comendo cães".

– Como assim?

– Meu senhor, o rei, meu meio-irmão, teve um irmão nascido do mesmo parto e da mesma mulher. Não é nosso costume, meu senhor, permitir que gêmeos sobrevivam; o mais fraco sempre deve morrer. Mas a mãe do rei escondeu a criança mais franzina, que nasceu por último, pois seu coração se condoeu; e essa criança é Twala, o rei. Eu sou seu irmão mais novo, nascido de outra esposa de meu pai.

– E então?

– Meu senhor, Kafa, nosso pai morreu quando chegamos

à idade adulta, e meu irmão, Imotu, foi feito rei em seu lugar; reinou por um tempo e teve um filho com sua esposa favorita. Quando o menino tinha 3 anos, logo depois da grande guerra, durante a qual nenhum homem podia semear ou colher, a fome se espalhou por todo o país, e o povo murmurava e olhava em volta como leões famintos em busca de algo para dilacerar. Foi então que Gagula, a mulher sábia e terrível, que não morre, fez uma proclamação ao povo, dizendo: "O rei Imotu não é rei". E, na época, Imotu estava doente, com um ferimento, e estava em sua casa, incapaz de se mover. Então Gagula entrou numa cabana e saiu dali com Twala, meu meio-irmão e irmão gêmeo do rei, que ela havia escondido entre as cavernas e rochas desde que ele nasceu, e retirando a "mucha" (pano de cintura) de seus quadris, mostrou ao povo dos kukuanas a marca da cobra sagrada enrolada em volta de sua cintura, sinal com o qual o filho mais velho do rei é marcado ao nascer, e gritou bem alto:

– Eis seu rei, que salvei para vocês até hoje!

– Ora, o povo, enlouquecido de fome e completamente desprovido de razão e conhecimento da verdade, clamava "O rei! O rei!" mas eu sabia que não era bem assim, pois Imotu, meu irmão, era o mais velho dos gêmeos e nosso legítimo rei. Então, quando o tumulto estava no auge, Imotu, o rei, embora estivesse muito doente, veio se arrastando de sua cabana, de mãos dadas com a esposa e seguido por seu filhinho Ignosi... nome que quer dizer relâmpago.

– Que confusão é essa? – perguntou ele. – Por que gritam "O rei! O rei!"?

– Então Twala, seu irmão gêmeo, nascido da mesma mulher e na mesma hora, correu para ele, e agarrando-o pelos cabelos, cravou-lhe a faca no coração. E o povo, volúvel como é e sempre pronto a adorar o sol nascente, bateu palmas e gritou, "Twala é rei! Agora sabemos que Twala é o rei!"

– E o que aconteceu com a esposa de Imotu e seu filho Ignosi? Twala os matou também?

– Não, meu senhor. Quando ela viu que seu senhor estava

morto, a rainha apanhou a criança e fugiu gritando. Dois dias depois, ela chegou a um *kraal* (povoado) com muita fome e ninguém lhe deu leite nem comida, agora que seu senhor, o rei, estava morto, pois todos odeiam os desafortunados. Mas, ao cair da noite, uma criança, uma menina, saiu e lhe deu de comer; e ela abençoou a menina e foi em direção das montanhas com seu filho antes que o sol nascesse novamente, e lá ela deve ter perecido, pois ninguém a viu desde então, nem o filho Ignosi.

– Então, se esse menino Ignosi tivesse sobrevivido, ele seria o verdadeiro rei do povo kukuana?

– Isso mesmo, meu senhor; a cobra sagrada está em volta de seus quadris. Se estiver vivo, ele é o rei; mas, infelizmente, deve ter morrido há muito tempo.

– Veja, meu senhor – disse Infadus, enquanto apontava para um vasto aglomerado de cabanas rodeado por uma cerca, que por sua vez era circundada por um grande fosso, que ficava na planície logo à frente. – Esse é o povoado onde a esposa de Imotu foi vista pela última vez com o filho Ignosi. É lá que vamos dormir esta noite, se, de fato – acrescentou ele, duvidando –, meus senhores dormem nessa terra.

– Quando estamos entre os kukuanas, meu bom amigo Infadus, fazemos como os kukuanas – disse eu, de certa forma solene, e me voltei rapidamente para falar com Good, que caminhava carrancudo logo atrás, inteiramente ocupado com insatisfatórias tentativas de impedir que sua camisa de flanela flutuasse e se erguesse com a brisa da noite. Para meu espanto, topei com Umbopa, que vinha logo atrás de mim, e evidentemente estivera escutando com o maior interesse minha conversa com Infadus. A expressão em seu rosto era muito curiosa, e me dava a impressão de um homem que estava lutando com sucesso parcial para trazer de volta à sua memória algo há muito esquecido.

Tudo isso ocorreu enquanto íamos avançando a bom ritmo em direção à planície ondulante abaixo de nós. As montanhas que havíamos transposto assomavam agora bem acima de nossas cabeças, e os Seios de Sabá estavam modestamente encobertos com diáfanas coroas de névoa. À medida que avançávamos, o país ia se revelando cada vez mais encantador. A vegetação era luxuriante, sem que fosse tropical; o sol era brilhante e quente, mas não escaldante; e uma brisa graciosa soprava suavemente ao longo das encostas odoríferas das montanhas. De fato, essa nova terra era pouco menos que um paraíso terrestre; em beleza, em riqueza natural e em clima, nunca tinha visto igual. O Transvaal é um belo país, mas não se compara à Kukuanalândia.

Assim que nos pusemos a caminho, Infadus tinha enviado um mensageiro para avisar os habitantes da povoação de nossa chegada; a propósito, o povoado estava sob o comando militar do próprio Infadus. O mensageiro havia partido a uma velocidade extraordinária, que deveria manter durante todo o trajeto, segundo me informou Infadus, pois correr era um exercício muito praticado entre seu povo.

O resultado dessa mensagem já podia ser constatado. Quando chegamos a cerca de três quilômetros do povoado, pudemos ver que vários destacamentos de homens vinham saindo de seus portões e marchavam em nossa direção.

Sir Henry pôs a mão em meu braço e comentou que, aparentemente, haveríamos de ter uma recepção calorosa. Algo em seu tom de voz chamou a atenção de Infadus.

– Não tenham medo, meus senhores – disse ele, rapidamente –, pois em meu peito não habita a traição. Esse regimento está sob meu comando e sai por minhas ordens para cumprimentá-los.

Acenei com a cabeça, demonstrando tranquilidade, embora eu não estivesse muito tranquilo em minha mente.

Cerca de um quilômetro dos portões desse povoado até a estrada há um longo trecho de terreno em suave aclive e ali é que os regimentos entravam em formação. Era uma visão esplêndida. Cada regimento, com cerca de 300 homens, marchando rapidamente colina acima, com lanças reluzentes e adornos de plumas ondulantes, para ocupar o lugar designado. Quando chegamos à encosta, 12 desses destacamentos, ou seja, 3.600 homens ao todo, haviam passado e tomado suas posições ao longo da estrada.

Logo chegamos até onde se perfilava o primeiro pelotão e pudemos contemplar com espanto o mais esplêndido grupo de guerreiros que já tínhamos visto. Eram todos homens de idade madura, a maioria veteranos de cerca de 40 anos, e nenhum deles tinha menos de 1,80 metro de altura, enquanto muitos tinham 1,90 metro ou mais. Na cabeça, usavam ornatos de pesadas plumas negras de *sakabula*(18), como aquelas que adornavam nossos guias. Em torno da cintura e abaixo do joelho direito portavam amarradas tiras brancas de cauda de boi e, na mão esquerda, carregavam escudos redondos medindo cerca de 20 polegadas de diâmetro. Esses escudos são muito curiosos. A estrutura era feita de uma placa de ferro batido, sobre a qual era esticada pele de boi, branca como leite.

As armas que cada homem carregava eram simples, mas muito eficazes, consistindo de uma lança curta e muito pesada de duas pontas com haste de madeira, com lâmina de cerca de 6 polegadas na ponta mais longa. Essas lanças não são de arremesso, mas usadas, como o *bangwan* dos zulus ou como as azagaias utilizadas em estocadas, apenas no combate corpo a corpo, e os ferimentos por elas infligidos são terríveis. Além do *bangwan*, todo homem carregava três facas grandes e pesadas, cada uma delas pesando cerca de um quilo. Uma faca ficava presa no cinto de cauda de boi e as outras duas vinham afixadas na parte de trás do escudo redondo. Essas facas, chamadas de "tolas" pelos kukuanas, substituem a azagaia de arremesso dos zulus. Os guerreiros kukuanas conseguem arremessá-las com grande precisão a uma distância de 40 metros ou mais, e

18 Ou viúva-rabilonga, espécie de pássaro, típico do centro-sul do continente africano. (N.T.)

é costume deles, ao atacar, lançar uma saraivada delas contra o inimigo quando se aproximam.

Cada destacamento permaneceu imóvel como uma coleção de estátuas de bronze até que chegássemos diante dele, quando, a um sinal dado por seu comandante que, distinguindo-se por usar um manto de pele de leopardo e por ficar uns passos à frente, todas as lanças se levantaram no ar e de trezentas gargantas brotou, com um súbito rugido, a saudação real de "Kum". Então, assim que passamos, o destacamento se formou atrás de nós e nos seguiu em direção ao *kraal* (povoação), até que finalmente todo o regimento dos Cinzentos... assim chamados por causa de seus escudos claros... a tropa de elite do povo kukuana, marchava em nossa retaguarda com um passo que fazia tremer o chão.

Por fim, saindo da grande Estrada de Salomão, chegamos ao largo fosso que cercava o *kraal*, que tem pelo menos 1.5 quilômetro de circunferência e é cercado por uma forte paliçada erguida com troncos de árvores. No portão de entrada, esse fosso é transposto por uma primitiva ponte levadiça, que foi baixada pela guarda para permitir nossa passagem.

O *kraal* é projetado com perfeição em seus mínimos detalhes. O centro é atravessado por uma ampla via, cortada em ângulos retos por outras vias, dispostas de modo a compor grupos de cabanas em blocos quadrados; cada bloco é o alojamento de um destacamento. As cabanas têm um formato que termina em cúpula e são construídas, como as dos zulus, com uma estrutura de bambu e uma bela cobertura de sapé; mas, ao contrário das cabanas zulus, elas têm portas pelas quais se pode passar em pé. Também são muito maiores e cercadas por uma varanda de quase 2 metros de largura, lindamente pavimentada com cal em pó bem compactada.

Ao longo de cada lado dessa ampla via que atravessa o *kraal* estavam alinhadas centenas de mulheres, atraídas pela curiosidade. Essas mulheres, para uma raça nativa, são extremamente bonitas. São altas e graciosas, de compleição física maravilhosamente harmoniosa. O cabelo, embora curto, é mais encaracolado do que lanoso, as feições são frequentemente aquilinas, e os lábios não são desagradavelmente grossos, como é o caso entre a maioria das raças africanas. Mas o que mais nos impressionou foi seu ar extremamente tranquilo e digno. Eram tão bem-educadas e elegantes quanto as frequentadoras de salões requintados e, nesse aspecto, diferem das mulheres zulus e de suas primas massai, que habitam o distrito além de Zanzibar. A curiosidade as levou a sair para nos ver, mas não se permitiram que qualquer expressão rude de espanto ou de crítica saísse de seus lábios enquanto passávamos, cansados, na frente delas. Nem mesmo quando o velho Infadus, com um movimento sub-reptício da mão, apontou a maravilha que eram as "lindas pernas brancas" do pobre Good, elas se permitiram revelar qualquer sentimento de intensa admiração que evidentemente dominava suas mentes. Fixaram seus olhos escuros naquela nova beleza, branca como a neve, pois, como acho que já disse, a pele de Good é extremamente clara, e nada mais. Mas foi o suficiente para Good, que é tímido por natureza.

Quando chegamos ao centro do *kraal,* Infadus parou na frente da porta de uma grande cabana, que era cercada a distância por um círculo de outras cabanas menores.

– Entrem, filhos das Estrelas – disse ele, em voz solene –, e dignem-se descansar um pouco em nossas humildes habitações. Um pouco de comida lhes será servida, para que não tenham de apertar os cintos de fome; um pouco de mel e um pouco de leite, e um ou dois bois, mais algumas ovelhas; não é muito, meus senhores, mas, ainda assim, um pouco para comer.

– Está bem – disse eu. – Infadus, estamos cansados de viajar pelos reinos do ar; agora, desejamos descansar.

Assim, entramos na cabana, que encontramos esplendidamente preparada para nosso conforto. Camas de peles curtidas estavam prontas para nos deitarmos, e havia também água para nos lavarmos.

Depois de pouco tempo, ouvimos uma gritaria do lado

de fora e, chegando até a porta, vimos uma fila de donzelas trazendo leite, espigas de milho assadas e um pote de mel. Atrás delas vinham alguns jovens conduzindo um novilho gordo. Recebemos os presentes, e então um dos jovens tirou a faca de seu cinto e cortou habilmente a garganta do boi. Em dez minutos o animal já estava morto, com o couro removido e já desmembrado. A melhor parte da carne foi então cortada para nós, e todo o restante do novilho eu o cedi, em nome de nosso grupo, como presente aos guerreiros em torno de nós, que receberam e distribuíram o "presente dos senhores brancos".

Umbopa começou a trabalhar, com a ajuda de uma jovem extremamente simpática, pondo para cozinhar nossa porção de carne numa grande panela de barro sobre um fogo aceso do lado de fora da cabana, e quando estava quase pronto, enviamos uma mensagem a Infadus, convidando a ele a também a Scragga, o filho do rei, a compartilhar conosco a refeição.

Logo vieram e, sentando-se em banquinhos, pois havia vários deles ao redor da cabana (os kukuanas geralmente não se agacham sobre os calcanhares como os zulus), eles nos ajudaram a terminar a preparação do jantar. O velho cavalheiro era muito afável e educado, mas percebi que o jovem nos olhava com certa suspeita. Assim como o resto do grupo, ele ficou impressionado com nossa aparência branca e nossas propriedades mágicas; mas pareceu-me que, ao descobrir que comíamos, bebíamos e dormíamos como os outros mortais, seu espanto estava começando a desaparecer e a ser substituído por uma sombria suspeita... o que me deixou bastante desconfortável.

No decorrer de nossa refeição, Sir Henry me sugeriu que seria conveniente tentar descobrir se nossos anfitriões sabiam alguma coisa sobre o destino do irmão dele, ou se já o tinham visto ou se tinham ouvido falar dele; mas, considerando bem, achei que seria mais sensato não dizer nada sobre o assunto naquele momento. Era difícil explicar como um parente dos homens das "Estrelas" havia se perdido.

Depois do jantar, tomamos nossos cachimbos e os acendemos; um procedimento que encheu Infadus e Scragga de espanto. Os kukuanas evidentemente desconheciam as divinas delícias da fumaça do tabaco. A erva é amplamente cultivada entre eles; mas, como os zulus, eles a usam apenas sob a forma de rapé e não a utilizavam de outro modo.

Nesse momento, perguntei a Infadus quando deveríamos prosseguir em nossa jornada, e fiquei muito contente ao saber que os preparativos estavam sendo feitos para partirmos na manhã seguinte; e mensageiros já tinham partido para informar Twala, o rei, de nossa chegada.

Ao que parecia, Twala estava em sua residência principal, conhecida como Lu, preparando-se para a grande festa anual que seria realizada na primeira semana de junho. Nessa grande reunião, todos os regimentos, com exceção de alguns destacamentos deixados para trás para fins de guarnição, seguiam para lá e desfilavam perante o rei; ocorrendo depois a grande caçada anual aos bruxos.

Devíamos partir ao amanhecer; e Infadus, que nos acompanharia, esperava chegar a Lu na noite do segundo dia, a menos que fôssemos detidos por algum acidente ou por transbordamento de rios.

Depois de nos transmitir essas informações, nossos visitantes nos desejaram boa-noite e se retiraram. Combinamos de nos revezar em turnos para vigiar o local. Assim, três de nós nos deitamos e dormimos o doce sono dos cansados, enquanto o quarto ficou acordado e à espreita de uma possível traição.

CAPÍTULO 9

O REI TWALA

Não será necessário relatar em detalhes os incidentes de nossa viagem a Lu. Foram dois dias inteiros caminhando pela grande Estrada de Salomão, que mantinha seu curso direto para o coração de Kukuanalândia. Basta dizer que, à medida que avançávamos, o país parecia ficar cada vez mais rico, e os povoados, cercados com seus amplos cinturões de cultivo, cada vez mais numerosos. Todos eles eram construídos segundo os mesmos princípios do primeiro, onde nos hospedamos, e eram guardados por amplas guarnições de tropas.

De fato, em Kukuanalândia, como entre os alemães, os zulus e os massais, todo homem apto é um soldado, de modo que toda a força da nação está sempre pronta para a guerra, ofensiva ou defensiva. Pelo caminho, fomos ultrapassados por milhares de guerreiros que seguiam para Lu, a fim de se apresentar à grande revista anual de tropas e assistir ao festival anual. Nunca tinha visto tropas mais esplêndidas.

Ao pôr do sol do segundo dia, paramos para descansar um pouco no alto de algumas colinas por onde corria a estrada, e ali, numa bela e fértil planície à nossa frente, estava a cidade de Lu. Era enorme para uma cidade desses nativos, talvez tivesse 8 quilômetros de circunferência. Ao redor dela, havia vários conjuntos de construções que, em grandes ocasiões, servem para acantonar os regimentos. A cerca de três quilômetros ao norte, erguia-se uma curiosa colina em forma de ferradura, que haveríamos de conhecer melhor no futuro. A cidade está muito bem situada e, no meio dela, dividindo-a em duas partes, corre um rio, que exibia uma série de pontes em diversos lugares, as que já tínhamos visto desde as encostas dos Seios de Sabá. A dez ou doze quilômetros de distância, três grandes montanhas cobertas de neve, dispostas como as pontas de um triângulo, se erguiam na planície. A conformação dessas montanhas é diferente daquelas dos Seios de Sabá, visto que são escarpadas e íngremes, em vez de lisas e arredondadas.

Infadus viu que as contemplávamos e observou espontaneamente:

– A estrada termina ali – disse ele, apontando para as montanhas conhecidas entre os kukuana como as "Três Bruxas".

– Por que termina? – perguntei.

– Quem sabe? – respondeu ele, dando de ombros. – As montanhas estão cheias de cavernas e há um grande fosso entre elas. É lá que os sábios de outrora costumavam ir para buscar o que quer que viessem procurar nesse país, e é lá agora que nossos reis estão sepultados, na Morada da Morte.

– Para o que é que eles vinham?" – perguntei, ansioso.

– Ué! Não sei. Meus senhores que caíram das Estrelas devem saber – respondeu ele, com um rápido olhar.

Evidentemente, ele sabia mais do que queria contar.

– Sim – continuei –, tem razão. Nas Estrelas sabemos de muitas coisas. Ouvi dizer, por exemplo, que os sábios de outros tempos vinham a essas montanhas em busca de pedras brilhantes, belos adereços e metal amarelo.

– Meu senhor é sábio – respondeu ele, com frieza. – Eu sou apenas uma criança e não posso falar com meu senhor sobre tais assuntos. Meu senhor deve falar com a velha Gagula, na casa do rei, que é tão sábia quanto meu senhor. – E ele foi embora.

Assim que ele se retirou, voltei-me para meus companheiros e apontei as montanhas.

– Ali estão as minas de diamantes de Salomão – disse eu.

Umbopa estava com eles, aparentemente mergulhado num dos ataques de abstração, que lhe eram comuns, e captou minhas palavras.

– Sim, Macumazan – acrescentou ele, em zulu –, os diamantes certamente estão ali, e você os terá, uma vez que vocês, homens brancos, gostam tanto de adereços e de dinheiro.

– Como sabe disso, Umbopa? – perguntei bruscamente, pois não gostava de seus modos misteriosos.

Ele riu.

– Sonhei com isso à noite, homens brancos. – Então ele também deu meia-volta e foi embora.

– O que é que nosso amigo negro quer dizer agora? – perguntou Sir Henry. – Ele sabe mais do que quer contar, isso é claro. A propósito, Quatermain, será que ele ouviu alguma coisa sobre... sobre meu irmão?

– Nada. Perguntou a todos com quem fez amizade, mas todos declaram que nenhum homem branco jamais foi visto no país antes.

– Será que ele chegou até aqui algum dia? – perguntou Good. – Nós só conseguimos chegar a esse lugar por milagre. Será que ele teria conseguido sem o mapa?

– Não sei – disse Sir Henry, em tom melancólico. – Mas, de alguma forma, acho que vou encontrá-lo.

Lentamente o sol se pôs e então, de repente, a escuridão caiu sobre a terra como uma coisa tangível. Não havia espaço entre o dia e a noite, nenhuma cena suave de transformação, pois nessas latitudes não existe crepúsculo. A mudança do dia para a noite é tão rápida e absoluta quanto a mudança da vida para a morte. O sol se pôs, e o mundo ficou envolto em trevas. Mas não por muito tempo, pois a oeste se levanta um brilho, espargindo-se em raios de luz prateada, e finalmente a lua cheia e gloriosa ilumina a planície e lança suas flechas cintilantes por toda parte, enchendo a terra com uma suave refulgência.

Ficamos parados, contemplando a adorável visão, enquanto as estrelas empalideciam diante dessa refinada majestade, e sentimos nossos corações elevados na presença de uma beleza que não consigo descrever. Minha vida tem sido difícil, mas há algumas coisas pelas quais sou grato por ter vivido, e uma delas é ter visto aquela lua brilhar sobre Kukuanalândia.

Pouco tempo depois, nossas meditações foram interrompidas por nosso educado amigo Infadus.

– Se meus senhores estiverem descansados, viajaremos para Lu, onde uma cabana será preparada para receber meus senhores esta noite. A lua brilha intensamente agora e, assim, não há perigo de cairmos pelo caminho.

Concordamos e, depois de uma hora de caminhada, estávamos nos arredores da cidade, cuja extensão, marcada como estava por milhares de fogueiras, parecia absolutamente interminável. De fato, Good, que sempre gosta de uma piada de mau gosto, batizou-a de "Ilimitada Lu". Logo chegamos a um fosso com uma ponte levadiça, onde fomos recebidos pelo bater de armas e o rude brado de uma sentinela. Infadus deu uma senha que não consegui compreender, que foi retribuída com uma saudação, e passamos pela rua central da grande cidade. Após quase meia hora de caminhada, passando por intermináveis fileiras de cabanas, Infadus se deteve por fim diante do portão de um pequeno grupo de cabanas que circundavam um pequeno pátio de calcário batido, e nos informou que essas seriam nossos "modestos" aposentos.

Entramos e descobrimos que uma cabana havia sido destinada para cada um de nós. Essas cabanas eram superiores a qualquer outra que já havíamos visto, e em cada uma havia uma cama muito confortável, com peles curtidas estendidas sobre colchões de palha aromática. A comida também estava pronta, e, assim que nos lavamos com a água disponível em jarros de barro, algumas jovens de bela aparência nos trouxeram carne assada e espigas de milho delicadamente postas em travessas de madeira e nos serviram com profundas reverências.

Comemos e bebemos; e depois que todas as camas foram transferidas para uma única cabana a nosso pedido, precaução ante a qual as amáveis jovens sorriram, nos deitamos para dormir, completamente exaustos em virtude da longa jornada.

Quando acordamos, o sol já estava alto no céu, e as jovens atendentes, que não pareciam perturbadas por nenhum falso pudor, já estavam de pé dentro da cabana, tendo recebido ordens para comparecer e ajudar-nos a "nos aprontar".

– Aprontar-se, pois não! – rosnou Good. – Quando se tem apenas uma camisa de flanela e um par de botas, isso não demora muito. Gostaria que você pedisse minhas calças de volta, Quatermain.

Pedi informações a respeito, mas me disseram que essas relíquias sagradas já haviam sido levadas ao rei, que nos receberia pela manhã.

Depois de pedir que as jovens se retirassem, o que lhes causou surpresa e visível decepção, passamos a fazer a melhor toalete que as circunstâncias permitiam. Good chegou a raspar novamente o lado direito do rosto; conseguimos convencê-lo para que não tocasse, de forma alguma, o lado esquerdo, no qual agora aparecia um belo chumaço de suíças. Quanto a nós, contentamo-nos em nos lavar e pentear os cabelos. Os cachos amarelos de Sir Henry quase tocavam os ombros, e ele parecia mais do que nunca um antigo dinamarquês, ao passo que minha cabeleira grisalha já apresentava um belo comprimento, em vez de meia polegada, que em geral era o comprimento máximo que eu admitia.

Depois de terminada a refeição e depois de termos fumado um cachimbo, recebemos a informação, transmitida pessoalmente por Infadus, de que o rei Twala estava pronto para nos ver, se assim o desejássemos.

Observamos, em resposta, que preferíamos esperar até que o sol estivesse um pouco mais alto, pois estávamos cansados ainda de nossa jornada, além de outras coisas. É sempre conveniente, ao lidar com pessoas incivilizadas, não ter muita pressa. Eles tendem a confundir polidez com admiração ou servilismo. Assim, embora estivéssemos tão ansiosos para ver Twala quanto Twala poderia estar para nos ver, sentamos e esperamos durante uma hora, empregando esse tempo na preparação de alguns presentes de que poderíamos dispor em nossas parcas provisões... ou seja, o rifle Winchester, que havia sido usado pelo pobre Ventvögel, e algumas contas de vidro. O rifle e a munição seriam oferecidos de presente à Sua Alteza Real, e as contas eram para as esposas dele e para os membros da corte. Já havíamos dado algumas a Infadus e a Scragga, que ficaram impressionados com elas, pois nunca tinham visto tais coisas antes. Por fim, declaramos que estávamos prontos e, guiados por Infadus, partimos para a audiência, com Umbopa carregando o rifle e as contas.

Depois de percorrer algumas centenas de metros, chegamos a um recanto cercado, algo parecido com as cabanas que nos haviam sido destinadas, mas cinquenta vezes maior, pois não poderia ter se estendido menos que em seis ou sete acres de terra. Ao redor da cerca, do lado externo, havia uma fileira de cabanas, que eram as habitações das esposas do rei. Exatamente em frente ao portão, do outro lado do espaço aberto, havia uma cabana muito grande, isolada, na qual residia Sua Majestade. Todo o resto era terreno vazio; isto é, estaria vazio se não fosse preenchido por regimentos e mais regimentos de guerreiros, reunidos lá em número de 7 ou 8 mil. Esses homens permaneciam imóveis como estátuas enquanto avançávamos no meio deles, e seria impossível dar uma ideia adequada da grandeza do espetáculo que eles representavam, com suas plumas ondulantes, suas lanças reluzentes e escudos de ferro, revestidos de couro de boi.

O espaço em frente à grande cabana estava vazio, mas na frente dele estavam enfileirados vários banquinhos. Em três deles, a um sinal de Infadus, nos sentamos, enquanto Umbopa permaneceu em pé atrás de nós. Infadus se posicionou junto da porta da cabana. Então esperamos por dez minutos ou mais, em meio a um silêncio mortal, mas conscientes de que éramos objeto do olhar concentrado de cerca de 8 mil pares de olhos. Era uma provação um tanto difícil, mas nós a enfrentamos da melhor maneira que pudemos. Por fim, a porta da cabana se abriu e uma figura gigantesca, com um esplêndido manto (*karross*) de pele de tigre jogado sobre os ombros, apareceu, seguida pelo menino Scragga, e o que nos pareceu ser um macaco raquítico, envolto num manto de pele. A figura se sentou num desses tamboretes, Scragga tomou lugar atrás dele, e o macaco raquítico rastejou de quatro até a sombra da cabana e ali ficou, agachado.

O silêncio continuava absoluto.

Então a gigantesca figura removeu o manto e ficou de pé à nossa frente; um espetáculo verdadeiramente alarmante. Era um homem enorme com o semblante mais repulsivo que já vimos. Tinha os lábios grossos, o nariz achatado e apenas um olho preto brilhante, pois o outro era representado por uma cavidade no rosto, e toda a sua expressão era extremamente cruel e sensual. Na grande cabeça, ostentava um magnífico adereço de penas brancas de avestruz, seu corpo estava vestido com uma camisa de brilhante cota de malha, e em torno da cintura e do joelho direito estavam as usuais guarnições de couro claro de cauda de boi. Empunhava uma enorme lança na mão direita; em volta do pescoço trazia um grosso colar de ouro, e preso na testa brilhava opacamente um único e enorme diamante não lapidado.

O silêncio perdurava, mas não seria por muito tempo. Logo o homem, que corretamente imaginávamos ser o rei, ergueu o grande dardo em sua mão. Instantaneamente 8 mil lanças foram levantadas em resposta, e de 8 mil gargantas ressoou a saudação real "Kum". Isso se repetiu três vezes, e cada vez a terra tremia com o brado, só comparável à mais intensa trovoada.

– Seja humilde, ó povo – disse uma voz fina que parecia vir do macaco na sombra. – É o rei.

– *É o rei*! – ressoaram as 8 mil gargantas em resposta. – *Seja humilde, ó povo, é o rei.*

Então se fez silêncio novamente... silêncio mortal.

Momentos depois, o silêncio foi quebrado. Um soldado à nossa esquerda deixou cair seu escudo, que fez um barulho bastante forte ao tocar o chão de calcário.

Twala virou seu único olho frio na direção do rumor.

– Você! Venha para cá, – disse ele, com voz fria.

Um belo jovem saiu das fileiras e parou diante do rei.

– Foi seu escudo que caiu, seu cão desajeitado. Quer me fazer passar vergonha diante desses estrangeiros das Estrelas? O que tem a dizer?

Vimos o pobre homem empalidecer sob sua pele morena.

– Foi por acaso, ó Bezerro da Vaca Negra – murmurou ele.

– Então é um acidente pelo qual deve pagar. Você me fez passar vergonha. Prepare-se para morrer.

– Eu sou um boi do rei – foi a humilde resposta.

– Scragga – rugiu o rei. – Deixe-me ver se sabe usar sua lança. – Mate esse tolo desajeitado.

Scragga deu um passo à frente com um sorriso desagradável e ergueu sua lança. A pobre vítima cobriu os olhos com as mãos e ficou imóvel. Nós ficamos petrificados de horror.

Uma vez, duas vezes, ele brandiu a lança e então a arremessou. Ah! bem no alvo!... A lança traspassou as costas do soldado. Ele ergueu as mãos e caiu morto. Da multidão a nosso redor ouviu-se algo como um murmúrio que foi se dissipando até sumir. A tragédia se consumou; ali jazia o cadáver, e ainda não havíamos percebido que tudo havia sido encenado. Sir Henry deu um pulo e soltou uma praga; logo depois, intimidado pelo silêncio reinante, sentou-se novamente.

– Foi um belo golpe – disse o rei. – Tirem-no daqui!

Quatro homens saíram das fileiras e, soerguendo o corpo do homem assassinado, levaram-no.

– Cubram as manchas de sangue, cubram-nas – sussurrou a voz fina que procedeu da figura semelhante a um macaco. – A palavra do rei foi proferida, a sentença do rei foi executada!

Então uma moça veio da parte de trás da cabana, carregando uma jarra cheia de cal em pó, que espalhou sobre a mancha vermelha, encobrindo-a.

Enquanto isso, Sir Henry estava fervendo de raiva com o que havia acontecido; na verdade, foi com dificuldade que conseguimos mantê-lo quieto.

– Sente-se, pelo amor de Deus – sussurrei. – Nossas vidas dependem disso.

Ele cedeu e ficou quieto.

Twala ficou em silêncio até que os vestígios da tragédia tivessem sido removidos. Então se dirigiu a nós.

– Homens brancos – disse ele – que para cá vieram, não sei de onde nem por quê, saudações.

Saudações, Twala, rei dos kukuanas – respondi.

– Homens brancos, de onde vêm e o que procuram?

– Nós viemos das estrelas, não nos pergunte como. Viemos para ver essa terra.

– Vieram de longe para ver uma coisa sem importância. E esse homem que está com vocês – apontando para Umbopa –, ele também vem das Estrelas?

– Ele também; há pessoas da mesma cor de vocês nos céus; mas não pergunte coisas elevadas demais para você, ó rei Twala.

– Vocês falam com voz arrogante, homens das Estrelas – retrucou Twala, num tom de voz que não me agradou. – Lembre-se de que as estrelas estão longe e vocês estão aqui. E se eu fizer com vocês o mesmo que fiz com aquele que há pouco levaram daqui?

Eu dei uma gargalhada, embora, em meu íntimo, não estivesse rindo.

– Ó rei – disse eu –, tenha cuidado, caminhe cautelosamente ao andar sobre pedras quentes, para não queimar os pés; segure a lança pelo cabo, para não cortar as mãos. Se tocar num só fio de cabelo de nossas cabeças, será sua destruição. Ora, esses homens – disse eu, apontando para Infadus e Scragga que, jovem malvado como era, estava ocupado limpando o sangue do soldado de sua lança – não lhe contaram que tipo de homens nós somos? Já viu alguém como nós? – perguntei, apontando para Good e sentindo-me bastante seguro de que ele nunca tinha visto ninguém que se parecesse com ele como estava agora.

– É verdade, nunca vi – respondeu o rei, examinando Good com interesse.

– Não lhe contaram como conseguimos matar a distância? – continuei.

– Eles me contaram, mas não acredito. Mostre-me como matam. Mate um homem daqueles que estão lá longe – disse ele, apontando para o lado oposto do *kraal* – e eu acreditarei.

– Não – respondi. – Não derramamos sangue humano, a não ser em punição justa. Mas se quiser ver, manda seus servos trazer um boi até os portões do *kraal*, e antes que tenha dado vinte passos, eu o matarei.

– Não – replicou o rei, rindo. – Mate um homem e eu acreditarei.

– Bem, ó rei, que assim seja – respondi, com frieza. – Caminhe pelo espaço aberto e, antes que seus pés alcancem o portão, você estará morto; ou se não quiser, mande seu filho Scragga (em quem, naquele momento, teria atirado com muito prazer).

Ao ouvir essa sugestão, Scragga soltou uma espécie de uivo e disparou para dentro da cabana.

Twala franziu a testa majestosamente; a sugestão não lhe agradou.

– Tragam um novilho – ordenou ele.

Dois homens partiram imediatamente correndo.

– Agora, Sir Henry – disse eu –, você é que vai atirar. Quero mostrar a esse rufião que não sou o único mágico do grupo.

Então Sir Henry tomou o rifle Express e se preparou.

– Espero dar um bom tiro – murmurou ele.

– Sem dúvida alguma – repliquei. – Se errar a primeira bala, dispare a segunda. Mire a 150 passos e espere até que o animal vire de lado.

Houve uma pausa, até que avistamos um boi correndo direto para a entrada do *kraal*. Atravessou o portão e, avistando a imensa multidão de pessoas, parou assustado, virou-se e deu um mugido.

– Agora é sua vez! – sussurrei.

O rifle foi erguido.

Bum! E um baque! O boi estava de costas no chão, dando coices no ar, atingido nas costelas. A bala de ponta oca fizera bem seu trabalho, e um murmúrio de espanto se ergueu entre os milhares de homens reunidos.

Eu me virei com toda a frieza...

– Eu menti, ó rei?

– Não, homem branco, é a verdade – foi a resposta dele, um tanto atemorizado.

– Escute, Twala! – continuei. – Acaba de ver o que queria. Saiba, porém, que viemos em paz, não em guerra. Veja – e levantei o rifle Winchester –, aqui está um bastão oco que lhe permitirá matar assim como nós matamos, mas vou colocar um feitiço nele, para que não o utilize para matar homens. Se o levantar contra um homem, de um jeito ou de ouro, ele o matará. Espere, vou lhe mostrar. Ordene a um soldado dar quarenta passos e fincar a haste de uma lança no chão de modo que a lâmina aponte para nós.

Em poucos segundos estava feito.

– Agora, veja, vou quebrar aquela lança.

Com uma mira cuidadosa, atirei. A bala atingiu a lâmina da lança e a estilhaçou.

Uma vez mais se ouviu um murmúrio de espanto.

– Agora, Twala – disse eu, entregando-lhe o rifle – nós lhe damos esse tubo mágico e, mais tarde, lhe mostrarei como usá-lo. Mas tenha o cuidado de não usar a magia das estrelas contra o homem da terra.

O rei tomou o rifle com toda a cautela e o colocou no chão, a seus pés. Enquanto ele fazia isso, vi que a figura raquítica, semelhante a um macaco, saía da sombra da cabana. Ela rastejou de quatro, mas quando chegou ao lugar onde o rei estava sentado, levantou-se e, retirando a capa que cobria seu rosto, revelou o semblante mais extraordinário e estranho que eu já tinha visto. Aparentemente, era o de uma mulher de idade avançada, tão encolhido que em tamanho não parecia maior que o rosto de uma criança de 1 ano, embora composto por uma série de rugas profundas e amareladas. No meio dessas rugas havia uma fenda afundada, que representava a boca, sob a qual o queixo se projetava para fora em ponta. Não havia nem sinal de nariz; de fato, o semblante poderia ter sido tomado como o de um cadáver ressequido ao sol, se não fosse por um par de grandes olhos negros, ainda cheios de vivacidade e inteligência, que brilhavam e se moviam sob as sobrancelhas brancas como a neve e a proeminente testa cor de pergaminho, como joias num jazigo. Quanto à própria cabeça, era de tonalidade amarela e completamente desprovida de cabelos, e o couro cabeludo enrugado se movia e se contraía como o capuz de uma cobra.

A figura que tinha essas medonhas feições, tão medonhas que nos causaram um arrepio de medo ao contemplá-las, parou por um momento. Então, de repente, estendeu uma garra fina armada com unhas de quase 1 polegada de comprimento, e pousando-a no ombro do rei Twala, começou a falar com uma voz aguda e penetrante...

– Escute, ó rei! Escutem, ó guerreiros! Escutem, ó montanhas e planícies e rios, lar da raça kukuana! Escutem, ó céus e sol, ó chuva, tempestade e névoa! Escutem, ó homens e mulheres, ó jovens e donzelas, e ó bebês que ainda não nasceram! Escutem, todas as coisas que vivem e que vão morrer! Escutem, todas as coisas mortas que vão voltar à vida para morrer novamente! Escutem, o espírito da vida está em mim e eu profetizo... Eu profetizo! Eu profetizo!

As palavras se dissipavam num lânguido gemido, e o pavor parecia se apoderar do coração de todos que as ouviam, inclusive do nosso. Essa velha era aterradora.

– *Sangue! Sangue! Sangue*! Rios de sangue; sangue por toda parte. Vejo, sinto o cheiro, provo – é sal! Corre vermelho pelo chão, chove dos céus. *Passos! Passos! Passos*! O passo do homem branco vindo de longe. Abala a terra; a terra treme diante de seu mestre. O sangue é bom, o sangue vermelho é brilhante; não há cheiro como o de sangue recém-derramado. Os leões o lamberão e rugirão, nele os abutres lavarão suas asas e gritarão de alegria. Eu sou velha! Eu sou velha! Tenho visto muito sangue; *ha, ha*! Mas verei mais antes de morrer e serei feliz. Quantos anos vocês acham que eu tenho? Seus pais me conheceram, e os pais deles me conheceram, e os pais dos pais de seus pais. Eu vi o homem branco e conheço seus desejos. Sou velha, mas as montanhas são mais velhas do que eu. Quem fez a grande estrada, digam-me? Quem gravou as figuras nas rochas, digam-me? Quem erigiu os três Silenciosos lá ao longe, que olham através do abismo, digam-me? – e apontava para as três montanhas íngremes que havíamos observado na noite anterior.

– Vocês não sabem, mas eu sei. Era um povo branco que existia antes de vocês existirem, que existirá quando vocês não existirem, que os consumirá e os destruirá. *Sim! Sim! Sim*! E para que eles vieram, os Brancos, os Terríveis, os habilidosos em magia e em todos os saberes, os fortes, os inabaláveis? O que é essa pedra brilhante em sua testa, ó rei? Que mãos fizeram as vestes de ferro sobre seu peito, ó rei? Você não sabe, mas eu sei. Eu, a Velha, eu, a Sábia, eu, a *Isanusi*, a feiticeira!

Então ela virou a calva cabeça de abutre para nós.

– O que procuram, homens brancos das Estrelas... ah, sim, das Estrelas? Procuram um perdido? Não o encontrarão aqui. Ele não está aqui. Nunca por eras e eras um pé branco pisou essas terras; nunca, exceto uma vez, e eu me lembro que ele saiu, mas para morrer. Vocês procuram pedras brilhantes. Eu sei disso... eu sei. Vocês as encontrarão quando o sangue secar. Mas vão voltar para o lugar de onde vieram ou vão permanecer aqui comigo? *Ha! ha! ha*!

– E você, você de pele morena e porte altivo – continuou a velha, apontando o dedo esquelético para Umbopa –, quem é você e o que procura por aqui? Não quer pedras que brilham, não quer metal amarelo que reluz, essas coisas as deixará para "homens brancos das estrelas". Acho que o conheço; parece-me que posso sentir o cheiro do sangue em seu coração. Tire o cinturão...

Nesse momento, as feições dessa extraordinária criatura se convulsionaram, e ela caiu no chão espumando, num ataque epiléptico, e foi carregada para dentro da cabana.

O rei se levantou tremendo e acenou com a mão. Instantaneamente, os regimentos começaram a se retirar e, em dez minutos, o imenso espaço ficou vazio, excetuando nós mesmos, que ficamos, mais o rei e alguns servos.

– Homens brancos – disse ele –, passa pela minha cabeça

a ideia de matá-los. Gagula falou palavras estranhas. O que têm a dizer?

Eu ri.

– Tenha cuidado, ó rei, não somos fáceis de matar. Viu o destino do boi. Gostaria de ter o mesmo destino?

O rei franziu a testa.

– Não é nada recomendável ameaçar um rei.

– Não estamos ameaçando, falamos a verdade. Tente nos matar, ó rei, e aprenda por experiência.

O grande selvagem pôs a mão na testa e ficou pensando.

– Vão em paz – disse ele, por fim. – Esta noite é a grande dança. Vocês poderão assistir. Não tenham medo de que vá lhes armar uma cilada. Amanhã vou pensar no assunto.

– Está bem, ó rei – repliquei, despreocupadamente.

E então, acompanhados por Infadus, nos levantamos e voltamos para nosso *kraal*.

CAPÍTULO 10

A CAÇA AOS BRUXOS

Ao chegar à nossa cabana, acenei a Infadus para que entrasse conosco.

– Agora, Infadus – disse eu –, nós gostaríamos de conversar com você.

– Que meus senhores falem.

– Parece-nos, Infadus, que o rei Twala, é um homem cruel.

– Isso mesmo, meus senhores. Infelizmente! A terra clama por causa das crueldades dele. Esta noite vocês verão. É a grande caça aos bruxos, e muitos serão descobertos como feiticeiros e serão mortos. Ninguém se sente seguro. Se o rei cobiça o gado de um homem, ou a esposa de um homem, ou se teme que alguém incite uma rebelião contra ele, então Gagula, que vocês já viram, ou algumas das mulheres caçadoras de bruxos, treinadas por ela, identificarão aquele homem como um bruxo, e ele será morto. Muitos devem morrer antes que a lua fique pálida esta noite. É sempre assim. Talvez eu também seja morto. Até agora fui poupado porque sou hábil na guerra e amado pelos soldados; mas não sei quanto tempo ainda tenho de vida. A terra geme por causa das crueldades do rei Twala; está cansada dele e de seus modos sanguinários.

– Então, Infadus, por que o povo não o derruba?

– Não, meus senhores, ele é o rei, e se ele fosse morto, Scragga reinaria em seu lugar, e o coração de Scragga é mais negro do que o coração de Twala, o pai. Se Scragga fosse rei, seu jugo sobre nosso pescoço seria mais pesado que o jugo de Twala. Se Imotu nunca tivesse sido morto, ou se Ignosi, filho dele, tivesse sobrevivido, poderia ter sido diferente; mas ambos estão mortos.

– Como sabe que Ignosi está morto? – disse uma voz atrás de nós. Olhamos em volta surpresos para ver quem falava. Era Umbopa.

– O que quer dizer com isso, rapaz? – perguntou Infadus. – Quem lhe disse para falar?

– Escute, Infadus – foi a resposta. – Eu vou lhe contar uma história. Anos atrás, o rei Imotu foi morto neste país e sua esposa fugiu com o menino Ignosi. Não foi assim?

– Foi assim mesmo.

– Foi dito que a mulher e o filho morreram nas montanhas. Não é assim?

– Assim mesmo.

– Bem, aconteceu que a mãe e o menino Ignosi não morreram. Eles cruzaram as montanhas e foram levados por uma tribo de homens errantes do deserto, através das areias até que finalmente chegaram a uma terra onde havia também água, grama e árvores.

– Como sabe disso?

– Escute. Eles viajaram sem parar durante muitos meses até que chegaram a uma terra onde vivia um povo guerreiro chamado amazulu, que era da mesma linhagem dos kukuanas, e com esse povo eles permaneceram muitos anos, até que finalmente a mãe morreu. Então o filho Ignosi tornou-se novamente um nômade e viajou para uma terra de maravilhas, onde vivem os homens brancos, e por muitos anos ele aprendeu a sabedoria dos brancos.

– É uma bela história – disse Infadus, incrédulo.

– Durante anos ele viveu lá trabalhando como servo e soldado, mas guardando em seu coração tudo o que a mãe lhe disse sobre sua terra e pensando em como poderia viajar para lá para ver seu povo e a casa de seu pai, antes de morrer. Por longos anos ele viveu e esperou, e finalmente chegou a hora, como sempre acontece para quem pode esperar por ela, e ele conheceu alguns homens brancos que procuravam essa terra desconhecida e se juntou a eles. Os homens brancos partiram e viajaram sem parar, procurando por alguém que está perdido. Eles atravessaram o deserto ardente, eles cruzaram as montanhas cobertas de neve, e finalmente alcançaram a terra dos kukuanas, e aqui eles o conheceram, ó Infadus.

– Certamente você deve estar louco para dizer tudo isso – disse o velho soldado, atônito.

– Se assim pensa, veja, eu vou lhe mostrar, ó meu tio. *Eu sou Ignosi, legítimo rei dos kukuanas*!

Então, com um único movimento, Umbopa tirou sua "mucha", ou tanga, e ficou despido diante de nós.

– Olhe – disse ele. – O que é isso? – perguntou, apontando para a figura de uma grande cobra tatuada em azul em torno de seus quadris, com a cauda desaparecendo em sua boca aberta logo acima do local em que as coxas se inserem no tronco.

Infadus olhou para a marca, com os olhos quase saindo das órbitas. Então ele caiu de joelhos e exclamou:

– *Kum*! *Kum*! É o filho de meu irmão; é o rei!

– Eu não lhe disse, meu tio? Levante-se. Eu ainda não sou o rei, mas, com sua ajuda, e com a ajuda desses bravos homens brancos, que são meus amigos, eu serei. Mas a velha bruxa Gagula estava certa; sangue haverá de correr sobre a terra antes que isso aconteça, e o sangue dela também será derramado, se é que ela tem sangue e pode morrer, pois matou meu pai com suas palavras e expulsou minha mãe daqui. E agora, Infadus, escolha. Quer pôr as suas mãos entre as minhas e lutar a meu lado? Haverá de compartilhar os perigos que estão diante de mim e haverá de me ajudar a derrubar esse tirano e assassino, ou não? A escolha é sua.

O ancião levou a mão à cabeça e pensou. Depois se levantou e avançou para onde estava Umbopa, ou melhor, Ignosi, ajoelhou-se diante dele e tomou-lhe a mão.

– Ignosi, legítimo rei dos kukuanas, eu coloco minha mão entre as suas mãos e estarei a seu lado até a morte. Quando você era um bebê, eu o embalei em meu colo, agora meus velhos braços devem bater-se por você e pela liberdade.

– Está bem, Infadus. Se eu vencer, você será o maior homem do reino depois de seu rei. Se eu fracassar, você pode morrer, e a morte já não está tão distante de você. Levante-se, meu tio.

– E vocês, homens brancos, querem me ajudar? O que tenho a lhes oferecer! As pedras brancas! Se eu vencer e puder encontrá-las, vocês poderão levar quantas conseguirem carregar. Isso será suficiente para vocês?

Eu traduzi essa observação.

– Diga-lhe – respondeu Sir Henry – que ele se engana com relação aos ingleses. A riqueza é boa e, se ela aparecer em nosso caminho, nós a tomaremos, mas um cavalheiro não se vender por riqueza. Falando por mim, no entanto, digo isso. Sempre gostei de Umbopa e, no que depender de mim, estarei ao lado dele nessa questão. Será muito agradável para mim tentar acertar as contas com aquele demônio cruel, Twala. O que vocês dizem, Good e Quatermain?

– Bem – disse Good –, para adotar a linguagem da hipérbole, à qual todo esse povo parece estar acostumado, pode lhe dizer que uma revolta certamente é boa e aquece o coração, e que, no que me diz respeito, pode me alistar como seu soldado. Minha única condição é que ele me permita usar calças.

Eu traduzi o sentido real dessas respostas.

– Está bem, meus amigos – disse Ignosi, antigo Umbopa.

– E você, Macumazan, está também comigo, seu velho caçador, mais esperto que um búfalo ferido?

Pensei um pouco e cocei a cabeça.

– Umbopa ou Ignosi – disse eu. – Não gosto de revoluções. Sou um homem de paz e um tanto covarde. – Nesse ponto, Umbopa sorriu. – Mas, por outro lado, defendo meus amigos, Ignosi. Você se apegou a nós e se comportou como homem, e eu vou ficar de seu lado. Mas lembre-se, eu sou um comerciante e tenho de ganhar a vida; por isso aceito a oferta dos diamantes, caso algum dia tenhamos condições de obtê-los. Outra coisa: viemos, como sabe, procurar o irmão perdido de Incubu (Sir Henry). Você deve nos ajudar a encontrá-lo.

– Isso eu farei – respondeu Ignosi. – Diga-me, Infadus, pelo sinal da cobra em meus quadris, diga-me a verdade. Ficou sabendo de algum homem branco que acaso tenha pisado nesta terra?

– Não, ó Ignosi.

– Se algum homem branco tivesse sido visto ou se alguém falasse da presença dele, você ficaria sabendo?

– Certamente, ficaria sabendo.

– Está ouvindo, Incubu? – disse Ignosi a Sir Henry. – Ele não esteve aqui.

– Bem, bem! – disse Sir Henry, com um suspiro; – É isso. Suponho que ele nunca tenha chegado até aqui. Pobre coitado, pobre coitado! Então foi tudo em vão. Que seja feita a vontade de Deus.

– Agora vamos ao que interessa – interrompi, ansioso para fugir de assunto tão doloroso. – É muito bom ser rei por direito divino, Ignosi, mas como você pretende se tornar um rei de fato?

– É, eu não sei. Infadus, você tem um plano?

– Ignosi, Filho do Relâmpago – respondeu o tio –, nesta noite haverá a grande dança e a caça aos bruxos. Muitos serão descobertos e perecerão, e nos corações de muitos outros haverá dor, angústia e fúria contra o rei Twala. Terminada a dança, falarei com alguns dos grandes chefes, que, por sua vez, se eu os conquistar para nossa causa, falarão com seus regimentos. De início, falarei com os chefes moderadamente e os trarei aqui para que vejam que você é de fato o rei, e acho que com a luz de amanhã você terá 20 mil lanças sob seu comando. E agora devo ir e refletir, ouvir e me preparar. Depois que a dança terminar, se eu ainda estiver vivo, e todos nós estivermos vivos, encontrarei vocês aqui e poderemos conversar. Na melhor das hipóteses, haverá guerra.

Nesse momento, nossa conferência foi interrompida pelo grito de mensageiros do rei que haviam chegado. Dirigindo-nos até a porta da cabana, ordenamos que entrassem e logo se apresentaram três homens, cada um deles trazendo uma reluzente armadura peitoral e uma magnífica machadinha de guerra.

– Presentes de meu senhor, o rei, para os homens brancos das estrelas! – disse um arauto que os acompanhava;

– Agradecemos ao rei – respondi. – Podem retirar-se.

Os homens foram embora e nós passamos a examinar as armaduras com grande interesse. Era a mais extraordinária obra de arte metálica que qualquer um de nós já tinha visto. Um casaco inteiro com a malha tão bem feita, que formava um conjunto de elos tão bem trançados, que podiam ser cobertos com as duas mãos.

– Vocês fabricam essas coisas aqui em seu país, Infadus? – perguntei. – São armaduras muito bonitas.

– Não, meu senhor, elas vieram até nós de nossos antepassados. Não sabemos quem as fez, e restam poucas[(19)] Ninguém, exceto aqueles de sangue real, pode usá-las. São casacos mágicos, através dos quais nenhuma lança pode passar, e aqueles que os

19 No Sudão, espadas e cotas de malha ainda são usadas pelos árabes, cujos ancestrais devem tê-las arrancado dos corpos dos cruzados. (Nota do Editor)

usam são quase invencíveis na batalha. O rei está muito satisfeito ou com muito medo, caso contrário, não teria enviado essas vestes de aço. Vistam-nas esta noite, meus senhores.

Passamos o restante daquele dia descansando e conversando sobre a situação, que era bastante inquietante. Por fim, o sol se pôs, as mil fogueiras brilharam e, através da escuridão, ouvimos o ruído de muitos pés e o choque de centenas de lanças, à medida que os regimentos passavam para entrar em formação nos lugares designados e para se preparar para a grande dança. Então a lua cheia apareceu em todo o seu esplendor, e, enquanto ficávamos contemplando seus raios, Infadus chegou, vestido com seu traje de guerra e acompanhado por uma guarda de vinte homens para nos escoltar até o local da dança. Como ele recomendou, já tínhamos vestido as armaduras ou cotas de malha que o rei nos havia enviado, usando-as sob nossas roupas comuns e descobrindo, para nossa surpresa, que não eram muito pesadas nem desconfortáveis. Essas camisas de aço, que evidentemente haviam sido feitas para homens de grande estatura, ficavam um pouco folgadas em Good e em mim, mas aquela de Sir Henry se encaixava em seu magnífico corpo como uma luva. Em seguida, prendendo nossos revólveres na cintura, e levando nas mãos as machadinhas de guerra, que o rei havia enviado com as armaduras, partimos.

Ao chegarmos ao grande *kraal*, onde havíamos sido recebidos pelo rei naquela manhã, vimos que estava lotado com cerca de 20 mil homens dispostos em regimentos, a seu redor. Esses regimentos, por sua vez, eram divididos em companhias, e entre cada companhia havia um pequeno espaço para permitir a passagem, de um lado para outro, das caçadoras de bruxos. É impossível conceber algo mais imponente do que a visão dessa vasta e ordenada multidão de homens armados. Eles permaneciam em absoluto silêncio, e a lua derramava sua luz sobre a floresta de lanças erguidas, sobre suas figuras majestosas, sobre as plumas ondulantes e as harmoniosas sombras de seus escudos multicoloridos. Para onde quer que olhássemos, havia fileiras e mais fileiras de rostos indistintos encimados por fileiras e mais fileiras de lanças reluzentes.

– Certamente – perguntei a Infadus –, o exército inteiro está aqui?

– Não, Macumazan, – respondeu ele. – Só um terço dele. Um terço está presente nessa dança a cada ano, outro terço é reunido do lado de fora para o caso de haver problemas quando a matança começar, outros 10 mil guarnecem os postos avançados ao redor de Lu, e o restante vigia os *kraals* [povoados] espalhados pelo país. Pode perceber que é um povo muito numeroso.

– Eles são muito silenciosos – disse Good.

E, de fato, o profundo silêncio de uma multidão tão grande de homens vivos era quase opressivo.

– O que Bugwan disse? – perguntou Infadus.

Eu traduzi.

– Aqueles sobre os quais paira a sombra da morte ficam calados – respondeu ele, severamente.

– Muitos serão mortos?

– Muitos, muitos.

– Parece – falei aos outros – que vamos assistir a um espetáculo de gladiadores, organizado sem levar em conta os custos.

Sir Henry estremeceu, e Good disse que gostaria de não estar presente.

– Diga-me, – perguntei a Infadus – estamos em perigo?

– Não sei, meus senhores, espero que não; mas não demonstrem medo. Se sobreviverem a esta noite, tudo pode dar certo. Os soldados andam murmurando contra o rei.

Enquanto assim conversávamos, íamos avançando firmemente em direção ao centro do espaço aberto, no meio do qual haviam colocado alguns bancos. À medida que nos aproximávamos do local, percebemos outro pequeno grupo vindo da direção da cabana real.

– É o rei Twala, com o filho Scragga e a velha Gagula; e vejam, com eles estão aqueles encarregados de matar – disse Infadus, apontando para um pequeno grupo de cerca de uma dúzia de homens gigantescos e de aparência selvagem, armados com uma lança numa das mãos e com uma pesada clava na outra.

O rei tomou assento no tamborete que estava no centro, Gagula se agachou a seus pés, e os outros se posicionaram atrás dele.

– Saudações, senhores brancos – exclamou Twala, ao chegarmos. – Sentem-se, não percam o tempo precioso... a noite é muito curta para tudo o que deve ser feito. Vocês vêm numa boa hora e verão um espetáculo glorioso. Olhem em volta, senhores brancos; olhem em volta – e ele correu seu único olho perverso de regimento em regimento. – As estrelas podem mostrar a vocês uma visão como essa? Vejam como eles tremem em sua maldade, todos aqueles que têm maldade em seus corações e temem o julgamento dos céus.

– *Comecem*! *Comecem*! – guinchou Gagula, com sua voz fina e penetrante. – As hienas estão com fome, uivam por comida. Comecem! Comecem!

Então, por um momento, houve profundo silêncio, que era o horrível presságio do que estava por vir.

O rei ergueu sua lança e, de repente, 20 mil pés foram levantados, como se pertencessem a um só homem, e voltaram para o chão com um estrondo. Isso foi repetido três vezes, fazendo com que o chão sólido se movesse e tremesse. Então, de um ponto distante do círculo, uma voz solitária começou uma canção lamentosa, cujo refrão dizia algo como segue:

"*Qual é o destino do homem nascido de mulher*?"

Em resposta, todas as gargantas do imenso exército gritavam:

– *A morte*!

Gradualmente, porém, a canção foi retomada por companhia após companhia, até que toda a multidão armada a cantava, e eu não conseguia mais seguir as palavras, exceto na medida em que pareciam representar várias fases das paixões, medos e alegrias humanas. Ora parecia ser uma canção de amor, ora um majestoso canto de guerra e, por último, um canto fúnebre terminando repentinamente num lamento de partir o coração, ecoando num volume de fazer gelar o sangue nas veias.

Mais uma vez houve profundo silêncio, novamente rompido quando o rei ergueu a mão. Instantaneamente ouvimos um rumor de passos e, dentre a massa de guerreiros, figuras estranhas e terríveis apareceram correndo em nossa direção. Ao se aproximarem, vimos que eram mulheres, a maioria delas idosas, por seus cabelos brancos, ornamentados com pequenas bexigas de peixe que tremulavam nas costas delas. Tinham o rosto pintado com listras brancas e amarelas; em suas costas pendiam peles de cobra e, em volta de seus quadris, chocalhos de ossos humanos; cada uma delas segurava uma vareta bifurcada na mão enrugada. Ao todo, eram dez. Quando chegaram à nossa frente pararam, e uma delas, apontando com sua vareta para a figura agachada de Gagula, gritou:

– Mãe, ó velha mãe, estamos aqui.

– *Bom! bom! bom*! – respondeu aquela iniquidade envelhecida. – Seus olhos estão aguçados, *Isanusis* [feiticeiras supremas], podem enxergar em lugares escuros?

– Mãe, eles estão aguçados.

– *Bom! bom! bom!* Seus ouvidos estão abertos, *Isanusis*, para que ouçam palavras que não vêm da língua?

– Mãe, eles estão abertos.

– *Bom! bom! bom!* Seus sentidos estão despertos, *Isanusis*... para que possam sentir o cheiro de sangue e purificar a terra dos ímpios que tramam o mal contra o rei e contra seus vizinhos? Estão prontas para executar a justiça dos céus, vocês, a quem eu ensinei e que comeram do pão de minha sabedoria e beberam da água de minha magia?

– Mãe, estamos.

– Então vão! Não demorem, ó abutres; vejam, os matadores já afiam suas lanças – disse ela, apontando para o sinistro grupo de carrascos atrás. – Os brancos que vêm de longe estão ansiosos para ver. Vão!

Com um grito selvagem, as horríveis ministras de Gagula se dispersaram em todas as direções, como fragmentos de uma bomba, os ossos secos em volta da cintura chacoalhando enquanto corriam, e se dirigiram para vários pontos do denso círculo humano. Não pudemos observá-las todas, então nos fixamos na *Isanusi* mais próxima de nós. Quando chegou a poucos passos dos guerreiros, ela parou e começou a dançar freneticamente, girando com uma rapidez incrível, e gritando frases como "sinto o cheiro dele, o malfeitor!" "Ele está próximo, aquele que envenenou sua mãe!" "Estou ouvindo os pensamentos daquele que pensou mal do rei!"

Ela dançava cada vez mais rápido, até que atingiu tal estado de frenesi e excitação, que passou a verter espuma, que voava em partículas de suas mandíbulas cerradas; seus olhos pareciam saltar das órbitas, e seu corpo tremia incontrolável e visivelmente. De súbito, parou e se enrijeceu inteiramente, como um cão perdigueiro quando fareja a caça, e então, com a vareta estendida, começou a rastejar furtivamente em direção aos soldados à sua frente. Pareceu-nos que, com a aproximação dela, o estoicismo dos soldados esmorecia e eles tentavam se esquivar dela. Quanto a nós, seguíamos seus movimentos com um apavorante fascínio. Por fim, ainda rastejando e agachada como um cachorro, a *Isanusi* estava diante deles. Então parou e apontou, e novamente se moveu, um passo ou dois.

De repente chegou ao fim. Com um grito, ela saltou e tocou um guerreiro alto com sua vareta bifurcada. Instantaneamente, dois de seus camaradas, aqueles que estavam imediatamente ao lado, agarraram o homem condenado, cada um por um braço, e avançaram com ele em direção ao rei.

O homem não ofereceu resistência, mas vimos que arrastava os membros como se estivessem paralisados, e que seus dedos, dos quais a lança havia caído, estavam moles como os de um moribundo.

Quando ele chegou perto do rei, dois dos abomináveis carrascos avançaram para recebê-lo. Logo em seguida, os executores se voltaram, olhando para o rei, aguardando ordens.

– *Matem*! – disse o rei.

– *Matem*! – guinchou Gagula.

– *Matem*! – repetiu Scragga, com um riso de escárnio.

Quase antes que as palavras fossem proferidas, o horrível ato havia sido consumado. Um dos homens enfiou a lança no coração da vítima e, para garantir, o outro havia esmagado seu crânio com uma grande maça.

– Um – contou o rei Twala, precisamente como uma nefasta Madame Defarge[20], como disse Good, e o corpo foi arrastado alguns passos adiante e deixado estirado no chão.

Mal havia sido massacrado o primeiro, que outro pobre infeliz era trazido, como uma rês levada ao matadouro. Dessa vez pudemos ver, pelo manto de pele de leopardo que usava, que o homem era de elevada posição. Pronunciadas novamente as terríveis palavras, a vítima caiu morta.

– *Dois* – contou o rei.

E assim o jogo mortal continuou, até que cerca de cem corpos estavam estirados em fileiras atrás de nós. Ouvi falar das exibições de gladiadores dos Césares e das touradas espanholas, mas tomo a liberdade de duvidar que qualquer uma delas possa ser tão horrível quanto essa caça aos bruxos de Kukuanalândia. Os espetáculos dos gladiadores e as touradas

20 Alusão a Madame Thérèse Defarge, mulher cruel e vingativa, personagem central de *Um conto de duas cidades*, obra de Charles Dickens (1812-1870), romancista e contista inglês. (N.T.)

espanholas contribuíam, de qualquer modo, para a diversão do público, o que certamente não era o caso aqui. Até o espectador mais sedento de emoções fortes haveria de evitar esse espetáculo, se soubesse que ele próprio poderia estar pessoalmente envolvido no "evento" seguinte.

Uma vez nos levantamos e tentamos protestar, mas formos severamente admoestados por Twala.

– Deixem que a lei siga seu curso, homens brancos. Esses cães são feiticeiros e malfeitores; é bom que morram – foi a única resposta que nos deu.

Por volta das 10 e meia houve uma pausa. As caçadoras de bruxos se reuniram, aparentemente exaustas por seu trabalho sangrento, e pensamos que a representação havia terminado. Mas não era bem assim, pois logo, para nossa surpresa, a velha Gagula se levantou de sua posição agachada e, apoiando-se numa bengala, seguiu cambaleando até o centro do espaço aberto. Era algo extraordinário ver essa terrível e velha criatura com cabeça de abutre, quase dobrada ao meio pela idade extremamente avançada, ganhar forças aos poucos, até agitar-se, por fim, quase tão desvairadamente quanto suas agourentas pupilas. Ela correu de um lado para outro, cantando para si mesma, até que de repente deu um salto para um homem alto parado na frente de um dos regimentos e o tocou. Ao fazer isso, provocou um murmúrio de comoção em todo o regimento, que evidentemente ele comandava. Mas, não obstante isso, dois de seus sequazes o prenderam e o levaram para a execução. Soubemos depois que ele era um homem de grande riqueza e importância e, além do mais, era primo do rei.

Ele foi morto, e Twala contou cento e três. Então Gagula voltou a saltar para cá e para lá, aproximando-se cada vez mais de nós.

– Quem haveria de duvidar que essa mulher não está tramando alguma coisa contra nós? – exclamou Good, horrorizado.

– Bobagem! – disse Sir Henry.

Quanto a mim, quando vi aquele velho demônio dançando cada vez mais perto, meu coração realmente quase parou de bater. Olhei para trás, para as longas filas de cadáveres, e estremeci.

Gagula vinha dançando, cada vez mais perto, parecendo, para todos, um bastão retorcido dotado de vida, com seus horríveis olhos cintilando e faiscando com um brilho malévolo.

Ela chegou mais perto, e ainda mais perto, e todos naquela imensa assembleia observavam seus movimentos com intensa ansiedade. Por fim, ela parou e apontou.

– O que é que pode acontecer? – perguntou Sir Henry a si mesmo.

Num instante, todas as dúvidas se dissiparam, pois a velha feiticeira havia corrido e tocado Umbopa, aliás Ignosi, no ombro.

– Eu sinto o cheiro dele – gritou ela. – Matem-no, matem-no, ele está cheio de maldade. Matem o estrangeiro, antes que cause derramamento de sangue. Mate-o, ó rei.

Houve uma pausa, que não deixei passar e logo a aproveitei.

– Ó rei! – gritei, levantando-me de meu assento. – Esse homem é o servo de seus convidados, é o cão deles; quem derramar o sangue de nosso cão derrama o nosso também. Pela sagrada lei da hospitalidade, reivindico proteção para ele.

– Gagula, mãe das caçadoras de bruxos, o farejou; ele deve morrer, homens brancos – foi a taciturna resposta.

– Não, ele não morrerá – respondi. – Aquele que tentar tocá-lo, esse, de fato, morrerá.

– Prendam-no! – berrou Twala para os carrascos, que estavam vermelhos dos pés à cabeça pelo sangue de suas vítimas.

Eles avançaram em nossa direção e depois hesitaram. Ignosi agarrou sua lança e a ergueu como se estivesse determinado a vender caro sua vida.

– Para trás, seus cães! – gritei. – Para trás, se quiserem ver a luz do dia amanhã. Toquem num único fio do cabelo dele e seu rei morrerá – e apontei meu revólver para o rei Twala. Sir Henry e Good também sacaram suas pistolas, Sir Henry apontava a dele para o chefe dos carrascos, que avançava para executar a sentença, e Good mirava deliberadamente em Gagula.

Twala estremeceu perceptivelmente quando o cano de minha arma se alinhou com seu largo peito.

– Bem – disse eu. – Qual sua decisão, Twala?

Então ele falou.

– Guardem seus tubos mágicos – disse ele. –Vocês invocaram proteção em nome da hospitalidade, e por essa razão, mas não por medo do que podem fazer, eu o poupo. Vão em paz.

– Está bem – respondi, despreocupadamente. – Estamos fartos de matança e gostaríamos de dormir. A dança acabou?

– Terminou – respondeu Twala, mal-humorado. – Que esses cães mortos – continuou ele, apontando para as longas fileiras de cadáveres – sejam lançados às hienas e aos abutres.

E ergueu a lança.

Instantaneamente, os regimentos começaram a desfilar pelo portão do *kraal* em perfeito silêncio, ficando para trás apenas um grupo para retirar os cadáveres daqueles que haviam sido sacrificados.

Então nos levantamos também e, fazendo uma reverência à Sua Majestade, que mal se dignou a corresponder, partimos para nossas cabanas.

– Bem – disse Sir Henry, quando nos sentamos, depois de acender uma lamparina do tipo usado pelos kukuanas, cujo pavio é feito de fibra de uma espécie de folha de palmeira, e o óleo de gordura clarificada de hipopótamo – bem, eu me sinto incomumente inclinado a vomitar.

– Se eu tinha dúvidas em ajudar a Umbopa a se rebelar contra aquele canalha infernal – acrescentou Good, – elas se foram. Tudo o que eu podia fazer enquanto acontecia aquele massacre era ficar quieto. Tentei manter os olhos fechados, mas eles se abriam sempre na hora errada. Eu me pergunto onde deve estar Infadus. Umbopa, meu amigo, você deveria nos agradecer; sua pele quase chegou a ter mais um orifício.

– Sou grato, Bugwan – foi a resposta de Umbopa, depois que traduzi. – E não vou esquecer. Quanto a Infadus, ele estará aqui em breve. Devemos esperar.

Então acendemos nossos cachimbos e ficamos à espera.

CAPÍTULO 11

O SINAL

Por um longo tempo – duas horas, creio eu – ficamos sentados em silêncio, pois estávamos ainda sobremodo impressionados com a lembrança dos horrores que havíamos visto, para conversar. Por fim, quando estávamos pensando em nos deitar – pois a noite já começava a dar lugar aos primeiros sinais do amanhecer – ouvimos o ruído de passos. Então ouvimos o questionamento de uma sentinela postada na entrada do *kraal*, que foi aparentemente respondido a contento, embora não em tom audível, pois os passos já vinham avançando. Logo depois, Infadus entrou na cabana, seguido por meia dúzia de chefes de aparência imponente.

– Meus senhores – disse ele –, vim, segundo prometi. Meus senhores e Ignosi, legítimo rei dos kukuanas, eu trouxe comigo esses homens – apontando para a fileira de chefes – que são homens de grande importância entre nós e que cada um deles tem sob seu comanda 3 mil soldados, que vivem apenas para cumprir seu dever sob as ordens do rei. Eu lhes contei o que vi e o que meus ouvidos ouviram. Agora deixem que eles também contemplem a serpente sagrada em torno de seu corpo e que ouçam sua história, Ignosi, para que eles possam dizer se vão ou não defender sua causa contra o rei Twala.

Como resposta, Ignosi tirou novamente seu cinto, e exibiu a serpente tatuada em torno de seus quadris. Um por um, todos os chefes se aproximaram e examinaram o sinal à luz fraca da lamparina e, sem dizer palavra, passavam para o outro lado.

Então Ignosi repôs sua *mucha* [tanga] e, dirigindo-se a eles, repetiu a história que havia detalhado no dia anterior.

– Agora que já ouviram, chefes – disse Infadus, depois de terminado o relato de Ignosi –, o que têm a dizer? Ficarão ao lado desse homem e o ajudarão a retomar o trono do pai, ou não? A terra clama contra Twala, e o sangue do povo jorra como as águas na primavera. Vocês viram esta noite. Havia dois outros chefes com os quais eu pretendia falar, e onde estão agora? As hienas uivam sobre seus cadáveres. Em breve serão como eles, se não se rebelarem. Pois então, escolham, meus irmãos.

O mais velho dos seis homens, um guerreiro baixo e atarracado, de cabelos brancos, deu um passo à frente e respondeu:

– Suas palavras são verdadeiras, Infadus; a terra clama. Meu próprio irmão está entre os que morreram esta noite; mas essa é uma grande questão, e a coisa é difícil de acreditar. Como podemos ter certeza de não estarmos levantando nossas lanças para um ladrão, para um impostor? É uma questão de suma importância, sei disso, e ninguém pode saber como vai terminar. Mas tenham certeza de que muito sangue vai correr antes que esse plano seja levado a efeito; muitos se apegarão ainda ao rei, pois os homens adoram o sol que brilha nos céus, e não aquele que ainda não despontou. Esses homens brancos das estrelas têm uma magia poderosa e Ignosi está sob a proteção deles. Se ele for realmente o rei legítimo, que eles nos deem um sinal, que todo o povo tenha e veja esse sinal. Assim, os homens ficarão de nosso lado, sabendo que, na verdade, a mágica dos homens brancos está a favor deles.

– Vocês têm o sinal da serpente – repliquei.

– Meu senhor, isso não é suficiente. A serpente pode ter sido gravada ali depois do nascimento do homem. Mostrem-nos um sinal, e será suficiente. Mas não nos moveremos sem um sinal.

Os outros chefes concordaram com isso, e eu, perplexo, me dirigi a Sir Henry e a Good, e lhes expliquei a situação.

– Acho que tenho a solução – disse Good, exultante. – Peça a eles que nos deem um momento para refletir.

Foi o que fiz, e os chefes se retiraram. Assim que eles saíram, Good foi até a caixinha onde guardava seus remédios, destrancou-a e tirou uma caderneta, que continha também um almanaque.

– Ora, vejam só, companheiros, amanhã não é 4 de junho? – perguntou ele.

Nós tínhamos anotado cuidadosamente os dias, de modo que pudemos responder que sim.

– Muito bem! Então aqui nós temos que "dia 4 de junho, eclipse total da lua, começa às 8h15, horário de Greenwich, visível em Tenerife, África do Sul etc." Aqui está um sinal para você. Diga-lhes que vai escurecer totalmente a lua amanhã à noite.

A ideia era esplêndida; na verdade, o único ponto fraco era o medo de que o almanaque de Good pudesse estar incorreto. Se fizéssemos uma falsa profecia sobre tal assunto, nosso prestígio desapareceria para sempre, e também a possibilidade de Ignosi assumir o trono dos kukuanas.

– Suponha que o almanaque esteja errado – sugeriu Sir Henry a Good, que estava ocupado em calcular alguma coisa numa página em branco da caderneta.

– Não vejo razão para supor qualquer coisa desse tipo – foi sua resposta. – Os eclipses sempre ocorrem na hora certa; pelo menos essa é a minha experiência a respeito, e o almanaque afirma especialmente que esse será visível na África do Sul. Fiz os cálculos da melhor maneira que pude, visto que não me é dado saber nossa posição exata; e deduzo que o eclipse deve começar aqui por volta das 10 horas da noite de amanhã, e durar até meia-noite e meia. Por cerca de uma hora e meia deve haver escuridão total.

– Bem – disse Sir Henry –, acho que o melhor a fazer é arriscar.

Eu concordei, embora tivesse minhas dúvidas, pois eclipses não são coisa fácil com que se lidar (pode ser uma noite nublada, por exemplo, ou nossas datas podem estar erradas) e mandei Umbopa convocar os chefes novamente. Logo que chegaram, eu lhes disse o seguinte:

– Escutem, grandes homens dos kukuanas, e você, Infadus. Não gostamos de mostrar nossos poderes, pois isso significa interferir no curso da natureza e mergulhar o mundo em medo e confusão. Mas como é uma questão de grande importância e como estamos revoltados contra o rei por causa da matança a que assistimos, e também contra o ato da *Isanusi* Gagula, que teria matado nosso amigo Ignosi, decidimos quebrar uma regra, e dar um sinal que todos os homens possam ver. Venham até aqui – e eu os conduzi até a porta da cabana e apontei para a esfera vermelha da lua. – O que é que vocês veem ali?

– Vemos a lua minguante – respondeu o porta-voz do grupo.

– Isso mesmo. Agora me digam: pode qualquer homem mortal apagar aquela lua antes de sua hora de se pôr, e trazer a cortina da mais negra noite sobre a terra?

O chefe riu um pouco da pergunta.

– Não, meu senhor, isso nenhum homem pode fazer. A lua é mais forte do que o homem que olha para ela, nem ela pode variar em seu curso.

– É o que você diz. Eu afirmo, no entanto, que amanhã à noite, cerca de duas horas antes da meia-noite, faremos com que a lua seja devorada por um espaço de uma hora e meia. Sim, a escuridão mais profunda cobrirá a terra, e será um sinal de que Ignosi é realmente o rei dos kukuanas. Se fizermos isso, vocês se darão por satisfeitos?

– Sim, meus senhores – respondeu o velho chefe com um sorriso, que se refletia no rosto de seus companheiros. – Se vocês fizerem isso, ficaremos realmente satisfeitos.

– E será feito. Nós três, Incubu, Bugwan e Macumazan, afirmamos e assim será feito. Ouviu bem, Infadus?

– Ouvi, meu senhor, mas o que promete é um verdadeiro prodígio: apagar a lua, a mãe do mundo, quando está em sua plenitude.

– Mas é o que vamos fazer, Infadus.

– Está bem, meus senhores. Hoje, duas horas depois do pôr do sol, Twala convidará meus senhores para assistir à dança das meninas, e uma hora após o início da dança, a moça que Twala considerar a mais bela será morta por Scragga, filho do rei, em sacrifício aos Silenciosos, que vigiam as montanhas distantes – disse ele, apontando para os três picos de aparência estranha, onde a estrada de Salomão deveria terminar. – Então deixem meus senhores escurecer a lua, e salvar a vida da donzela, e então o povo realmente acreditará.

– Sim – disse o velho chefe, ainda sorrindo um pouco. – Então o povo realmente vai acreditar.

– A três quilômetros de Lu – continuou Infadus –, há uma colina curvada como a lua nova, uma fortaleza, onde meu regimento e três outros regimentos que esses chefes comandam estão estacionados. Essa manhã faremos um plano segundo o qual dois ou três outros regimentos podem ser transferidos para lá também. Então, se na verdade meus senhores podem escurecer totalmente a lua, na escuridão eu tomarei meus senhores pela mão e os conduzirei de Lu para esse lugar, onde estarão a salvo, e então poderemos começar a guerra contra o rei Twala.

– Está bem – concordei. – Agora deixe-nos dormir um pouco e preparar nossa magia.

Infadus se levantou e, saudando-nos, partiu com os chefes.

– Meus amigos – disse Ignosi, assim que eles saíram –, vocês podem realmente fazer essa coisa maravilhosa ou estavam dizendo palavras vazias aos chefes?

– Acreditamos que podemos fazer isso, Umbopa, quero dizer, Ignosi.

– É estranho – replicou ele – e se não fossem ingleses, eu não acreditaria; mas aprendi que os "cavalheiros" ingleses não mentem. Se sobrevivermos a isso, estejam certos de que os recompensarei.

– Ignosi – disse Sir Henry –, prometa-me uma coisa.

– Prometo, Incubu, meu amigo, antes mesmo de ouvir – respondeu o grande homem com um sorriso. – O que é?

– É o seguinte: se algum dia você vier a ser rei desse povo, espero que acabe com a caça aos bruxos como vimos ontem à noite; e que não permita que homens sejam mortos sem julgamento nessa terra.

Ignosi ficou pensando por um momento depois que traduzi esse pedido, e então respondeu:

– Os caminhos dos negros não são como os dos homens brancos, Incubu, nem valorizamos tanto a vida. Mesmo assim, prometo. Se estiver em meu poder abolir isso, as caçadoras de bruxos não caçarão mais, nem homem algum haverá de sofrer a morte sem julgamento.

– Então temos um trato – disse Sir Henry. – E agora vamos descansar um pouco.

Completamente exaustos, logo adormecemos profundamente e dormimos até que Ignosi nos acordou, por volta das 11 horas. Então nos levantamos, tomamos banho e tomamos um farto café da manhã. Depois disso, saímos da cabana e caminhamos, divertindo-nos em examinar a estrutura das cabanas dos kukuanas e observar os trajes das mulheres.

– Espero que o eclipse ocorra – disse Sir Henry, logo a seguir.

– Se não ocorrer, logo estará tudo acabado para nós – respondi, pesaroso. – Tão certo quanto estamos vivos hoje é o fato de que alguns desses chefes contarão toda a história ao rei, e então haverá outro tipo de eclipse, de que certamente não iremos gostar.

Voltando para a cabana, almoçamos e passamos o resto do dia recebendo visitas formais e de curiosos. Por fim, o sol se pôs e desfrutamos de algumas horas de silêncio, conforme nossos pressentimentos melancólicos nos permitiam. Finalmente, por volta das 8 e meia, um mensageiro de Twala veio nos convidar para a grande festa anual da "dança das moças" que estava prestes a começar.

Apressadamente, vestimos as cotas de malha que o rei nos havia dado e, levando nossos rifles e munições, para tê-los à mão caso tivéssemos de fugir, como havia sugerido Infadus, partimos, aparentando coragem, embora interiormente com medo e tremor. O grande espaço em frente ao *kraal* do rei tinha uma aparência muito diferente daquela da noite anterior. No lugar das sombrias fileiras de guerreiros aglomerados havia ordenados agrupamentos de garotas kukuanas, não muito vestidas, se é que estavam vestidas, mas cada uma coroada com uma grinalda de flores e segurando uma folha de palmeira numa das mãos e um lírio branco na outra. No centro do espaço iluminado pela lua cheia estava o rei Twala, com a velha Gagula a seus pés, com a presença de Infadus, do menino Scragga e de 12 guardas. Também estavam presentes cerca de 20 chefes, entre os quais reconheci a maioria de nossos visitantes da noite anterior.

Twala nos cumprimentou com aparente cordialidade, embora eu o visse fixar seu único olho malevolamente em Umbopa.

– Bem-vindos, homens brancos das estrelas – disse ele. – Essa é uma visão diferente daquela que seus olhos contemplaram à luz da lua na noite passada, mas não é uma visão tão boa quanto aquela. As moças são agradáveis e, se não fosse por elas – e apontou ao redor de si –, nenhum de nós estaria aqui hoje; mas os homens são melhores. Os beijos e as ternas palavras das mulheres são doces, mas o som do choque das lanças dos guerreiros e o cheiro do sangue dos homens são ainda melhores! Vocês tomariam esposas entre nosso povo, homens brancos? Se quiserem, escolham as mais belas, e podem ficar com elas, e quantas quiserem. – Então fez uma pausa, aguardando resposta.

Como a sugestão não parecia carecer de atrativos para Good, que, como a maioria dos marinheiros, é de natureza suscetível, eu, sendo mais velho e sábio, prevendo as intermináveis complicações que qualquer coisa desse tipo acarretaria, pois as mulheres sempre trazem problemas, tão certo quanto o fato de que a noite sucede o dia, dei uma resposta rápida:

– Obrigado, ó rei, mas nós, homens brancos, nos casamos apenas com mulheres brancas como nós. Suas moças são belas, mas não são para nós!

O rei riu.

– Está bem. Em nossa terra existe um provérbio que diz "Os olhos das mulheres são sempre brilhantes, qualquer que seja a cor", e outro que diz: "Ame aquela que está presente, pois com certeza aquela que está ausente é falsa". Mas talvez essas coisas não sejam assim nas estrelas. Tudo é possível numa terra onde os homens são brancos. Que assim seja, homens brancos; as meninas não vão implorar! Uma vez mais, bem-vindos; e bem-vindo você também, homem negro. Se a indicação de Gagula tivesse sido executada, você agora estaria rígido e frio. Sorte sua que tenha vindo também das estrelas! Ha! ha!

– Eu posso matá-lo antes que você me mate, ó rei – foi a resposta calma de Ignosi. –E você ficará rígido antes que meus membros parem de se dobrar.

Twala teve um sobressalto.

– Você fala com ousadia, rapaz – retrucou ele, irado. – Não abuse de minha paciência!

– Pode muito bem ser ousado aquele em cujos lábios está a verdade. A verdade é uma lança afiada que voa para o alvo e não erra. É uma mensagem "das estrelas", ó rei.

Twala franziu a testa e seu único olho brilhou ferozmente, mas não disse mais nada.

– Que a dança comece – gritou ele, e então as garotas com coroas de flores avançaram em grupos, entoando uma doce canção e agitando as delicadas folhas de palmeira e os lírios brancos. Elas dançaram, parecendo frágeis e pálidas à luz suave e triste da lua nascente, ora rodopiando para cá e para lá, ora simulando gestos de luta, balançando, girando para um lado e para outro, avançando, recuando numa confusão ordenada, deliciosa para apreciar. Por fim, pararam, e uma bela jovem saltou das fileiras e começou a fazer piruetas à nossa frente com uma graça e vigor que teriam envergonhado muitas bailarinas. Depois ela se retirou exausta e outra tomou seu lugar, depois outra e mais outra, mas nenhuma delas, na graciosidade, na habilidade ou nos atrativos pessoais, superou a primeira.

Depois que todas as moças escolhidas dançaram, o rei ergueu a mão.

– Qual delas vocês consideram a mais bela, homens brancos? – perguntou ele.

– A primeira – respondi, sem pensar.

No instante seguinte, me arrependi, Pois me lembrei de que Infadus havia nos dito que a mulher mais bela deveria ser oferecida em sacrifício.

– Então minha mente é como sua mente e meus olhos como seus olhos. Ela é a mais bela e é lamentável para ela, pois deve morrer!

– *Sim, deve morrer*! – repetiu Gagula, lançando um olhar rápido na direção da pobre moça, que, ignorando ainda o terrível destino que lhe era reservado, estava parada a cerca de dez passos na frente de uma companhia de donzelas, ocupada em despedaçar nervosamente uma flor de sua coroa, pétala por pétala.

– Por que, ó rei? – perguntei, contendo minha indignação com dificuldade. – A jovem dançou bem e nos agradou; ela é bonita também; seria injusto recompensá-la com a morte.

Twala riu, ao responder:

– É nosso costume, e as figuras que estão sentadas nas pedras lá longe – disse ele, apontando para os três picos distantes –

devem receber o que lhes é devido. Se eu não matar a mais bela garota hoje, o infortúnio haveria de recair sobre mim e minha casa. Assim reza a profecia do meu povo: "Se o rei não oferecer o sacrifício de uma bela moça, no dia da dança das donzelas, em sacrifício aos Antigos que estão sentados em vigília nas montanhas, então ele e sua casa cairão". Vejam, homens brancos, meu irmão que reinou antes de mim, não ofereceu o sacrifício, por causa das lágrimas da mulher, e ele e sua casa caíram, e eu reino no lugar dele. Está decidido, ela deve morrer! – Em seguida, voltando-se para os guardas: – Tragam-na para cá; Scragga, afie sua lança.

Dois dos homens deram um passo à frente e, à medida que avançavam, a jovem, pela primeira vez percebendo seu destino iminente, gritou alto e se virou para fugir. Mas as mãos fortes dos dois a agarraram e a trouxeram, debatendo-se e chorando, até nossa frente.

– Qual é seu nome, menina? – perguntou Gagula. – O quê! Não vai responder? Será que o filho do rei deve cumprir sua tarefa imediatamente?

Com essa insinuação, Scragga, parecendo mais cruel do que nunca, deu um passo à frente e ergueu sua grande lança. Nesse momento, vi a mão de Good que se movia para sacar o revólver. A pobre garota viu o leve brilho do aço através de suas lágrimas, e moderou sua angústia. Ela parou de se debater e, juntando as mãos convulsivamente, tremia da cabeça aos pés.

– Vejam! – gritou Scragga, rindo à toa. – Ela se encolhe só ao ver meu brinquedinho, antes mesmo de senti-lo! – E batia na larga lâmina de sua lança.

– Se eu tiver a chance, você vai pagar por isso, seu jovem cão! – ouvi Good murmurar baixinho.

– Agora que está mais calma, diga-nos seu nome, minha querida. Vamos, fale e não tenha medo. – disse Gagula, em tom de zombaria.

– Oh, mãe! – respondeu a donzela, com voz trêmula. – Meu nome é Fulata, da casa de Suko. Oh, mãe, por que devo morrer? Eu não fiz nada de errado!

– Conforte-se – continuou a velha, em seu odioso tom de zombaria. – Na verdade, você deve morrer como um sacrifício para os Antigos que estão lá longe – e ela apontou para os picos. – Mas é melhor dormir à noite do que trabalhar durante o dia; é melhor morrer do que viver, e você morrerá pela mão real do próprio filho do rei.

A jovem Fulata torceu as mãos, tomada de angústia e gritou em voz alta:

– Oh, cruel! E eu sou tão jovem! O que eu fiz para nunca mais ver o sol nascer da noite, ou as estrelas seguindo seu rastro à noite, para que eu não possa mais colher as flores recobertas de doce orvalho ou escutar o riso das águas? Ai de mim, que nunca mais haverei de ver a cabana de meu pai, nem sentir o beijo de minha mãe, nem cuidar do cordeiro que está doente! Ai de mim, que nenhum amante haverá de colocar seu braço em volta de mim e olhar em meus olhos, nem filhos de homens haverão de nascer de mim! Oh, cruel, cruel!

E novamente torceu as mãos e voltou seu rosto coberto de lágrimas e coroado de flores para o céu, parecendo tão adorável em seu desespero, pois era realmente uma bela mulher, que com certeza a visão dela teria derretido os corações de qualquer um menos cruel do que os três demônios que estavam diante de nós. O apelo do príncipe Artur aos bandidos que vieram cegá-lo não era mais comovente do que o dessa garota selvagem.

Mas isso não comoveu Gagula ou o mestre de Gagula, embora eu visse sinais de piedade entre os guardas atrás dela, e no rosto dos chefes. Good, por sua vez, rosnava de indignação e fez um movimento como se fosse partir em socorro da jovem. Com toda a rapidez de uma mulher, a garota condenada interpretou o que se passava em sua mente e, com um movimento súbito, lançou-se diante dele e se agarrou a suas "lindas pernas brancas".

– Ó pai branco das estrelas! – exclamou ela. – Cubra-me com o manto de sua proteção; deixe que me abrigue à sombra de sua força, para me salvar. Oh, mantenha-me longe desses homens cruéis e dos caprichos de Gagula!

– Está bem, minha querida, vou protegê-la – falou Good, em saxão, nervoso. – Vamos, levante-se, minha boa menina – e ele se abaixou e a tomou pela mão.

Twala se virou e acenou para o filho, que avançou com a lança em punho.

– Agora é sua vez – sussurrou Sir Henry para mim. – O que está esperando?

– Estou esperando esse eclipse – respondi. –Estou de olho na lua há meia hora e nunca a vi tão saudável.

– Bem, você deve correr o risco agora, ou a garota será morta. Twala está perdendo a paciência.

Reconhecendo a força do argumento e lançando mais um olhar desesperado para a face brilhante da lua, pois nunca o mais ardente astrônomo, com uma teoria a comprovar, esperou um evento celestial com tanta ansiedade, caminhei com toda a dignidade que pude e me coloquei entre a garota prostrada e a lança ameaçadora de Scragga.

– Rei – disse eu –, não poderá ser assim. Não vamos suportar isso. Deixe a moça ir em paz.

Twala se levantou, encolerizado e perplexo, e dos chefes e das fileiras cerradas de donzelas que se aproximavam lentamente de nós, antecipando a tragédia, veio um murmúrio de espanto.

– *Não poderá ser assim*! Você, seu cão branco, que latiu para o leão em sua cova. *Não poderá ser assim*! Você está louco? Tenha cuidado, para que o destino dessa galinha não recaia sobre você e seus companheiros. Como você pode salvá-la ou a si mesmo? Quem é você para se pôr entre mim e minha vontade? Saia da frente, é uma ordem! Scragga, mate-a! Guardas! Prendam esses homens!

A seu grito, homens armados saíram rapidamente de trás da cabana, onde evidentemente haviam sido posicionados de antemão.

Sir Henry, Good e Umbopa se postaram a meu lado e ergueram seus rifles.

– Parem! – gritei corajosamente, embora no momento meu coração estivesse quase saindo pela boca. – Parem! Nós, os homens brancos das estrelas, dissemos que não poderá ser assim. Se derem mais um passo em nossa direção, apagaremos a lua como uma lamparina soprada pelo vento, como nós que moramos na casa dela podemos fazer e mergulharemos a terra na escuridão. Ousem desobedecer e sentirão a força de nossa magia.

Minha ameaça produziu efeito. Os homens pararam, e Scragga ficou imóvel diante de nós, com sua lança erguida.

– Ouçam-no! Ouçam-no! – piou Gagula. – Ouçam o mentiroso que diz que vai apagar a lua como uma lamparina. Se fizer isso, a garota será poupada. Sim, que faça isso ou morra com a moça, ele e os outros que estão com ele.

Olhei desesperadamente para a lua, e agora, para minha intensa alegria e alívio, vi que nós – ou melhor, o almanaque – não tínhamos nos enganado. Na orla do grande globo havia uma tênue borda de sombra, enquanto uma tonalidade enfumaçada crescia e se acumulava em sua superfície brilhante. Jamais esquecerei aquele momento supremo e soberbo de alívio.

Então levantei minha mão solenemente para o céu, gesto imitado por Sir Henry e por Good, e citei uma ou duas linhas das *Lendas de Ingoldsby* no tom mais impressionante com que pude me expressar. Sir Henry seguiu o exemplo recitando um versículo do Antigo Testamento e algumas frases, tudo em latim, enquanto Good se dirigia à Rainha da Noite com o vocabulário mais clássico de baixo calão de que pôde se lembrar.

Lentamente a penumbra, a sombra de uma sombra, deslizou sobre a superfície brilhante, e à medida que avançava, eu ouvia profundos suspiros de pavor vindos da multidão que nos cercava.

– Veja, ó rei! – exclamei. – Veja, Gagula! Vejam, chefes, homens e mulheres, e vejam se os homens brancos das estrelas mantêm a palavra, ou se são apenas grandes mentirosos!

– A lua está escurecendo diante de seus olhos; logo haverá escuridão. Sim, escuridão na hora da lua cheia. Vocês pediram um sinal; que lhes é dado. Escureça, ó Lua! Retire sua luz, ó pura e sagrada Lua! Rebaixe o coração orgulhoso de assassinos usurpadores ao pó e mergulhe o mundo em sombras.

Um gemido de terror irrompeu dos espectadores. Alguns ficaram petrificados de pavor, outros se jogaram de joelhos e choravam desesperados. Quanto ao rei, ficou sentado, e sua pele parda empalideceu. Apenas Gagula manteve a coragem.

– Vai passar – gritou ela. – Já vi isso antes, muitas vezes; nenhum homem pode apagar a lua. Coragem, fiquem calmos, a sombra vai passar.

– Esperem e verão – respondi, saltando, exaltado. Ó Lua! Lua! Lua! Por que é tão fria e inconstante? Tirei essa citação apropriada das páginas de um romance popular que tinha lido havia pouco tempo, embora, pensando nisso, creia que fui ingrato abusar dessa forma para com a Senhora dos Céus, que estava se mostrando a mais leal das amigas para nós. Então acrescentei:

– Continue, Good, não consigo me lembrar de mais nenhuma poesia. Amaldiçoe e pragueje à vontade, como um bom sujeito.

Good respondeu à altura a esse desafio a suas capacidades inventivas. Nunca antes tive a mais vaga noção da amplitude, profundidade e o alcance dos poderes de vituperação de um oficial da Marinha. Durante dez minutos falou em várias línguas sem parar, e quase nunca se repetia.

Enquanto isso, o anel escuro avançava, e toda aquela grande assembleia fixava seus olhos no céu e olhava, fascinada e em silêncio. Sombras estranhas e medonhas encobriam a lua, e um silêncio sinistro encheu o lugar. Tudo ficou imóvel como a morte. Lentamente e no meio desse silêncio solene, os minutos correram, e enquanto eles aceleravam, a lua cheia se aprofundava cada vez mais na sombra da terra, enquanto o segmento escuro de seu círculo deslizava em terrível majestade pelas crateras lunares. A grande esfera pálida parecia aproximar-se e aumentar de tamanho. Ela ficou com uma tonalidade acobreada, então aquela parte de sua superfície que ainda não estava obscurecida ficou cinza e pálida, e, por fim, à medida que a totalidade se aproximava, suas montanhas e suas planícies podiam ser vistas brilhando sinistramente através de uma penumbra carmesim.

Sempre avançando, deslizava o anel de escuridão; agora cobria mais da metade do globo vermelho-sangue. O ar ficou denso e ainda mais tingido de carmesim escuro. E a escuridão avançava, avançava até mal podermos ver os rostos ferozes do grupo à nossa frente. Nenhum som se elevava agora entre os espectadores e, finalmente, Good parou de praguejar.

– A lua está morrendo, os magos brancos mataram a lua – gritou finalmente o príncipe Scragga. – Morreremos todos na escuridão. E movido pelo medo ou pela fúria, ou por ambos, ergueu sua lança e a atirou com toda a força no peito de Sir Henry. Mas ele esqueceu as cotas de malha que o rei nos dera e que usávamos por baixo da roupa. O aço ricocheteou sem qualquer dano, e antes que pudesse repetir o golpe, Sir Henrys arrancou a lança de sua mão e a cravou direto no corpo de Scragga, que caiu morto.

À vista disso e enlouquecido de medo da escuridão crescente e da sombra profana que, como eles acreditavam, estava engolindo a lua, os grupos de moças se dispersaram numa grande confusão e alarido, correndo para os portões de saída. O pânico não parou por aí. O próprio rei, seguido por seus guardas, alguns dos chefes e por Gagula, que ia mancando atrás deles com uma vivacidade espantosa, fugiram para as cabanas, de modo que, em poucos minutos, nós mesmos, a pretensa vítima

Fulata, Infadus e a maioria dos chefes que haviam conversado conosco na noite anterior, fomos deixados sozinhos no local, com o cadáver de Scragga, filho de Twala.

– Chefes – disse eu –, nós lhes demos o sinal. Se estiverem satisfeitos, vamos nos refugiar rapidamente no lugar de que nos falaram. O feitiço não pode mais ser interrompido. Vai funcionar por uma hora e meia hora. Vamos usar a escuridão a nosso favor.

– Vamos! – disse Infadus, virando-se para ir embora, exemplo que foi seguido pelos chefes apavorados, por nós e pela menina Fulata, que Good tomou pelo braço.

Antes de chegarmos ao portão do *kraal*, a lua desapareceu por completo e de todos os quadrantes do firmamento as estrelas acorreram para o céu escuro.

Segurando uns aos outros pelas mãos, fomos caminhando aos tropeções na escuridão.

CAPÍTULO 12

ANTES DA BATALHA

Para nossa sorte, Infadus e os chefes conheciam perfeitamente todos os caminhos da grande cidade, de modo que passamos por atalhos laterais sem ser molestados e, apesar da escuridão, conseguimos avançar muito bem em nossa caminhada.

Caminhamos por uma hora ou mais, até que finalmente o eclipse começou a passar, e aquela borda da lua que tinha desaparecido primeiro se tornou novamente visível. De repente, enquanto observávamos, irrompeu um raio prateado de luz, acompanhado por um maravilhoso brilho avermelhado, que pairava sobre a escuridão do céu como uma lâmpada celestial, e era uma visão selvagem e adorável. Em mais cinco minutos, as estrelas começaram a desaparecer, e havia luz suficiente para ver nosso paradeiro. Então descobrimos que estávamos bem fora da cidade de Lu, e aproximando-nos de uma grande colina de topo plano, medindo cerca de 3 quilômetros de circunferência. Essa colina, de formação comum na África do Sul, não é muito alta; de fato, sua maior elevação é de pouco mais de 60 metros, mas tem a forma de uma ferradura e seus lados são bastante íngremes e pedregosos. No alto, havia um platô coberto de vegetação rasteira, muito amplo e adequado para acampamento, e que havia sido utilizado como acantonamento militar para considerável número de soldados. Sua guarnição ordinária era um regimento de 3 mil homens, mas enquanto subíamos a encosta íngreme da montanha, ao luar que retornava, percebemos que havia vários desses regimentos acampados ali.

Alcançando finalmente o platô, encontramos multidões de homens em estado de alerta, tremendo de medo e aglomerados na maior consternação com o fenômeno natural que acabavam de testemunhar. Passando por eles sem uma palavra, chegamos a uma cabana no centro do terreno, onde ficamos surpresos ao encontrar dois homens nos aguardando, carregados com nossos poucos pertences e equipamentos que, naturalmente, tínhamos sido obrigados a deixar para trás em nossa fuga precipitada.

– Mandei buscar suas coisas – explicou Infadus. – E também isso aqui – acrescentou ele, mostrando as calças há muito perdidas de Good.

Com uma exclamação de arrebatadora alegria, Good as agarrou e as vestiu imediatamente.

– Certamente, meu senhor não vai esconder suas lindas pernas brancas! – exclamou Infadus, com pesar.

Mas Good persistiu, e o povo kukuana teve apenas uma chance de ver suas belas pernas novamente. Good é um homem muito modesto. Dali em diante, eles tiveram de satisfazer seus anseios estéticos com a única suíça, com o olho transparente e com os dentes móveis dele.

Ainda olhando com carinho para as calças de Good, Infadus nos informou em seguida que havia ordenado que os regimentos se reunissem assim que o dia raiasse, a fim de lhes explicar plenamente a origem e as circunstâncias da rebelião que foi decidida pelos chefes, e apresentar a eles o legítimo herdeiro do trono, Ignosi.

Assim, quando o sol nasceu, as tropas (cerca de 20 mil homens, ao todo) e a nata do exército kukuana estavam reunidas num grande espaço aberto, para o qual nos dirigimos. Os homens foram dispostos em três lados de um quadrado compacto, formando um magnífico espetáculo. Tomamos nossa posição no lado aberto do quadrado e fomos rapidamente cercados por todos os principais chefes e oficiais.

A esses, depois de ordenar que se fizesse silêncio, Infadus passou a se dirigir. Em linguagem vigorosa e atraente, pois, como a maioria dos kukuanas de alto escalão, ele era um orador nato, narrou a história do pai de Ignosi, de como ele havia sido assassinado pelo rei Twala, e sua esposa e filho expulsos para morrer de fome. Em seguida, ressaltou como o povo sofreu e gemeu sob o domínio cruel de Twala, relembrando como exemplo os acontecimentos da noite anterior, quando, sob pretexto de serem malfeitores, muitos dos mais nobres da terra foram levados à força e cruelmente mortos.

Depois passou a relatar como os senhores brancos das estrelas, olhando para seu país, perceberam os problemas e haviam decidido, ao custo de grande sacrifício pessoal, aliviar o sofrimento desse povo. Disse-lhes que eles haviam encontrado o verdadeiro rei dos kukuanas, Ignosi, que estava definhando no exílio, e o tinham tomado pela mão e conduzido pelas montanhas; que viram a crueldade dos atos de Twala e, para dar um sinal aos hesitantes, e para salvar a vida da jovem Fulata, os homens brancos, recorrendo a seus elevados poderes de magia, tinham apagado a lua e matado o jovem demônio Scragga; e que eles estavam dispostos a apoiá-los e ajudá-los a derrubar Twala, e a colocar em seu lugar o legítimo rei, Ignosi.

Terminou o discurso em meio a um murmúrio de aprovação. Então Ignosi deu um passo à frente e começou a falar. Depois de reiterar tudo o que seu tio Infadus havia dito, concluiu seu poderoso discurso com essas palavras:

Ó chefes, capitães, soldados e povo, vocês ouviram minhas palavras. Agora devem escolher entre mim e aquele que está sentado em meu trono, o tio que matou o irmão, e expulsou o filho do irmão para morrer no frio e na noite. Esses homens – e apontava para os chefes – podem confirmar que sou o rei, pois eles viram a marca da serpente em torno de meus quadris. Se eu não fosse o rei, esses homens brancos estariam de meu lado com toda a sua magia? Tremam, chefes, capitães, soldados e povo! A escuridão que eles trouxeram sobre a terra para confundir Twala e cobrir nossa fuga, escuridão mesmo na hora da lua cheia, não está ainda diante de seus olhos?

– Está – responderam os soldados.

– Eu sou o rei. Eu lhes digo, eu sou o rei – continuou Ignosi, soerguendo ao máximo sua grande estatura, e levantando sua machadinha de guerra acima de sua cabeça. – Se houver alguém que diga que não é bem assim, que dê um passo à frente e eu vou lutar com ele agora, e seu sangue será um sinal vermelho de que lhes digo a verdade. Que dê um passo à frente, estou dizendo – e ele balançou a machadinha até que reluzisse à luz do sol.

Como ninguém parecia inclinado a responder a essa incitação heroica, nosso ex-ajudante continuou seu discurso.

– Eu sou de fato o rei, e se vocês ficarem de meu lado na batalha, se eu vencer, vocês irão comigo para a vitória e a honra. Eu lhes darei bois e esposas, e terão acolhida em todos os regimentos; e se forem derrotados, serei derrotado com vocês. E lhes prometo solenemente que, ao me assentar no trono de meus pais, todo derramamento de sangue haverá de cessar nesta terra. Não mais clamarão por justiça para receber em troca a morte, as caçadoras de bruxos não os caçarão mais para que sejam mortos sem motivo. Nenhum homem morrerá, a não ser aquele que transgredir as leis. O extermínio de seus *kraals* cessará; cada um de vocês poderá dormir seguro em sua cabana e não temer nada, e a justiça caminhará com os olhos vendados por toda a terra. Já decidiram, chefes, capitães, soldados e povo?

– Já decidimos, ó rei – foi a resposta.

– Está bem. Virem a cabeça e vejam como os mensageiros de Twala saem da grande cidade, vão para leste e oeste, norte e sul, para reunir um poderoso exército, a fim de matar a mim, a vocês, e a esses meus amigos e protetores. Amanhã, ou talvez no dia seguinte, ele virá contra nós com todos os que lhe são fiéis. Então eu verei quem está realmente de meu lado, os homens que não temem morrer por uma causa; e eu lhes digo que não serão esquecidos na divisão do espólio. É o que tenho a dizer, ó chefes, capitães, soldados e povo. Agora vão para suas cabanas e preparem-se para a guerra.

Houve uma pausa, até que um dos chefes levantou a mão e proferiu a saudação real, "*Kum*!" Foi um sinal de que os soldados aceitavam Ignosi como seu rei. Então os batalhões se dispersaram.

Meia hora depois, realizamos um conselho de guerra, em que todos os comandantes de regimentos estavam presentes. Era evidente para nós que em pouco tempo seríamos atacados com uma poderosa força. De fato, de nossa posição no alto da colina, podíamos ver as tropas se reunindo, e mensageiros saindo de Lu em todas as direções, sem dúvida, para convocar soldados em apoio ao rei. Tínhamos cerca de 20 mil homens de nosso lado, total composto por sete dos melhores regimentos do país. Twala, assim calcularam Infadus e os chefes, tinha pelo menos 30 a 35 mil, com quem podia contar no momento, reunidos em Lu, e pensaram que ao meio-dia do dia seguinte ele seria capaz de reunir outros 5 mil ou mais em seu auxílio. É claro que era possível que alguns de seus soldados desertassem e passassem para nosso lado, mas não era um fato a ser levado em consideração. Em todo caso, era evidente que Twala estava fazendo preparativos consistentes para nos derrotar. Grupos de homens armados já patrulhavam ao redor do sopé da colina, e havia também outros sinais de ataque iminente.

Infadus e os chefes, no entanto, eram de opinião de que nenhum ataque ocorreria naquele dia, que seria dedicado à preparação para a batalha e à remoção, por todos os meios disponíveis, do efeito moral produzido nas mentes dos soldados pelo escurecimento supostamente mágico da lua. O ataque haveria de ocorrer no dia seguinte, disseram eles, e estavam certos.

Enquanto isso, começamos a trabalhar para fortalecer a posição de todas as maneiras possíveis. Quase todos os homens se empenharam nisso e, no decorrer do dia, que parecia muito curto, muita coisa foi feita. Os caminhos da colina, que era mais um sanatório do que uma fortaleza, pois era geralmente usada como local de acampamento de regimentos debilitados depois de terem servido em locais insalubres do país, foram cuidadosamente bloqueados com massas de pedras, e qualquer outra forma de abordagem se tornou totalmente impraticável no tempo que ainda restava. Pilhas de pedras foram coletadas em vários pontos para serem roladas sobre um inimigo que tentasse avançar, posições específicas foram destinadas a cada regimento, e outros preparativos foram levados a efeito, segundo nossa engenhosidade conjunta conseguia sugerir.

Pouco antes do pôr do sol, enquanto descansávamos após nosso trabalho, avistamos uma pequena companhia de homens proveniente de Lu e vindo em nossa direção; um dos homens trazia uma folha de palmeira na mão, sinalizando que vinha como arauto.

Conforme ia se aproximando, Ignosi, Infadus, um ou dois chefes e nós mesmos, descemos ao sopé da montanha para encontrá-lo. Era um indivíduo de elegante aparência, usando o manto tradicional de pele de leopardo.

– Saudações! – bradou ele, ao se aproximar. – A saudação do rei para aqueles que fazem guerra profana contra o rei; saudação do leão aos chacais que rosnam em torno de seus calcanhares.

– Fale – disse eu.

– Estas são as palavras do rei. Rendam-se à misericórdia do rei antes que algo pior lhes aconteça. Já foi arrancado o ombro do touro negro, e o rei o leva sangrando pelo acampamento(21).

– Quais são os termos propostos por Twala? – perguntei, por curiosidade.

21 Esse costume cruel não se limita aos kukuanas, mas não é incomum entre as tribos africanas por ocasião da eclosão de uma guerra ou de qualquer outro evento público importante. – A.Q. (Nota do autor)

– Seus termos são generosos, dignos de um grande rei. Essas são as palavras de Twala, o Caolho, o Poderoso, o marido de mil esposas, senhor dos kukuanas, guardião da Grande Estrada (Estrada de Salomão), amado dos Silenciosos que vigiam em silêncio nas montanhas distantes (as Três Bruxas), Bezerro da Vaca Negra, Elefante cujo passo faz tremer a terra, Terror do malfeitor, Avestruz cujos pés devoram o deserto, o Enorme, o Negro, o sábio, rei de geração em geração! Essas são as palavras de Twala: "Terei misericórdia e me contentarei com um pouco de sangue. Um em cada dez morrerá, e o restante ficará livre; mas o homem branco Incubu, que matou Scragga, meu filho, e o homem negro, seu servo, que pretende meu trono, e Infadus meu irmão, que prepara rebelião contra mim, esses morrerão sob tortura como oferenda aos Silenciosos". Essas são as palavras misericordiosas de Twala.

Depois de consultar brevemente os outros, eu lhe respondi em voz alta, para que os soldados pudessem ouvir:

– Volte, seu cão, para Twala, que o enviou, e diga-lhe que nós, isto é, Ignosi, o verdadeiro rei dos kukuanas, Incubu, Bugwan e Macumazan, os sábios das estrelas, que escurecem a lua, Infadus, da casa real, e os chefes, capitães e o povo aqui reunidos, respondem, dizendo: "Que não vamos nos render; que antes que o sol se ponha duas vezes, o cadáver de Twala estará estendido diante do portão de Twala, e Ignosi, cujo pai Twala matou, reinará em seu lugar". Agora vá, antes que o expulsemos daqui a chicotadas e veja bem como levanta a mão contra homens como nós.

O arauto deu uma gargalhada.

– Vocês não amedrontam ninguém com suas palavras arrogantes – gritou ele. – Mostrem-se tão ousados amanhã, vocês que escurecem a lua. Sejam corajosos, lutem e sejam felizes, antes que os corvos descarnem seus ossos até que fiquem mais brancos que seus rostos. Adeus! Talvez possamos nos encontrar na batalha; não fujam para as estrelas, mas me aguardem, eu lhes peço, homens brancos. Com essa estocada de sarcasmo, ele se retirou e quase imediatamente o sol se pôs.

Aquela noite foi movimentada, pois cansados como estávamos e tanto quanto o luar permitia, todos os preparativos para a luta do dia seguinte continuaram. Mensageiros iam e vinham constantemente do lugar onde estávamos reunidos em conselho. Por fim, cerca de uma hora depois da meia-noite, tudo o que podia ser feito estava pronto, e o acampamento, salvo pelo ocasional movimento de uma sentinela, mergulhou no silêncio. Sir Henry e eu, acompanhados por Ignosi e um dos chefes, descemos a colina e fizemos a ronda pelos postos das sentinelas. À medida que avançávamos, subitamente, de todos os tipos de lugares inesperados, lanças reluziam ao luar, apenas para desaparecer novamente quando pronunciávamos a senha. Ficou claro para nós que ninguém estava dormindo em seu posto. Então voltamos, abrindo caminho cautelosamente através de milhares de guerreiros adormecidos, muitos dos quais estavam desfrutando de seu último descanso na terra.

A luz da lua cintilando ao longo de suas lanças brincava com suas feições e os tornava pálidos como mortos; o vento frio da noite agitava suas altas plumas de aparência fúnebre. Lá jaziam eles em confusão indistinta, com os braços estendidos e os membros retorcidos; suas formas severas e robustas pareciam estranhas e inumanas ao luar.

– Quantos deles você acha que estarão vivos amanhã a essa hora? – perguntou Sir Henry.

Meneei a cabeça e olhei novamente para os homens adormecidos e, em minha imaginação cansada, mas ainda excitada, parecia que a morte já os havia tocado. O olhar de minha mente separou aqueles que estavam destinados a morrer, e meu coração foi invadido por um grande senso do mistério da vida humana, e por uma tristeza avassaladora em vista de sua futilidade e tristeza. Esta noite, esses milhares dormiam seu sono saudável, amanhã, eles, e muitos outros com eles, talvez nós mesmos entre eles, seriam cadáveres, enrijecendo no frio;

suas mulheres ficariam viúvas, seus filhos órfãos e sua terra nunca mais os veria. Só a velha lua brilharia serenamente, o vento noturno agitaria as ervas, e a vasta terra descansaria, assim como acontece há eras antes de nós, e como seguirá ocorrendo depois de termos sido esquecidos.

Mas o homem não morre enquanto o mundo, que é ao mesmo tempo sua mãe e seu mausoléu, permanece. Seu nome é esquecido, de fato, mas o hálito que exalou ainda agita as copas dos pinheiros nas montanhas, o som das palavras que proferiu ainda ecoa pelo espaço; os pensamentos que seu cérebro gerou, nós os herdamos hoje; suas paixões são nossa causa de vida; as alegrias e tristezas que ele conheceu são nossos amigos familiares, e o fim do qual ele fugiu horrorizado certamente nos alcançará também!

Na verdade, o universo está cheio de fantasmas, não de espectros envoltos em lençóis aparecendo em cemitérios, mas de elementos inextinguíveis da vida individual que, tendo uma vez existido, nunca podem morrer, embora se misturem e se modifiquem sem cessar, para sempre.

Todos os tipos de reflexões dessa natureza passavam por minha mente, pois, à medida que envelheço, lamento dizer que um detestável hábito de pensar parece estar se apoderando de mim, passavam por minha mente enquanto eu estava parado e olhando para aquelas fileiras sombrias, mas fantásticas de guerreiros, dormindo, como eles mesmos dizem "sobre suas lanças".

– Curtis – disse eu a Sir Henry –, estou num lamentável estado de pavor.

Sir Henry acariciou sua barba amarela e riu, enquanto respondia:

– Já ouvi você fazer esse tipo de comentário antes, Quatermain.

– Bem, mas agora me parece muito mais sério. Sabe, duvido muito que algum de nós esteja vivo amanhã à noite. Seremos atacados por uma força descomunal e é praticamente impossível conseguir defender este lugar.

– De qualquer maneira, daremos conta de alguns deles. Veja bem, Quatermain, esse negócio não é nada agradável, e é um daqueles com o qual, propriamente falando, não deveríamos nos envolver, mas o fato é que já estamos envolvidos, então deveremos fazer o melhor que pudermos. Pessoalmente, prefiro ser morto lutando a qualquer outra forma, e agora que parece haver pouca chance de encontrarmos meu pobre irmão, fica mais fácil para mim aceitar a ideia. Mas a sorte favorece os bravos e pode ser que tenhamos êxito. De qualquer forma, a batalha será terrível e, como temos uma reputação a manter, precisamos estar no meio dessa coisa.

Ele fez essa última observação com voz pesarosa, mas havia um brilho em seus olhos que desmentia sua melancolia. Tenho a impressão de que Sir Henry Curtis realmente gosta de lutar.

Depois disso, fomos dormir por algumas horas.

Quase ao amanhecer, fomos acordados por Infadus, que veio dizer que grande atividade estava sendo observada em Lu e que grupos de homens do rei estavam em marcha contra nossos postos avançados.

Nós nos levantamos e nos preparamos para a luta, vestindo nossas armaduras ou cotas de malha, pelas quais, na atual conjuntura, nos sentíamos extremamente gratos. Sir Henry levou a coisa ao extremo e se vestiu como um guerreiro nativo.

– Quando estiver na Kukuanalândia, faça como os kukuanas – observou ele, enquanto punha sobre o largo peito o aço brilhante, que lhe caía como uma luva.

Mas não parou por aí. A seu pedido, Infadus lhe forneceu um conjunto completo de uniforme de guerra nativo. Em torno de sua garganta prendeu o manto de pele de leopardo de um oficial comandante, em sua testa ajeitou o cocar de plumas pretas de avestruz, usado apenas por generais de alta patente, e em torno da cintura atou uma magnífica *mucha* de cauda de boi branco. Um par de sandálias, uma mecha de pelo de cabra, um pesado machado de guerra com cabo de chifre de rinoceronte, um escudo redondo de ferro revestido de couro de boi branco e o número habitual de *tolas*, ou facas de arremesso, compunham seu equipamento, ao qual, no entanto, ele acrescentou seu revólver. Os trajes eram, sem dúvida, selvagens, mas sou obrigado a dizer que raramente tinha visto algo mais atraente do que Sir Henry Curtis apresentado com esse disfarce. O traje destacava sua magnífica compleição física, e quando Ignosi chegou, vestido com um traje semelhante, pensei comigo mesmo que nunca tinha visto dois homens tão esplêndidos.

Quanto a Good e a mim, a armadura não nos serviu tão bem. Para começar, Good insistiu em manter suas calças recém-encontradas, e um cavalheiro baixo e corpulento com um monóculo e metade do rosto raspado, vestido com uma cota de malha, cuidadosamente enfiado num par de calças de veludo muito surrado, parece mais notável do que imponente.

No tocante a mim, sendo a cota de malha grande demais para meu porte, vesti-a por cima de todas as minhas roupas, o que fez com que ficasse um tanto desajeitada. Tirei minhas calças, no entanto, mantendo apenas minhas *veldtschoons*, determinado a ir para a batalha com as pernas nuas, a fim de ficar mais leve para correr, caso fosse necessário recuar rapidamente. A cota de malha, uma lança, um escudo, que não sabia usar, um par de *tolas*, um revólver, e uma enorme pluma, que prendi no topo de meu chapéu de caçador, para conferir um aspecto mais belicoso à minha aparência, completavam meu modesto equipamento.

Além de todos esses artigos, é claro que levávamos nossos rifles, mas como a munição era escassa, e como seriam inúteis em caso de um ataque, providenciamos que fossem transportados atrás de nós por carregadores.

Quando finalmente terminamos de nos preparar, engolimos um pouco de comida apressadamente, e então passamos a verificar como estava o ambiente em derredor. Num ponto do platô, havia uma pequena elevação rochosa, que servia à dupla função de quartel-general e de torre de comando. Ali encontramos Infadus cercado por seu regimento, os Cinzentos, que era sem dúvida o melhor do exército kukuana, o mesmo que havíamos encontrado pela primeira vez no *kraal* da periferia. Esse regimento, composto agora de 3.500 homens, estava sendo mantido na reserva, e os homens estavam deitados na grama em grupos, observando as forças do rei que saíam de Lu em longas colunas, como formigas. As colunas em movimento pareciam não ter fim; eram três ao todo, e cada uma delas, segundo julgamos, tinha pelo menos 11 ou 12 mil homens.

Assim que saíram da cidade, os regimentos entraram em formação. Então um dos grupos marchou para a direita, outro para a esquerda, e o terceiro veio lentamente em nossa direção.

– Ah! – disse Infadus. – Eles vão nos atacar por três lados ao mesmo tempo.

Essa era uma notícia bastante séria, para nossa posição no topo da montanha, que media pouco mais de 2 quilômetros de circunferência; sendo tão extensa, era importante para nós concentrar o máximo possível nossa força de defesa, comparativamente pequena. Mas como nos era impossível saber o modo pelo qual seríamos atacados, tivemos de fazer o melhor possível e, portanto, enviamos ordens aos vários regimentos para se prepararem para receber os ataques em separado.

CAPÍTULO 13

O ATAQUE

Lentamente, e sem a menor aparência de pressa ou excitação, as três colunas avançaram. Quando chegaram a cerca de quinhentos metros de nós, a coluna principal ou central parou na base de uma língua de planície aberta que subia para a colina, para dar tempo às outras divisões de contornar nossas posições, que tinham mais ou menos a forma de uma ferradura, com suas duas pontas voltadas para a cidade de Lu. O objetivo dessa manobra era que o ataque triplo fosse desferido simultaneamente.

– Oh, que bela posição para uma metralhadora! – gemeu Good, ao contemplar as falanges em formação logo abaixo. – Eu limparia aquela planície em vinte minutos.

– Não temos metralhadora, então não adianta ansiar por ela; mas talvez você possa tentar um disparo, Quatermain – disse Sir Henry. – Veja quanto você pode se aproximar daquele sujeito alto que parece estar no comando. Aposto que não consegue acertar e aposto até mesmo uma libra de ouro, a ser realmente paga, se sairmos vivos daqui, que seu tiro não chegará a menos de dez passos dele.

Isso me irritou. Então, carregando o rifle Express com uma bala sólida, esperei até que o sujeito avançasse cerca de dez passos ao lado de seu grupo, acompanhado apenas por um ordenança, para melhor visualização da posição; em seguida, deitando-me no chão e apoiando o rifle numa pedra, mirei. A pontaria do rifle, como a de todos os Express, só funcionava para pouco mais de trezentos metros, de modo que, para compensar a queda do projétil na trajetória, mirei na metade do pescoço, que deveria, calculei, acertá-lo no peito. Ele ficou parado e me deu todas as oportunidades, mas fosse a emoção ou o vento, ou o fato de o homem estar muito longe, não sei, mas o que aconteceu foi o seguinte. Tendo feito uma boa mira, como pensei, e com uma bela visão, apertei o gatilho. E quando a nuvem de fumaça se dissipou, para meu desgosto, vi meu homem ali parado, ileso, enquanto seu ordenança, que estava pelo menos a três passos à esquerda, jazia estirado no chão, aparentemente morto. Virando-se rapidamente, o oficial que eu pretendia acertar começou a correr em direção a seus homens, obviamente alarmado.

– Bravo, Quatermain! – exclamou Good. – Você o assustou.

Isso me deixou muito irritado, pois, se for possível evitar, detesto errar tiro em público. Quando um homem é mestre apenas numa arte, convém manter sua reputação nessa arte. Descontrolado por causa de meu fracasso, fiz uma coisa precipitada. Mirando rapidamente o general enquanto ele corria, disparei o segundo tiro. Instantaneamente, o pobre homem ergueu os braços e caiu de bruços para frente, dando de rosto no chão. Dessa vez não errei; e digo isso como prova de como pouco pensamos nos outros quando nossa própria segurança, nosso orgulho ou reputação estão em jogo; fui realmente insensível para me deliciar com aquela visão.

Os regimentos que haviam presenciado a façanha vibraram com essa exibição da magia do homem branco, que eles tomaram como um presságio de vitória, enquanto a força a que o general pertencia – que, de fato, como verificamos depois, ele havia comandado – recuou desordenadamente. Sir Henry e Good apanharam então seus rifles e começaram a atirar. Good atirava furiosamente a esmo na massa densa diante dele com um rifle de repetição Winchester, e eu também dei mais um ou dois disparos, com o resultado, pelo que pudemos julgar, de termos colocado uns seis ou oito homens fora de combate, antes que pudessem sair do alcance de nossas armas.

Assim que paramos de atirar, ouviu-se um urro sinistro vindo de nossa extrema direita; e depois, outro semelhante oriundo de nossa esquerda. As outras duas divisões estavam nos atacando.

Ao ouvir aquele som, a massa de homens diante de nós se abriu um pouco, e avançou em direção à colina e subia a ponta coberta de relva em marcha lenta, entoando uma canção num tom profundamente gutural. Mantivemos um fogo constante de nossos rifles, ao ver que se aproximavam. Ignosi se juntava ocasionalmente a nós, e derrubamos vários homens, mas é claro que não produzimos mais efeito sobre aquela poderosa investida de uma massa humana armada do que o de atirar algumas pedrinhas contra uma onda do mar.

Eles avançaram, aos gritos e ao som do choque das lanças; e já chegavam aos postos de controle que havíamos instalado entre as rochas no sopé da colina. Depois, o avanço deles se tornou um pouco mais lento, pois, embora ainda não tivéssemos oferecido nenhuma oposição séria, as forças de ataque deveriam subir a colina e vinham devagar para poupar o fôlego. Nossa primeira linha de defesa estava a meio caminho da encosta, nossa segunda a cinquenta passos mais atrás, enquanto a terceira ocupava a borda do platô.

Os soldados de Twala avançavam com seu grito de guerra: "*Twala! Twala! Chiele! Chiele*!" (Twala! Twala! Matem! Matem!), ao que os nossos respondiam: "*Ignosi! Ignosi! Chiele! Chiele*!" (Ignosi! Ignosi! Matem! Matem!). Eles estavam bem próximos agora, e as *tolas*, ou facas de arremesso, passaram a voar para um lado e para outro, e então, com terrível alarido, a batalha começou.

A massa de guerreiros em combate se movia para cá e para lá, e homens caindo rapidamente como folhas ao vento de outono; mas logo a superioridade da força de ataque começou a prevalecer, e nossa primeira linha de defesa foi lentamente pressionada para trás até se fundir com a segunda. Nesse momento, a luta se tornou feroz, mas novamente nossos soldados foram empurrados para trás e para cima, até que, por fim, vinte minutos após o início da luta, nossa terceira linha entrou em ação.

Mas a essa altura os agressores estavam exaustos e, além disso, haviam perdido muitos homens, entre mortos e feridos, e romper aquela terceira barreira impenetrável de lanças já ia muito além de suas forças. Durante algum tempo, as linhas se mesclaram numa luta selvagem, com avanços e recuos desordenados, próprios da batalha, e a situação parecia incerta. Sir Henry observava a luta desesperada com um olhar ardente, e então, sem dizer palavra, foi correndo, seguido por Good, e se atirou no ponto mais feroz da refrega. Quanto a mim, fiquei onde estava.

Os soldados avistaram sua imponente figura mergulhando na batalha e gritaram:

– *Nanzia Incubu! Nanzia Unkungunklovo! Chiele! Chiele*! [Aqui está Incubu! Aqui está o Elefante! Matem! Matem!]

A partir desse momento, não havia mais dúvida quanto ao resultado. Polegada a polegada, lutando com esplêndida bravura, a força de ataque foi empurrada para trás na encosta, até que finalmente recuou sobre suas tropas de reserva, de modo desordenado. Nesse instante, também, chegou um mensageiro informando que o ataque pelo flanco esquerdo também havia sido repelido; e eu já estava começando a me congratular, acreditando que a luta havia terminado por enquanto, quando, para nosso horror, percebemos nossos homens, que estavam engajados na defesa do lado direito, correndo em nossa direção, seguidos por enxames de inimigos, que evidentemente haviam levado vantagem daquele lado.

Ignosi, que estava a meu lado, percebeu a situação de relance e de imediato deu uma ordem. Instantaneamente, o regimento de reserva próximo a nós, os Cinzentos, entrou em ação.

Ignosi deu nova ordem, que foi repetida pelos capitães, E, num instante, para meu intenso desgosto, me vi envolvido num ataque furioso contra o inimigo que avançava. Esforçando-me o máximo para me manter atrás do avantajado corpo de Ignosi, fiz o melhor que pude numa situação desfavorável e me expunha a ser morto como se desejasse isso. Ao cabo de um ou dois minutos, estávamos mergulhando no meio de nossos homens que fugiam em grupos, mas que imediatamente voltaram a entrar em formação atrás de nós, e então tenho certeza de que não sei o que aconteceu. Tudo o que posso lembrar é de um barulho terrível de choque de escudos, e a súbita aparição de um enorme valentão, cujos olhos pareciam literalmente saltar das órbitas, vindo diretamente em minha direção, empunhando uma lança ensanguentada. Mas, digo isso com orgulho, levantei-me, ou melhor, dei um jeito naquela situação. Era uma daquelas em que a maioria das pessoas teria desmoronado de uma vez por todas. Vendo que, se me mantivesse onde estava, seria morto, eu me joguei no chão na frente daquela horrível aparição com tanta habilidade que, incapaz de se conter, o homenzarrão tropeçou em meu corpo e mergulhou de cabeça do outro lado. Antes que ele pudesse se levantar novamente, eu já me havia levantado e resolvi o assunto por trás dele com meu revólver.

Pouco depois alguém me derrubou com um golpe e não me lembro mais de nada.

Quando voltei a mim, estava no alto da colina, com Good debruçado sobre mim com um recipiente de água nas mãos.

– Como se sente, meu camarada? – perguntou ele, ansioso.

Levantei-me e me sacudi antes de dizer qualquer coisa.

– Muito bem, obrigado – respondi.

– Graças a Deus! Quando vi que o carregavam, me senti muito mal; achei que você estivesse morto.

– Não desta vez, meu rapaz. Imagino que só levei uma pancada na cabeça, que me fez desmaiar. Como terminou a batalha?

– Foram repelidos em todos os pontos por enquanto. As baixas foram terrivelmente pesadas. Perdemos cerca de 2 mil homens, entre mortos e feridos, e eles devem ter perdido 3 mil. Veja só aquilo! – e apontou para longas filas de homens avançando em grupos de quatro.

Cada grupo de quatro carregava uma espécie de maca, feita de couro, que o exército kukuana sempre levava, em considerável quantidade, para o campo de batalha; cada uma era provida de alças nas quadro extremidades. Nessas macas – cujo número parecia interminável – eram trazidos homens feridos, que, ao chegar, eram examinados às pressas pelos curandeiros; havia dez deles para cada regimento. Se o ferimento não fosse de caráter fatal, o paciente era levado embora e tratado tão cuidadosamente quanto as circunstâncias permitissem.

Mas se, por outro lado, a condição do homem ferido se mostrasse desesperadora, o que se seguia era terrível, embora pudesse, sem dúvida, refletir a verdadeira expressão da misericórdia. Um dos médicos, sob pretexto de fazer um exame, abria rapidamente uma artéria com uma faca bem afiada, e num minuto ou dois o ferido expirava sem dor. Houve muitos casos naquele dia em que isso foi feito. Na verdade, foi feito na maioria dos casos, quando a ferida se localizava no tórax, pois o ferimento aberto pela penetração das largas lâminas das lanças dos kukuanas geralmente impossibilitava a recuperação.

Na maioria dos casos, os pobres feridos já estavam inconscientes, e em outros, o corte fatal da artéria era infligido tão rapidamente e sem dor, que eles pareciam nem perceber. Ainda assim, era uma visão medonha, da qual, na verdade, nos sentimos felizes de poder escapar. Não me lembro de nada desse tipo que me tenha afetado mais do que ver aqueles bravos soldados assim abatidos pelos curandeiros, a não ser, na realidade, numa ocasião em que, após um ataque, vi um esquadrão de suazis enterrando vivos seus feridos sem esperança de cura.

Fugindo desse cenário terrível para o outro lado da colina, encontramos Sir Henry, que ainda empunhava uma machadinha, Ignosi, Infadus e um ou dois dos chefes em séria deliberação.

– Graças a Deus, aqui está você, Quatermain! Não consigo entender o que Ignosi quer fazer. Parece que, embora tenhamos repelido o ataque, Twala agora está recebendo grandes reforços, e está mostrando a intenção de nos sitiar, com o objetivo de nos matar de fome.

– Isso é muito ruim.

– Sim; especialmente porque Infadus diz que o abastecimento de água praticamente acabou.

– Meu senhor, é verdade – disse Infadus. – A fonte não pode suprir as necessidades de uma multidão desse porte, e está diminuindo rapidamente. Antes do anoitecer, todos estaremos com sede. Escute, Macumazan. Você é sábio e, sem dúvida, já viu muitas guerras nas terras de onde veio. (Isto é, se de fato fazem guerras nas Estrelas.) Diga-nos, o que devemos fazer? Twala trouxe muitos homens novos para substituir aqueles que caíram. Mas Twala aprendeu uma lição; o falcão não pensou em agarrar a garça imediatamente; mas nós bicamos o peito dele; ele teme nos atacar novamente. Nós também estamos feridos, e ele vai esperar até que estejamos mortos; ele vai se enrolar em torno de nós como uma serpente se enrosca em torno de um antílope e vai fazer a luta do "sufocamento".

– Entendo – ponderei.

– Então, Macumazan, você vê que não temos água aqui, mas apenas um pouco de comida, e devemos escolher entre essas três coisas: definhar como um leão faminto em sua cova, ou tentar abrir caminho em direção Norte, ou – e aqui ele se levantou e apontou para a densa massa de nossos inimigos – atacar diretamente a garganta de Twala. Incubu, o grande guerreiro, pois hoje ele lutou como um búfalo numa rede, fez os soldados de Twala cair diante de sua machadinha como milho cai sob o granizo. Foi o que eu vi com estes olhos. E Incubu acha que devemos atacar. Mas o Elefante está sempre propenso a atacar. Agora, o que diz Macumazan, a velha raposa astuta, que já viu muito, e adora morder o inimigo por trás? A última palavra é de Ignosi, o rei, pois é direito de um rei decidir sobre a guerra; mas deixe-nos ouvir o que tem a dizer, Macumazan, você que vigia à noite, e também o que pensa aquele de olho transparente.

– O que você diz, Ignosi? – perguntei.

– Não sei, meu pai – respondeu nosso antigo criado, que agora, vestido como estava com a panóplia completa da guerra selvagem, parecia um perfeito rei guerreiro. – Fale você, e deixe que eu, que sou apenas uma criança perante sua sabedoria, ouça suas palavras.

Diante dessa posição dele, depois de tomar um rápido conselho de Good e de Sir Henry, dei minha opinião brevemente no sentido de que, estando encurralados, nossa melhor chance, especialmente em vista da falta de abastecimento de água, era iniciar um ataque contra as forças de Twala. Então recomendei que o ataque fosse desferido imediatamente, "antes que nossos ferimentos se agravassem", e também antes que a visão da força avassaladora de Twala fizesse com que a coragem de nossos soldados "desaparecesse como a gordura some diante do fogo". Caso contrário, observei, alguns dos capitães podem mudar de ideia e fazer as pazes com Twala, bandeando-se para o lado dele, ou mesmo nos entregar em suas mãos.

Essa opinião, ao que parece e de modo geral, foi recebida favoravelmente; de fato, entre os kukuanas, minhas falas eram recebidas com um respeito que nunca lhes havia sido atribuído antes e mesmo depois. Mas a verdadeira decisão quanto a nossos planos cabia a Ignosi que, tendo sido reconhecido como rei legítimo, podia exercer os direitos quase ilimitados de soberania, incluindo, é claro, a decisão final sobre questões de comando, e era para ele que todos os olhos agora se voltavam.

Por fim, após uma pausa, durante a qual parecia estar pensando profundamente, ele falou.

– Incubu, Macumazan e Bugwan, bravos homens brancos e meus amigos; Infadus, meu tio, e chefes; meu coração está decidido. Eu atacarei Twala neste dia, e definirei minha sorte nesse ataque, sim, e minha vida, minha vida e suas vidas também. Escutem; vamos atacar deste modo. Veem que a colina é curva como uma meia-lua, e como a planície corre como uma língua verde em nossa direção no meio da curva?

– Vemos – respondi.

– Bem; agora é meio-dia, e os homens comem e descansam após o esforço da batalha. Quando o sol se virar e viajar um pouco em direção à escuridão, que seu regimento, meu tio, avance com o outro, descendo até a língua verde, e acontecerá que, ao perceber isso, Twala vai lançar sua força contra ele para esmagá-lo. Mas o local é estreito e os regimentos podem atacar um por vez; assim eles podem ser destruídos um por um, e os olhos de todo o exército de Twala contemplarão uma luta como nunca foi vista por homem algum. E com você, meu tio, irá Incubu, meu amigo, pois quando Twala avistar seu machado de batalha brilhando na primeira fileira dos Cinzentos, seu coração poderá desfalecer. E eu irei com o segundo regimento, que seguirá o de vocês, de modo que se vocês forem destruídos, como pode acontecer, ainda pode haver um rei por quem lutar; e comigo virá também Macumazan, o sábio.

– Está bem, ó rei – disse Infadus, aparentemente contemplando a certeza da aniquilação completa de seu regimento com perfeita calma. Verdadeiramente, esses kukuanas são um povo maravilhoso. A morte não lhes causa terror quando ocorre no cumprimento do dever.

– E enquanto os olhos da multidão de soldados de Twala estiverem entretidos no combate –continuou Ignosi – um terço de nossos sobreviventes (ou seja, cerca de 6 mil) deve rastejar furtivamente ao longo da ponta direita da colina e cairá sobre o flanco esquerdo da força de Twala, e um terço rastejará ao longo do lado esquerdo e atacará o flanco direito das forças de Twala. E quando eu constatar que os esquadrões estão prontos para atacar Twala, então eu irei, com os homens que me restam, atacar Twala diretamente pela frente, e se a sorte nos favorecer, o dia será nosso, e antes que a noite desça sobre as montanhas, poderemos nos instalar em paz em Lu. E agora comamos e nos preparemos; e, Infadus, providencie para que o plano seja executado sem falta; e que meu pai branco Bugwan vá com o grupo do lado direito, para que seu olho brilhante dê coragem aos capitães.

Os arranjos para o ataque assim brevemente indicados foram postos em ação com uma rapidez que revelava muito bem o aperfeiçoamento do sistema militar dos kukuanas. Em pouco mais de uma hora, as rações foram servidas e devoradas, as divisões entraram em formação, o esquema de ataque foi explicado aos líderes, e toda a força, totalizando cerca de 18 mil homens, estava pronta para se mover, com exceção de um grupo de guarda encarregado dos feridos.

Nesse momento, Good veio falar comigo e com Sir Henry.

– Adeus, companheiros! – disse ele. – Estou indo com o grupo da ala direita, conforme as ordens; e assim vim apertar as mãos, caso não nos encontremos novamente, vocês bem sabem – acrescentou ele, de modo significativo.

Apertamos as mãos em silêncio, e não sem demonstrar o máximo de emoção que os anglo-saxões costumam mostrar.

– É uma sensação estranha – disse Sir Henry, com a voz grave e tremendo um pouco – e confesso que não tenho esperança de ver o sol de amanhã. Até onde posso entender, os Cinzentos, com quem devo ir, devem lutar até serem aniquilados, a fim de permitir que as alas contornem as laterais desprevenidas e ataquem Twala. Bem, que assim seja; de qualquer forma, será uma morte condigna! Adeus, velho companheiro. Deus o abençoe! Espero que você sobreviva e viva para se apoderar dos diamantes; mas se assim for, aceite meu conselho e não se envolva mais com pretendentes ao trono!

No instante seguinte, Good nos apertou as mãos e foi embora; então Infadus apareceu e acompanhou Sir Henry para seu posto na vanguarda dos Cinzentos, enquanto, com muita apreensão, parti com Ignosi para minha posição no segundo regimento de ataque.

CAPÍTULO 14

O ÚLTIMO EMBATE DOS CINZENTOS

Em poucos minutos, os regimentos destinados a realizar os movimentos de flanco haviam se afastado em silêncio, mantendo-se cuidadosamente por trás da elevação do terreno, a fim de ocultar seu avanço dos olhos atentos dos batedores de Twala.

Meia hora ou mais foi deixada passar entre a colocação dos pelotões ou alas do exército antes que qualquer movimentação fosse feita pelos Cinzentos e seu regimento de apoio, conhecido como os "Búfalos", que ocupava geralmente o centro da formação, destinado a suportar a parte mais violenta da batalha.

Ambos os regimentos estavam quase em perfeitas condições e com força total, pois os Cinzentos tinham ficado na reserva pela manhã, tendo perdido apenas pequeno número de homens ao repelir a parte do ataque que havia conseguido romper a linha de defesa, ocasião em que me juntei a eles e, para meu azar, recebi uma estocada e fui derrubado. Já os Búfalos haviam formado a terceira linha de defesa à esquerda, E, como a força de ataque naquele ponto não conseguiu romper a segunda linha de defesa, eles mal haviam entrado em ação.

Infadus, que era um velho general cauteloso e sabia da importância absoluta de manter o ânimo de seus homens na véspera de um encontro tão desesperador, empregou a pausa para falar ao próprio regimento, os Cinzentos, em linguagem poética: explicando-lhes a honra que lhes era concedida ao serem colocados assim na linha de frente da batalha, e também por ter o grande guerreiro branco das estrelas para lutar com eles em suas fileiras; Prometendo, além disso, grandes recompensas em gado e promoção a todos os que sobrevivessem, caso as armas de Ignosi fossem bem-sucedidas.

Olhei logo abaixo para as longas filas de rostos severos sob plumas negras ondulantes e suspirei ao pensar que, dentro de uma hora, no máximo, se não todos, o maior número daqueles magníficos guerreiros veteranos, nenhum com menos de 40 anos de idade, estaria morto ou morrendo, estirado na poeira. Não poderia ser de outra forma; eles estavam sendo condenados (com aquela sábia indiferença para com a vida humana que caracteriza o grande general, e que, com frequência, salva seus exércitos e atinge seus objetivos) à morte certa, a fim de dar uma chance de sucesso à sua causa e ao restante do exército. Eles haviam sido condenados a morrer e sabiam dessa verdade nua e crua.

Seria tarefa deles enfrentar regimento após regimento do exército de Twala na estreita faixa verde abaixo de nós, até que fossem exterminados ou até que os esquadrões dos flancos encontrassem uma oportunidade favorável para o ataque. E, no entanto, eles nunca hesitaram, nem pude detectar um sinal de medo no rosto de um único guerreiro. Lá estavam eles, a caminho da morte certa, prestes a se despedir para sempre da bendita luz do dia, e ainda capazes de contemplar sua condenação sem estremecer. Mesmo naquele momento, não pude deixar de comparar o estado de espírito deles com o meu, que estava longe de ser confortável, e dar um suspiro de inveja e admiração. Nunca antes eu tinha visto uma devoção tão absoluta à ideia de dever e uma indiferença tão completa a seus amargos frutos.

– Aqui está seu rei! – concluiu o velho Infadus, apontando para Ignosi. – Lutem e morram por ele, como é o dever dos bravos, e amaldiçoado e desonrado seja para sempre o nome daquele que se esquiva de morrer por seu rei ou que vira as costas para o inimigo. Aqui está seu rei, chefes, capitães e soldados! Prestem homenagem à serpente sagrada, e avancem em marcha. Que Incubu e eu possamos mostrar a vocês um caminho para o coração das forças de Twala.

Houve um momento de pausa, então, de repente, surgiu das falanges cerradas um murmúrio, um som como o sussurro distante do mar, causado pelas leves batidas dos cabos de 6 mil lanças contra os escudos de seus portadores. Lentamente, o rumor se amplificou até que seu volume crescente se tornasse mais grave e intenso, transformando-se num ruído ribombante, que ecoava como um trovão contra as montanhas, e encheu o ar com pesadas ondas sonoras. Em seguida, diminuiu e, aos poucos, se extinguiu totalmente para, subitamente, dar espaço à explosão da saudação real.

Ignosi, pensei comigo mesmo, poderia muito bem se encher de orgulho nesse dia, pois nenhum imperador romano jamais recebeu tal saudação de gladiadores "prestes a morrer".

Ignosi reconheceu esse magnífico ato de homenagem levantando sua machadinha de guerra, e então os Cinzentos se puseram em marcha, em formação de linha tripla, cada linha contendo cerca de mil combatentes, excluindo os oficiais. Quando a última linha havia avançado cerca de quinhentos passos, Ignosi colocou-se à frente dos Búfalos, cujo regimento apresentava uma formação tripla semelhante, e deu a ordem para marchar. E lá fomos nós! Eu, desnecessário dizer, proferindo as mais sinceras orações para que pudesse sair ileso daquele embate. Já me envolvi em muitas situações estranhas, mas nunca antes numa tão desagradável quanto essa ou numa em que minha chance de sobreviver fosse tão pequena.

No momento em que alcançamos a borda do platô, os Cinzentos já estavam na metade da encosta que terminava na língua de relva que subia até a curva da colina, algo como a ranilha da pata do cavalo em relação à ferradura. A agitação no acampamento de Twala, na planície mais além, era muito grande, e regimento após regimento estava avançando em marcha acelerada para alcançar a base da língua de terra antes que a força de ataque pudesse emergir na planície de Lu.

Essa língua de terra, que tinha cerca de 360 metros de profundidade, mesmo em sua base ou parte mais larga não tinha mais de 550 metros de diâmetro, enquanto na parte mais alta só media 90. Os Cinzentos que, ao descer a encosta da colina e chegar à ponta da língua de terra, tinham assumido a formação numa só coluna, ao atingir o ponto onde essa língua de terra se alargava novamente, reassumiram sua formação de linha tripla e ficaram parados como estátuas.

Então nós, isto é, os Búfalos, descemos até a extremidade da língua de terra e tomamos posição na reserva, cerca de cem passos atrás da última linha dos Cinzentos e em terreno ligeiramente mais elevado. Enquanto isso, tivemos tempo para observar toda a tropa de Twala, que evidentemente havia sido reforçada desde o ataque da manhã e não devia agora, apesar de suas perdas, somar menos de 40 mil soldados, movendo-se rapidamente em nossa direção. Mas, quando se aproximaram da base da língua de terra, hesitaram, ao descobrir que apenas um regimento por vez poderia avançar para o desfiladeiro, e que ali, a cerca de setenta metros da entrada, inatacável exceto pela frente, por causa das altas escarpas rochosas que se erguiam de cada lado, estava posicionado o famoso regimento dos Cinzentos, orgulho e glória do exército kukuana, pronto a defender o caminho contra as forças hostis como outrora os três romanos[22] defenderam a ponte contra milhares.

Os regimentos de Twala hesitaram e finalmente pararam

22 Alusão ao soldado romano Públio Horácio Cocles, que, com os companheiros Epúrio Lárcio Flavo e Tito Hermínio Aquilino, defendeu, no ano 508 a.C., a ponte Sublício, nos arredores de Roma, contra as tropas do general etrusco Porsena, que queria restabelecer a monarquia em Roma e reconduzir ao trono Tarquínio, o Soberbo. (N.T.)

de avançar; não estavam ansiosos para cruzar lanças com essas três severas fileiras de guerreiros, que permaneciam tão firmes e prontos. Logo, porém, um general alto, usando o costumeiro cocar de plumas de avestruz, apareceu, acompanhado por um grupo de chefes e ordenanças, sendo, pensei, ninguém menos que o próprio Twala. Ele deu uma ordem, e o primeiro regimento, dando um grito, avançou em direção aos Cinzentos, que permaneceram totalmente imóveis e silenciosos até que as tropas inimigas estivessem a quarenta passos de distância, e então uma saraivada de *tolas*, ou facas de arremesso, passou zunindo entre suas fileiras.

Então, de repente, com um salto e um rugido, eles avançaram com as lanças erguidas, e o regimento se viu envolvido em luta mortal. No segundo seguinte, o ruído do choque dos escudos chegou a nossos ouvidos como o som de um trovão, e a planície parecia estar viva, com reflexos cintilantes de luz sobre as lanças agitadas. Para cá e para lá se movia a massa ofegante de homens lutando e se dilacerando, mas isso não durou muito. Logo as linhas de ataque começaram a se adelgaçar, e pouco depois, com renovado impulso, calculado e persistente, os Cinzentos passaram sobre as linhas inimigas, como uma grande onda se avoluma e passa por cima de uma montanha submersa. Estava acabado; aquele regimento foi completamente destruído, mas os Cinzentos tinham apenas duas linhas restantes agora, pois um terço deles havia perecido.

Fechando-se mais uma vez ombro a ombro, os soldados pararam em silêncio, aguardando novo ataque. Fiquei feliz ao ver a barba amarela de Sir Henry enquanto ele se movia para cá e para lá, organizando as fileiras. Então ele ainda estava vivo!

Enquanto isso, nós avançamos para o terreno em que se travara a batalha, que estava lotado por cerca de 4 mil seres humanos, entre mortos, agonizantes e feridos, e literalmente manchados de vermelho pelo sangue derramado. Ignosi emitiu uma ordem, que foi rapidamente repassada pelas fileiras, no sentido de que nenhum dos feridos do inimigo deveria ser morto e, tanto quanto pudemos ver, esse comando foi escrupulosamente respeitado. Teria sido uma visão chocante se tivéssemos encontrado tempo para pensar nessas coisas.

Mas, nesse momento, um segundo regimento, que se distinguia por usar plumas brancas, saiotes e escudos, estava se movendo para o ataque contra os 2 mil Cinzentos restantes, que permaneciam aguardando, no mesmo silêncio lúgubre de antes, até que o inimigo estivesse a cerca de quarenta passos, quando se lançaram então com força irresistível sobre eles. Outra vez se ouviu o terrível baque dos escudos que se chocavam e víamos a tragédia se repetir.

Mas dessa vez a situação permaneceu indefinida por mais tempo; de fato, por certo período parecia quase impossível que os Cinzentos levassem a melhor novamente. O regimento que atacava, formado por homens jovens, lutou com extrema fúria, e, de início, parecia, pelo simples vigor, estar levando os veteranos a recuar. A matança foi realmente horrível, centenas caindo a cada minuto; e entre os gritos dos guerreiros e os gemidos dos moribundos, com a música produzida pelo choque de lanças, ouvia-se um contínuo som sibilante de *"sdji, sdji"*, nota de triunfo de cada vencedor enquanto sua azagaia atravessava o corpo de seu inimigo caído.

Mas a disciplina perfeita e a bravura constante e imutável podem fazer maravilhas, e um soldado veterano pode valer por dois jovens, como logo se tornou visível no presente caso. Justamente quando pensávamos que estava tudo acabado para os Cinzentos, e já nos preparávamos para tomar seu lugar assim que fossem inteiramente destruídos, ouvi a voz grave de Sir Henry ressoando por entre o intenso barulho e vislumbrei a machadinha de guerra que ele agitava bem acima do enfeite de plumas. Então houve uma mudança; os Cinzentos pararam de recuar; ficaram firmes como uma rocha, contra o qual as ondas furiosas de lanceiros batiam repetidamente, apenas para recuar. Logo eles começaram a se mover de novo, dessa vez para frente; como eles não tinham armas de fogo, não havia fumaça, e podíamos ver tudo. Depois de pouco tempo, o ataque abrandou.

– Ah, esses são homens de verdade; vão vencer mais uma vez – exclamou Ignosi, que estava rangendo os dentes de emoção a meu lado. – Veja, está feito!

Subitamente, como nuvens de fumaça saindo da boca de um canhão, o regimento que atacava se desorganizou e partiu em fuga aos grupos, com seus turbantes brancos esvoaçando atrás deles ao vento e permitindo que seus oponentes saíssem vitoriosos; é verdade, mas, infelizmente, não era mais um regimento! Da elegante formação em coluna tripla, que quarenta minutos antes havia entrado em ação com 3 mil homens, restavam no máximo cerca de 600 homens ensanguentados; o resto jazia espalhado pelo chão. E ainda assim, comemoraram e agitaram as lanças em triunfo. Então, em vez de recuar até nós, como esperávamos, eles correram para frente, avançando cerca de cem metros, em perseguição aos grupos de inimigos que fugiam; tomaram posse de uma colina ali perto e, retomando a formação tripla, se instalaram em anel triplo em torno da base dessa colina. E lá, graças a Deus, parado no topo do morro por um momento, vi Sir Henry, aparentemente ileso, e com ele nosso velho amigo Infadus. Em seguida, os regimentos de Twala marcharam na direção do grupo, que parecia já estar condenado, e mais uma vez a batalha recrudesceu.

Como aqueles que leem essa história provavelmente já perceberam há muito tempo, eu sou, para ser honesto, um pouco covarde e certamente nada propenso a me envolver em brigas, embora de alguma forma muitas vezes tenha sido meu destino encontrar-me em situações desagradáveis, e ser obrigado a derramar sangue humano. Mas sempre detestei semelhantes situações e sempre tentei evitar que meu sangue sofresse qualquer diminuição, às vezes por meio do uso criterioso das pernas. Nesse momento, porém, pela primeira vez em minha vida, senti em meu peito o ardor marcial. Fragmentos bélicos das *Lendas de Ingoldsby*, junto de vários versículos sanguinários no Antigo

Testamento, brotaram em meu cérebro como cogumelos no escuro; meu sangue, que até então estava meio congelado de horror, foi pulsando em minhas veias, e veio sobre mim um desejo selvagem de matar e não poupar ninguém.

Olhei em volta para as fileiras cerradas de guerreiros atrás de nós e, de alguma forma, de repente, comecei a me perguntar se meu rosto se parecia com o deles. Lá estavam eles, as mãos se contraindo, a boca aberta, as feições ferozes instintivas com o desejo faminto de batalha, e nos olhos um brilho refletindo a avidez de um cão de caça quando, após longa perseguição, avista sua presa.

Somente o coração de Ignosi, a julgar por seu relativo autocontrole, parecia bater tão calmamente como sempre sob seu manto de pele de leopardo, embora até mesmo ele estivesse rangendo os dentes. Eu já não aguentava mais.

– Será que devemos ficar aqui até criarmos raízes, Umbopa, quero dizer, Ignosi, enquanto Twala engole nossos irmãos logo ali? – perguntei.

– Não, Macumazan – foi a resposta. – Veja, agora é o momento propício, vamos aproveitá-lo!

Enquanto ele falava, um novo regimento passou correndo até o anel formado pelos Cinzentos sobre o pequeno monte e, contornando-o, atacou-o do outro lado.

Então, levantando sua machadinha de guerra, Ignosi deu o sinal para avançar e, lançando o selvagem grito de guerra dos kukuanas, os Búfalos atacaram com uma fúria inigualável.

O que se seguiu imediatamente a isso está fora de meu alcance relatar. Tudo o que posso lembrar é um avanço irregular, mas ordenado, que parecia fazer o chão tremer; uma súbita mudança na linha de frente e na formação por parte do regimento contra o qual o ataque era dirigido; então um choque terrível, um rugido surdo de vozes, e um reluzir contínuo de pontas de lanças, tudo isso eu via através de uma névoa vermelha de respingos de sangue.

Quando minha mente clareou, encontrei-me dentro do remanescente dos Cinzentos, perto do topo do monte, e logo atrás de mim estava ninguém menos que o próprio Sir Henry. Como eu cheguei até lá, não fazia a mínima ideia, naquele momento, mas Sir Henry me disse mais tarde que fui empurrado pela primeira investida furiosa dos Búfalos quase a seus pés, e ali fiquei quando eles, por sua vez, foram obrigados a recuar. Por isso ele mesmo saiu correndo do círculo formado pelos Cinzentos e me arrastou para dentro, para me abrigar.

Quanto à luta que se seguiu, quem pode descrevê-la? Multidões investiam continuamente contra nosso círculo, que vinha sendo reduzido ataque após ataque, embora em todos eles conseguíssemos rechaçar o inimigo.

"Os obstinados lanceiros ainda protegem
A escura e impenetrável floresta,
Logo se apresenta novo camarada
Substituindo aquele que caiu."

Parece ser essa a bela visão registrada nas *Lendas de Ingoldsby*.

Era uma coisa esplêndida ver aqueles bravos batalhões atacarem continuamente, passando sobre as barreiras de seus mortos, às vezes levantando cadáveres à sua frente para se proteger das lanças, apenas para deixar seus cadáveres para aumentar as pilhas de corpos pelo chão. Era algo esplêndido ver aquele velho guerreiro Infadus, tão calmo como se estivesse em desfile, gritando ordens, insultos e até piadas, para manter o moral elevado de seus poucos homens restantes e, então, a cada ataque, avançando para onde quer que a luta fosse mais renhida, para dar sua parte em repelir o inimigo. E ainda mais esplêndido era ver Sir Henry, cujo enfeite de plumas de avestruz havia sido arrancado por um golpe de lança, de modo que seus longos cabelos louros esvoaçavam ao vento. Lá estava ele, o grande dinamarquês, pois ele não deixava de sê-lo, com suas mãos, sua machadinha e sua armadura vermelhas de sangue, e ninguém sobrevivia a seus golpes. Vez após vez, eu o vi contra-atacando quando algum grande guerreiro se aventurava a enfrentá-lo e, quando ele golpeava, gritava *Oho! Oho!* como seus antepassados *berserkir*[(23)], e o golpe partia escudo e lança e atravessava cocar, cabelo e crânio, até que, por fim, ninguém por livre vontade ousasse chegar perto do grande "umtagati" (feiticeiro) branco, que matava sem perder um só golpe.

Mas de repente ouviu-se um grito de "*Twala, y' Twala*", e da multidão surgiu ninguém menos que o gigantesco rei caolho, também armado com machado de guerra e escudo, e vestido com cota de malha.

– Onde está você, Incubu, você, homem branco, que matou Scragga, meu filho? Veja se pode vir me matar! – gritou ele, arremessando, ao mesmo tempo, uma *tola* diretamente em Sir Henry, que felizmente a viu chegando e a aparou com o escudo, no qual a faca ficou travada na placa de ferro, chegando, porém, a perfurar o couro que revestia a placa.

Em seguida, com um grito, Twala avançou diretamente para Sir Henry, e com sua machadinha de guerra o atingiu com tamanha força no escudo, que a mera força e o choque deixou Sir Henry, homem forte como é, de joelhos.

Mas, nesse momento, a coisa não foi além disso, pois nesse instante se ergueu dos regimentos que nos comprimiam algo como um grito de consternação e, ao erguer os olhos, entendi a razão disso.

Tanto à direita quanto à esquerda, a planície estava repleta de plumas de guerreiros que corriam para o ataque. Os esquadrões que avançavam pelos flancos vinham em nosso socorro. O momento não poderia ser mais oportuno. Todo o exército de Twala, como Ignosi havia previsto que seria o caso, tinha se concentrado na luta sangrenta que estava ocorrendo em torno do remanescente dos Cinzentos e dos Búfalos, que agora estavam travando uma verdadeira batalha a pequena distância; esses dois regimentos compunham o cerne de nosso exército.

23 Designativo de antigos guerreiros nórdicos. (N.T.)

Foi somente quando nossos regimentos vindos pelos lados estavam prestes a se fechar sobre eles que os homens de Twala se deram conta de sua aproximação, pois eles acreditavam que essas forças estavam escondidas na reserva no topo da colina em forma de lua. E agora, antes mesmo que eles pudessem assumir uma formação adequada para a defesa, os *impis* (regimentos) haviam saltado, como galgos, sobre seus flancos.

Em cinco minutos, o destino da batalha estava decidido. Atacados por ambos os flancos, e abalados com a terrível matança infligida a eles pelos Cinzentos e pelos Búfalos, os regimentos de Twala fugiram em debandada e logo toda a planície, de onde estávamos até Lu, viam-se grupos esparsos de soldados batendo em retirada e em fuga. Quanto às hostes que antes nos cercavam a nós e aos Búfalos, desapareceram como num passe de mágica, e logo fomos deixados ali parados como uma rocha da qual o mar se retirou. Mas que triste visão! A nosso redor, os mortos e os moribundos jaziam amontoados, e dos elegantes Cinzentos restavam apenas 95 homens de pé. Mais de 3.400 tinham caído, apenas nesse regimento, a maioria deles para nunca mais se levantar.

– Homens! – disse Infadus, calmamente, enquanto fazia uma atadura num ferimento do braço, ele examinava o que restava de sua tropa. – Vocês mantiveram a reputação de seu regimento, e a luta de hoje haverá de ser contada pelos filhos de seus filhos. – Então se virou e apertou a mão de Sir Henry Curtis. –Você é um grande capitão, Incubu – disse ele, simplesmente. – Passei grande parte de minha longa vida entre guerreiros e conheci muitos homens valentes, mas nunca vi um homem como você.

Nesse momento, os Búfalos começaram a marchar, passando por nós, em direção a Lu, e, enquanto eles iam, recebemos uma mensagem de Ignosi, solicitando que Infadus, Sir Henry e eu nos juntássemos a eles. Consequentemente, depois de ordenar aos restantes 95 homens dos Cinzentos para que recolhessem os feridos, nos unimos a Ignosi, que nos informou que estava se dirigindo para Lu, a fim de sacramentar a vitória capturando

Twala, se isso fosse possível. Antes de nos afastarmos muito do local, repentinamente nos deparamos com a figura de Good sentado num cupinzeiro, a cerca de cem passos de distância. Perto dele estava o corpo de um kukuana.

– Ele deve estar ferido – disse Sir Henry, ansioso. Mal tinha feita essa observação quando uma coisa inesperada aconteceu. O cadáver do soldado kukuana, ou melhor, o que parecia ser um cadáver, de repente saltou, derrubou Good no chão e começou a golpeá-lo com a lança. Nós acorremos, aterrorizados, e, enquanto nos aproximávamos, vimos o musculoso guerreiro golpear repetidas vezes o prostrado Good, que a cada golpe sacudia todos os seus membros no ar. Ao nos ver chegando, o kukuana deu-lhe uma última e cruel estocada, e gritando "Tome isso, feiticeiro!", fugiu. Good não se mexia e concluímos que nosso pobre camarada estava perdido. Tristemente nos aproximamos dele e ficamos surpresos ao encontrá-lo pálido e fraco, é verdade, mas com um sorriso sereno no rosto e o monóculo ainda fixo no olho.

– Excelente armadura! – murmurou ele, ao avistar nossos rostos curvados sobre ele. – Como aquele desgraçado deve tê-la cobiçado! – E então desmaiou.

Ao examiná-lo, descobrimos que ele havia sido gravemente ferido na perna por uma *tola* durante a perseguição, mas que a cota de malha impediu que os golpes desferidos pelo lanceiro lhe causassem mais do que diversas contusões. Foi um alívio. Como nada poderia ser feito por ele no momento, foi colocado num dos escudos de vime usados para os feridos e o levamos conosco.

Ao chegarmos diante do portão mais próximo de Lu, encontramos um de nossos regimentos vigiando-o em obediência às ordens recebidas de Ignosi. Os outros regimentos guardavam da mesma forma as diferentes saídas da cidade. O oficial no comando desse regimento saudou Ignosi como rei e o informou que o exército de Twala havia se refugiado na cidade, para onde o próprio Twala também havia fugido, mas pensava que eles estavam completamente desmoralizados e se renderiam. Por isso Ignosi, depois de discutir o assunto conosco, enviou arautos para cada um dos portões, ordenando aos defensores da cidade que os abrissem, e prometendo, por sua palavra real, poupar a vida e conceder o perdão a todo soldado que depusesse as armas, mas dizendo que, se não o fizessem antes do anoitecer, ele certamente queimaria a cidade e tudo o que estivesse dentro de seus portões. Essa mensagem não deixou de surtir efeito. Meia hora depois, em meio aos gritos e aplausos dos Búfalos, a ponte foi baixada sobre o fosso, e os portões do lado mais distante se abriram de par em par.

Tomando as devidas precauções contra uma eventual emboscada, marchamos para a cidade. Ao longo das estradas havia milhares de guerreiros abatidos, cabisbaixos, com escudos e lanças a seus pés, que, chefiados por seus oficiais, saudaram Ignosi como rei, ao vê-lo passar diante deles. Seguimos marchando diretamente para o *kraal* de Twala. Quando chegamos ao grande espaço aberto, onde um ou dois dias antes havíamos visto a revista e a caça aos bruxos, nós o encontramos deserto. Não, não totalmente deserto, pois lá, do outro lado, na frente de sua cabana, estava sentado o próprio Twala, com apenas um assistente, Gagula.

Era uma visão melancólica encontrá-lo sentado ali, com sua machadinha de guerra e seu escudo ao lado, o queixo sobre o peito encouraçado, com apenas uma velha como companheira; apesar de seus crimes e suas más ações, uma pontada de compaixão passou por mim quando olhei para Twala assim "caído de sua alta posição". Nem um soldado de todos os seus exércitos, nem um cortesão entre as centenas que o rodeavam, nem mesmo uma esposa solitária permaneceu para compartilhar seu destino ou reduzir pela metade a amargura de sua queda. Pobre selvagem! Estava aprendendo a lição que o destino ensina para a maioria dos que vivem o suficiente, que os olhos da humanidade são cegos para os desacreditados e aquele que está indefeso e caído encontra poucos amigos e pouca misericórdia. Nem, de fato, nesse caso ele a merecia.

Atravessando o portão do *kraal*, marchamos pelo espaço aberto até onde o ex-rei estava sentado. Quando, a cerca de cinquenta passos dele, o regimento se deteve e, acompanhados apenas por uma reduzida guarda, avançamos em sua direção, Gagula nos insultava ferozmente, à medida que íamos nos achegando. Ao nos aproximarmos, Twala, pela primeira vez, ergueu sua cabeça emplumada e fixou seu único olho, que parecia emitir faíscas de fúria reprimida, quase tão intensas quanto as do grande diamante preso em sua testa, contra seu rival vitorioso, Ignosi.

– Salve, ó rei! – disse ele, em tom de amarga zombaria. – Você que comeu de meu pão e agora, com a ajuda da magia do homem branco, seduziu meus regimentos e derrotou meu exército, salve! Que destino tem reservado para mim, ó rei?

– O destino que você deu a meu pai, em cujo trono esteve sentado por tantos anos! –foi a severa resposta.

– Está bem. Eu lhe mostrarei como morrer, para que você possa se lembrar disso quando chegar sua hora. Veja, o sol está mergulhando em sangue – e apontou com sua machadinha de guerra para o globo ardente que descia no horizonte. – É bom que meu sol se ponha com ele. E agora, ó rei! Estou pronto para a morte, mas desejo a bênção da Casa Real Kukuana[24] para morrer lutando. Você não pode recusar, caso contrário, até mesmo aqueles covardes que fugiram hoje do campo de batalha vão desprezá-lo.

– Está concedido. Escolha, com quem quer lutar? Eu mesmo não posso, pois o rei só luta na guerra.

O olhar sombrio de Twala percorreu para cima e para baixo

24 É uma lei entre os kukuanas que nenhum homem de sangue real direto pode ser condenado à morte, a não ser por seu consentimento, que, no entanto, nunca é recusado. Ele pode escolher uma série de adversários, a serem aprovados pelo rei, com quem luta, até que um deles o mate. – A.Q. (Nota do autor)

de nossas fileiras, e eu senti, pois por um momento pousou em mim, que a situação nos apresentava um novo horror. E se ele escolher começar lutando comigo? Que chance eu teria contra um selvagem desesperado com 1,90 metro de altura e uma largura proporcional? Eu poderia muito bem cometer suicídio de uma vez. Apressadamente decidi recusar o combate, mesmo que por isso eu fosse expulso de Kukuanalândia. É, penso eu, melhor ser expulso do que ser esquartejado com uma machadinha de guerra.

Por fim, Twala falou.

– Incubu, o que você diz, devemos terminar o que começamos hoje, ou devo chamá-lo de covarde ao extremo, seu branco?

– Não – interveio Ignosi, rapidamente. – Não vai lutar com Incubu.

– Não, se ele estiver com medo – disse Twala.

Infelizmente, Sir Henry entendeu essa observação e o sangue lhe subiu à cabeça.

– Vou lutar com ele – disse Sir Henry. – Ele vai ver se estou com medo.

– Pelo amor de Deus! – implorei. – Não arrisque sua vida contra a de um homem desesperado. Qualquer um que o tenha visto hoje sabe que você é um bravo.

– Vou lutar com ele – foi a resposta mal-humorada. – Ninguém vai me chamar de covarde. Estou pronto agora! – e deu um passo à frente e ergueu sua machadinha.

Eu torci as mãos diante dessa peça absurda de quixotismo; mas, se ele estava determinado a fazer isso, é claro que eu não poderia impedi-lo.

– Não lute, meu irmão branco – disse Ignosi, colocando sua mão afetuosamente no braço de Sir Henry. – Você já lutou o suficiente, e se algo lhe acontecer nas mãos dele, meu coração se partiria em dois.

– Vou lutar, Ignosi – foi a resposta de Sir Henry.

– Está tudo bem, Incubu; Você é um homem corajoso. Será uma boa luta. Veja, Twala, o Elefante está pronto para enfrentá-lo.

O ex-rei riu selvagemente e, dando um passo à frente, encarou Curtis. Por um momento eles ficaram assim, e a luz do sol poente atingiu seus corpos robustos e os envolveu em fogo. Formavam uma boa dupla.

Então eles começaram a circular um ao redor do outro, com suas machadinhas de guerra erguidas.

De súbito, Sir Henry deu um salto para frente e desferiu um golpe terrível contra Twala, que se desviou com um passo para o lado. O golpe foi tão forte, que o atacante quase se desequilibrou, circunstância da qual seu antagonista tirou pronta vantagem. Circulando sua machadinha de guerra em torno da cabeça, ele a fez descer com uma força tremenda. Meu coração quase saiu pela boca; Achei que o embate já se havia encerrado. Mas não; com um rápido movimento para cima do braço esquerdo, Sir Henry conseguiu se proteger com o escudo, que teve sua borda externa partida, e a machadinha atingiu seu ombro esquerdo, mas não com força suficiente para causar danos sérios. Em outro momento, Sir Henry desferiu um segundo golpe, que também foi defendido por Twala com seu escudo.

Seguiu-se uma série de golpes, todos eles defendidos com os respectivos escudos ou evitados. A tensão aumentava sempre mais; o regimento que assistia ao combate esqueceu-se da disciplina e, aproximando-se, gritava e gemia a cada golpe. Justamente nesse momento, Good, que estava deitado no chão a meu lado, recobrou os sentidos e, sentando-se, percebeu o que estava acontecendo. Num instante estava de pé e, agarrando-se firme em meu braço, pulava de cá para lá com uma perna só, arrastando-me com dele e gritando para incentivar Sir Henry...

– Ataque, velho camarada! – gritava ele. – Força! Esse golpe foi bom! Parta-o ao meio! – e assim por diante.

Nesse momento, Sir Henry, depois de aparar outro golpe com o escudo, atacou com toda a força. O golpe atravessou o escudo de Twala e a resistente armadura atrás dele, abrindo um corte profundo no ombro. Com um grito de dor e de fúria, Twala devolveu o golpe com tal ímpeto e com tal força, que partiu o cabo da machadinha de guerra do adversário, cabo que era feito de chifre de rinoceronte reforçado com faixas de aço, e chegando a ferir Curtis no rosto.

Um grito de consternação se ergueu do meio dos Búfalos quando a larga lâmina da machadinha de nosso herói caiu no chão; e Twala, novamente levantando sua arma, se atirou contra ele com um grito. Eu fechei os olhos. Quando os abri novamente, foi para ver o escudo de Sir Henry caído no chão, e o próprio Sir Henry com seus grandes braços agarrado em torno da cintura de Twala. Para cá e para lá, eles balançavam, atracados como dois ursos, esforçando-se com todos os seus poderosos músculos na luta pela vida e pela honra. Com um esforço supremo, Twala derrubou o inglês, e eles desceram juntos, rolando de um lado para o outro na calçada de cal, Twala tentando acertar a cabeça de Curtis com a machadinha, e Sir Henry tentando perfurar a armadura de Twala com a *tola* que havia tirado do cinto.

Era uma luta violenta e uma coisa terrível de se ver.

– Tome a machadinha dele! – gritou Good; e talvez nosso campeão o tenha ouvido.

De qualquer modo, largando a *tola,* ele agarrou a machadinha, que estava presa ao pulso de Twala por uma tira de couro de búfalo, e ainda rolando sem parar, eles lutaram por ela como gatos selvagens, respirando com arfadas pesadas. Subitamente, a tira de couro se rompeu, e então, com grande esforço, Sir Henry se desvencilhou, com a arma em sua mão. Mais um segundo e ele estava de pé, com o sangue escorrendo do ferimento em seu rosto, e Twala também havia se levantado.

Tirando a pesada *tola* do cinto, ele foi cambaleando diretamente para Curtis e o atingiu no peito. A punhalada foi certeira e forte, mas quem quer que tivesse feito aquela cota de malha conhecia muito bem sua arte, pois ela resistiu ao aço. Twala atacou novamente com um grito selvagem e outra vez a faca rebateu, e Sir Henry recuou cambaleando. Mais uma vez Twala avançou e, enquanto ele se aproximava, nosso grande inglês se recompôs, E, girando a pesada machadinha em torno de sua cabeça com ambas as mãos, atingiu-o com toda a sua força.

Houve um grito de excitação saído de mil gargantas, e vejam só! A cabeça de Twala pareceu saltar de seus ombros e depois caiu e veio rolando e saltando pelo chão na direção de Ignosi, parando exatamente a seus pés. Por um segundo, o corpo se manteve em pé; então, com um baque surdo, caiu no chão, e o colar de ouro de seu pescoço saiu rolando pelo pavimento. Logo a seguir, Sir Henry, extenuado pela luta e pela perda de sangue, caiu pesadamente sobre o corpo do rei morto.

Num segundo ele foi levantado, e mãos ansiosas derramaram água em seu rosto. Mais um minuto e os olhos cinzentos se arregalaram.

Ele não estava morto.

Então eu, assim que o sol se pôs, caminhando até onde a cabeça de Twala jazia, na poeira, soltei o diamante da testa do cadáver e o entreguei a Ignosi.

– Tome-o – disse eu –, rei legítimo dos kukuanas, rei por nascença e por vitória.

Ignosi prendeu o diadema em sua fronte. Então, avançando, ele colocou o pé sobre o peito largo de seu inimigo sem cabeça e entoou um cântico, ou melhor, um hino de triunfo, tão belo e, no entanto, inteiramente selvagem, que me abstenho de tentar dar uma versão adequada de suas palavras. Certa vez, ouvi um estudioso com uma bela voz declamar alguns versos do poeta grego Homero, e lembro que o som dos versos ribombantes parecia fazer meu sangue parar. O canto de Ignosi, pronunciado como era numa linguagem tão bela e sonora quanto o antigo grego, produziu exatamente o mesmo efeito em mim, embora eu estivesse exausto pelo intenso trabalho e pelas muitas emoções.

– Agora – começou Ignosi –, agora nossa rebelião culminou

em vitória, e nossa violência é totalmente justificada. Pela manhã, os opressores se levantaram, se espreguiçaram; puseram seus adornos e se prepararam para a guerra.

Eles se levantaram e tomaram suas lanças: os soldados chamaram os capitães: "Venham, guiem-nos!" E os capitães gritaram ao rei: "Dirija a batalha."

Eles riram em seu orgulho, 20 mil homens e depois mais 20 mil.

Suas plumas cobriam os vales como as plumas de um pássaro cobrem seu ninho; agitaram seus escudos e gritaram, sim, eles agitaram seus escudos à luz do sol; eles ansiavam pela batalha e estavam contentes.

Eles vieram contra mim; os mais fortes deles correram rapidamente para me matar; e gritavam: "Ha! ha! Ele é como alguém que já morreu."

Então soprei sobre eles, e meu sopro era como o de um vento, e vejam! Eles desapareceram.

Meus relâmpagos os traspassaram; Eliminei sua força com o brilho de minhas lanças; eu os joguei no chão com o troar de meus brados.

Eles caíram, se dispersaram, eles se esvaneceram como a névoa da manhã.

Eles servem de alimento para os corvos e as raposas, e o local de batalha está encharcado com seu sangue.

Onde estão os poderosos que se levantaram pela manhã?

Onde estão os orgulhosos que arremessaram suas lanças e gritaram: "Ele já é como um homem morto"?

Eles baixaram a cabeça, mas não para dormir; eles estão estendidos, mas não estão dormindo.

Eles estão esquecidos; foram para a escuridão; moram nas luas mortas; sim, outros levarão suas esposas e seus filhos não se lembrarão mais deles.

E eu...! o rei... como uma águia encontrei meu ninho.

Vejam! Para longe voei durante a noite, mas voltei para meus filhos ao raiar do dia.

Abriguem-se à sombra de minhas asas, ó povo, eu os consolarei e vocês não ficarão desamparados.

Chegou a boa hora, a hora do espólio.

Meu é o gado nas montanhas, minhas são as virgens nos *kraals*.

O inverno já passou com as tempestades, o verão chegou com as flores.

Agora o mal cobrirá seu rosto, agora a misericórdia e a alegria habitarão na terra.

Alegre-se, alegre-se, meu povo!

Que todas as estrelas se regozijem porque essa tirania foi massacrada, e eu sou o rei.

Ignosi terminou sua canção e, da penumbra crescente, veio a formidável resposta:

– *Você é o rei*!

Assim minha profecia feita ao arauto se cumpriu e, antes do prazo de quarenta e oito horas, o cadáver decapitado de Twala estava se enrijecendo diante do portão de seu *kraal*.

GOOD ADOECE

CAPÍTULO 15

Terminada a luta, Sir Henry e Good foram levados para a cabana de Twala, onde me juntei a eles. Ambos estavam totalmente exaustos pelo esforço e pela perda de sangue e, na verdade, minha condição também não era das melhores. Sou muito resistente e suporto mais a fadiga do que a maioria dos homens, provavelmente por causa de minha constituição física mais leve e de meu longo treinamento; mas naquela noite eu estava completamente esgotado; e como sempre acontece comigo quando estou debilitado, aquele velho ferimento infligido pelo leão começou a doer. Além disso, minha cabeça doía violentamente por causa do golpe que havia recebido pela manhã e que me levou a perder os sentidos.

De modo geral, seria difícil descobrir um trio mais debilitado do que nós naquela noite; e nosso único consolo residia na reflexão de que éramos extremamente afortunados por estarmos ali nos sentindo extenuados, em vez de mortos e estendidos na planície, como estavam naquela noite tantos milhares de bravos homens, que haviam se levantado saudáveis e fortes pela manhã.

De alguma forma, com a ajuda da bela Fulata, que desde o momento em que salvamos sua vida havia se constituído, por iniciativa própria, nossa criada, e principalmente de Good, conseguimos tirar as cotas de malha, que certamente salvaram a vida de dois de nós naquele dia. Como eu esperava, descobrimos que a carne por baixo estava terrivelmente contundida, pois, embora os elos de aço tivessem impedido que as armas penetrassem, não tinham impedido de provocar machucaduras. Tanto Sir Henry quanto Good eram uma massa de contusões, e eu não estava livre de forma alguma. Como remédio, Fulata nos trouxe algumas folhas verdes trituradas, de odor aromático, que, aplicadas como emplastro, nos deram considerável alívio.

Mas, embora as contusões fossem dolorosas, não nos causavam tanta ansiedade quanto os ferimentos de Sir Henry e de Good. Good tinha um buraco na parte carnuda de sua "bela perna branca", através do qual havia perdido muito sangue; e Sir Henry, além de outros ferimentos, tinha um corte profundo no maxilar, infligido pela machadinha de guerra de Twala. Felizmente, Good era um cirurgião bastante bom e, tão logo trouxeram sua pequena caixa de medicamentos, depois de limpar bem as feridas, conseguiu primeiro dar os pontos necessários no corte de Sir Henry e depois em seu próprio, de forma satisfatória, considerando-se a precária iluminação da primitiva lamparina kukuana que havia dentro da cabana. Depois, passou e repassou abundantemente nos locais feridos uma pomada antisséptica, que trazia na maleta, e os cobrimos com os restos de um lenço de bolso que tínhamos.

Enquanto isso, Fulata nos preparou um caldo forte, pois estávamos cansados demais para comer. Tomamos o caldo e nos atiramos sobre as pilhas de magníficos tapetes de pele espalhados pelo chão da grande cabana do rei morto. Por uma estranha ironia do destino, foi no próprio leito de Twala e enrolado no próprio tapete de Twala que Sir Henry, o homem que o matara, dormiu naquela noite.

Digo dormiu; mas depois do que havia acontecido naquele dia, era realmente difícil dormir. Na verdade e para começar, o ar estava cheio

"De despedidas aos moribundos
E de luto pelos mortos."

De todas as direções vinha o som de mulheres que pranteavam maridos, filhos e irmãos que haviam caído no campo de batalha. Não é de estranhar que lamentassem, pois mais de 12 mil homens ou quase um quinto do exército kukuana havia sido destruído naquela guerra sangrenta. Era doloroso ficar ouvindo seus prantos por aqueles que nunca mais haveriam de voltar; e isso me fez entender todo o horror que havia sido perpetrado naquele dia para satisfazer a ambição humana. Por volta da meia-noite, porém, o choro incessante das mulheres começou a diminuir sensivelmente, até que, por fim, o silêncio só era rompido de vez em quando por lamentos pungentes que provinham de uma cabana que ficava logo atrás da nossa; Mais tarde descobri que se tratava de Gagula pranteando o falecido rei Twala.

Depois disso, tive um sono um pouco agitado, acordando de vez em quando com um sobressalto, pensando que eu estava mais uma vez envolvido nos terríveis acontecimentos das últimas vinte e quatro horas. Ora me parecia ver aquele guerreiro que minha mão havia enviado para seu último acerto de contas, avançando contra mim no topo da montanha; ora eu estava mais uma vez naquele glorioso círculo dos Cinzentos, que se imortalizou em sua resistência contra todos os regimentos de Twala, sobre o pequeno monte; ora via novamente a cabeça emplumada e ensanguentada de Twala rolar a meus pés com os dentes rangendo e os olhos faiscando.

Por fim, de uma forma ou de outra, a noite passou; Mas, ao amanhecer, descobri que meus companheiros não tinham dormido melhor do que eu. Good, de fato, estava com febre alta, e logo depois começou a delirar, e também, para meu espanto, cuspir sangue, resultado, sem dúvida, de alguma lesão interna, infligida durante os desesperados esforços do guerreiro kukuana de traspassá-lo com a lança no dia anterior, batendo contra a cota de malha. Sir Henry, no entanto, parecia revigorado, apesar do ferimento no rosto, que lhe dificultava a alimentação e o impossibilitava de sorrir, ainda que estivesse tão dolorido e rígido que mal conseguia se mexer.

Por volta das 8 horas, recebemos a visita de Infadus, que, velho e resistente guerreiro como era, parecia apenas um pouco cansado em decorrência de seus esforços na batalha, embora nos informasse que havia passado a noite acordado. Ficou encantado em nos ver, mas muito triste com a condição de Good, e apertou nossas mãos cordialmente. Notei, no entanto, que ele se dirigia a Sir Henry com uma espécie de reverência, como se ele fosse algo mais do que um homem; e realmente, como descobrimos depois, o grande inglês era visto em Kukuanalândia como um ser sobrenatural. Nenhum homem, disseram os soldados, poderia ter lutado como ele lutou ou, no final de um dia de intensa batalha e derramamento de sangue, poderia ter matado Twala, que, além de ser o rei, era considerado o guerreiro mais forte do país, num combate homem a homem, cortando-lhe o pescoço de touro com um único golpe. De fato, aquele golpe se tornou proverbial em Kukuanalândia, e qualquer golpe ou feito extraordinário passou a ser dito, daí em diante, de "golpe de Incubu".

Infadus também nos informou ainda que todos os regimentos de Twala haviam se submetido a Ignosi, e que submissões semelhantes estavam começando a chegar de chefes de áreas periféricas do país. A morte de Twala nas mãos de Sir Henry pôs fim a qualquer outra chance de perturbação; pois Scragga era seu único filho legítimo, de modo que não havia nenhum pretendente rival vivo ao trono, ora ocupado por Ignosi.

Observei que Ignosi havia chegado ao poder por meio de derramamento de sangue. O velho chefe encolheu os ombros e retrucou:

– Sim, mas o povo kukuana só pode se manter em paz deixando seu sangue fluir às vezes. Muitos são mortos, de fato, mas as mulheres são deixadas, e outros devem crescer em breve para ocupar os lugares dos caídos. Depois disso, o país deverá ficar em paz por um tempo.

Mais tarde, no decorrer da manhã, tivemos uma breve visita de Ignosi, que agora ostentava em sua testa o diadema real. Enquanto eu o contemplava avançando com dignidade real, como um guarda zeloso seguindo seus passos, não pude deixar de me lembrar do alto zulu que havia se apresentado a nós em Durban, alguns meses antes, pedindo para ser aceito como criado, o que me levou a refletir sobre as estranhas reviravoltas da roda da fortuna.

– Salve, ó rei! – disse eu, levantando-me.

– "Sim, Macumazan. Rei, finalmente, pelo poder de suas três mãos direitas – foi a pronta resposta.

Tudo estava indo bem, disse ele; e esperava realizar uma grande festa dentro de duas semanas para se mostrar ao povo.

Perguntei-lhe o que ele havia decidido fazer com Gagula.

– Ela é o gênio maligno da terra – respondeu ele – e deverá morrer, e todas as feiticeiras com ela! Ela vive há tanto tempo que ninguém consegue se lembrar de quando ela não era muito velha, e foi ela que sempre treinou as caçadoras de bruxos, e tornou a terra iníqua aos olhos dos céus acima de nós.

– Mas ela sabe muito – respondi. – É mais fácil destruir o conhecimento, Ignosi, do que obtê-lo.

– É bem verdade – disse ele, pensativo. – Ela, e somente ela, conhece o segredo das "Três Bruxas", ali, para onde corre a grande estrada, onde os reis são enterrados e os Silenciosos se sentam.

– Sim, e onde estão os diamantes. Não esqueça sua promessa, Ignosi. Você deve nos levar até as minas, mesmo que tenha de poupar a vida de Gagula, para que ela nos mostre o caminho.

– Não me esquecerei, Macumazan. Vou pensar no que você disse.

Após a visita de Ignosi, fui ver Good e o encontrei delirando. A febre provocada pelo ferimento parecia ter tomado conta de todo o seu organismo, e havia ainda a complicação de uma lesão interna. Por quatro ou cinco dias, sua condição permaneceu extremamente crítica; na verdade, acredito firmemente que, se não fosse pelos incansáveis cuidados de Fulata, ele teria morrido.

Mulheres são sempre mulheres, no mundo todo, qualquer que seja sua cor. Mesmo assim, parecia curioso observar essa beleza morena debruçada dia e noite sobre o leito do homem febril, e realizando todas as solícitas incumbências de uma enfermaria de modo eficiente e amável, e com um instinto tão refinado quanto o de uma enfermeira de hospital treinada. Nas duas primeiras noites tentei ajudá-la, e o mesmo fez Sir Henry assim que sua condição lhe permitiu que se movesse, mas Fulata suportou nossa interferência com impaciência, e finalmente insistiu em deixá-lo com ela, dizendo que nossos movimentos o deixavam inquieto, o que eu acho que era verdade.

Dia e noite ela o vigiava e cuidava dele, dando-lhe seu único remédio, bebida refrescante nativa à base de leite, na qual era infundido o suco do bulbo de uma espécie de tulipa, e impedindo que as moscas pousassem sobre ele. Posso ver todo o quadro agora, como aparecia noite após noite à luz de nossa lamparina primitiva; Good agitado, virando-se de um lado para outro, suas feições emaciadas, seus grandes olhos faiscando, dizendo coisas sem sentido, bobagens; e sentada no chão a seu lado, com as costas apoiadas na parede da cabana, a bela kukuana de olhos suaves e formas bem torneadas, mas de rosto cansado como estava com sua longa vigília, animado por um olhar de infinita compaixão... ou seria algo mais do que compaixão?

Durante dois dias, ficamos pensando que ele ia morrer e andávamos com o coração apertado. Só Fulata não acreditava nisso.

– Ele vai viver – dizia ela.

Num raio de trezentos metros ou mais em torno da cabana principal de Twala, onde estava o doente, havia total silêncio; pois, por ordem do rei, todos os que viviam nas habitações atrás dele, exceto Sir Henry e eu, haviam sido removidos, para que nenhum ruído chegasse aos ouvidos do homem doente. Certa noite, era a quinta desde que Good caíra doente, fui visitá-lo, como era meu hábito, para ver como ele estava, antes de me deitar por algumas horas.

Entrei na cabana com todo o cuidado. A lamparina colocada no chão mostrava a figura de Good não mais se debatendo, mas deitado completamente imóvel.

Então a hora, finalmente, havia chegado! Na amargura de meu coração, deixei escapar algo como um soluço.

– Silêncio! – Disse uma voz, vindo de uma sombra escura atrás da cabeça de Good.

Então, chegando mais perto, vi que ele não estava morto, mas dormindo profundamente, com os finos dedos de Fulata bem apertados em sua pobre mão branca. A crise havia passado e ele viveria. Dormiu assim por dezoito horas; e nem gosto de dizê-lo, por medo de que não acreditem, mas durante todo o período essa mulher dedicada ficou sentada ao lado dele, temendo que, se ela se mexesse e afastasse a mão, haveria de acordá-lo. O que ela deve ter sofrido de cãibras e cansaço, para não falar da falta de comida, ninguém jamais saberá; mas o fato é que, no momento em que ele, finalmente, acordou, ela teve de ser carregada, pois seus membros estavam tão rígidos, que ela não conseguia movê-los.

Depois que Good saiu do estado crítico, a recuperação foi rápida e completa. Só quando já estava quase curado é que Sir Henry lhe contou tudo o que devia a Fulata; e quando ele chegou à história de como ela ficara sentada a seu lado por dezoito horas, temendo que, ao se mover, ela o acordasse, os olhos do honesto marinheiro se encheram de lágrimas. Ele se virou e foi direto para a cabana onde Fulata preparava a refeição do meio-dia, pois estávamos de volta a nossos antigos aposentos agora, levando-me com ele para interpretar, caso ele não pudesse explicar o que queria dizer a ela, embora eu seja obrigado a dizer que, via de regra, ela o entendia maravilhosamente, considerando-se quão extremamente limitado era o vocabulário de Good nessa língua estranha.

– Diga-lhe – pediu-me Good – que devo minha vida a ela e que nunca esquecerei sua bondade até o dia de minha morte.

Eu traduzi, e ela pareceu corar.

Virando-se para ele com um daqueles movimentos rápidos e graciosos, que nela sempre me lembravam o voo de um pássaro selvagem, Fulata respondeu suavemente, olhando para ele com seus grandes olhos castanhos:

– Não, meu senhor; meu senhor, esquece! Ele não salvou minha vida e por isso eu não sou a serva de meu senhor?

Deve-se observar que a jovem parecia ter esquecido completamente a participação que Sir Henry e eu tivemos na preservação de sua vida das garras de Twala. Mas as mulheres são assim! Lembro-me que minha querida esposa era exatamente assim também. Bem, eu me retirei daquele breve encontro com o coração entristecido. Não gostei dos meigos olhares da srta. Fulata, pois eu conhecia as propensões amorosas fatais dos marinheiros em geral, e de Good, em particular.

Há duas coisas no mundo, descobri, que não podem ser evitadas: diante da menor provocação, não se pode impedir um zulu de lutar, nem impedir um marinheiro de se apaixonar!

Foi alguns dias depois dessa última ocorrência que Ignosi realizou sua grande "indaba", ou conselho, e foi formalmente reconhecido como rei pelos "indunas", ou chefes, de Kukualândia. O espetáculo foi dos mais imponentes, incluindo uma grande revisão das tropas. Nesse dia, os guerreiros remanescentes dos Cinzentos desfilaram formalmente e, diante de todo o exército, foi-lhes prestado agradecimento oficial por sua esplêndida conduta na batalha. A cada um deles, o rei deu um considerável número de cabeças de gado, promovendo-os todos ao posto de oficiais do novo regimento dos Cinzentos, que já estava em processo de formação. Promulgou também uma ordem, válida em todo o território de Kukuanalândia, determinando que, enquanto nós honrássemos o país com nossa presença, nós três deveríamos ser tratados com a saudação real, e com a mesma cerimônia e respeito que era costume dispensar ao rei. E também nos atribuiu, publicamente, o poder sobre a vida e a morte das pessoas. Perante todo o seu povo, Ignosi reafirmou ainda as promessas que havia feito, no sentido de que o sangue de nenhum homem seria derramado sem julgamento, e de que a caça aos bruxos deixaria de existir em sua terra.

Terminada a cerimônia, esperamos por Ignosi, e o informamos de que agora estávamos ansiosos por investigar o mistério das minas para as quais a Estrada de Salomão se dirigia, perguntando se ele havia descoberto alguma coisa a respeito.

– Meus amigos – respondeu ele –, eu descobri o seguinte. É ali que se sentam as três grandes figuras, que aqui são chamadas de "Os Silenciosos", e a quem Twala teria oferecido a menina Fulata em sacrifício. É ali também, numa grande caverna no fundo da montanha, que os reis da terra são enterrados; ali vão encontrar o corpo de Twala, ao lado daqueles que morreram antes dele. Ali também existe um poço profundo, cavado por homens que morreram há muito tempo, talvez em busca das pedras preciosas de que você fala, como aquelas que, enquanto estava em Natal, ouvi homens contando que há em Kimberley. Lá, também, na Morada da Morte, há uma câmara secreta, que ninguém conhece, exceto o rei e Gagula. Mas Twala, que o sabia, está morto, e eu não sei, nem sei o que há nela. Mas há uma lenda nessa terra que diz que, uma vez, muitas gerações passadas, um homem branco atravessou as montanhas e foi conduzido por uma mulher até essa câmara secreta e mostrou a riqueza escondida nela. Mas antes que ele pudesse se apoderar dessa riqueza, a mulher o traiu, e ele foi levado pelo rei de volta para as montanhas, e desde então ninguém mais entrou no local.

– A história é certamente verdadeira, Ignosi, pois nas montanhas encontramos o homem branco – disse eu.

– Sim, nós o encontramos. E eu prometi a vocês que, se conseguissem encontrar essa câmara, e se as pedras estiverem lá...

– A pedra em sua testa prova que elas estão lá – interrompi, apontando para o grande diamante que eu havia retirado da cabeça decapitada de Twala.

– Talvez. Se estiverem lá – disse ele –, vocês poderão levar a quantidade que puderem carregar... se, de fato, vocês me deixarem, meus irmãos.

– Primeiro devemos encontrar a câmara – disse eu.

– Existe apenas uma pessoa que pode mostrá-la a vocês... Gagula.

– E se ela não quiser dizer onde fica?

– Então ela deve morrer – disse Ignosi, severo. – Foi por esse motivo que lhe poupei a vida. Esperem. Ela vai ter de decidir. – e, chamando um mensageiro, ordenou que trouxessem Gagula à sua presença.

Em poucos minutos ela chegou, trazida por dois guardas, que ela os amaldiçoava durante o trajeto.

– Soltem-na – disse o rei aos guardas.

Assim que a soltaram, aquele velho amontoado mirrado, pois ela parecia mais um amontoado do que qualquer outra coisa, desmoronou, caindo no chão, e desse amontoado saltavam seus dois olhos brilhantes e perversos como os de uma serpente.

– O que você quer comigo, Ignosi? – perguntou ela. – Não se atreva tocar em mim. Se me tocar, eu o matarei instantaneamente. Cuidado com minha magia.

– Sua magia não conseguiu salvar Twala, velha loba, e não pode me ferir – foi a resposta. – Escute! Eu quero que nos revele onde fica a câmara em que são guardadas as pedras que brilham.

– Ha! ha! – piou ela. – Ninguém conhece seu segredo, a

não ser eu, e eu nunca lhe direi. Os demônios brancos partirão daqui de mãos vazias.

– Você vai me dizer. Eu a farei abrir a boca.

– Como, ó rei? Você é poderoso, mas pode teu poder arrancar a verdade de uma mulher?

– É difícil, mas vou fazê-lo.

– Como, ó rei?

– Ora, assim... Se não contar, morrerá lentamente.

– Morrer! – guinchou ela, aterrorizada e furiosa. – Você não ousará me tocar... homem; você não sabe quem eu sou. Quantos anos acha que eu tenho? Eu conheci seus pais e os pais dos pais de seus pais. Quando esse país era ainda jovem, eu já estava aqui; quando o país envelhecer, ainda estarei aqui. Não posso morrer, a menos que seja morta por acidente, pois ninguém ousará me matar.

– Ainda assim, eu a matarei. Veja, Gagula, mãe da maldade, você está tão velha que não pode mais amar sua vida. O que pode ser a vida para um traste como você, que não tem forma, nem cabelo, nem dentes?... Que não tem nada, exceto maldade e olhos malignos? Será um ato de misericórdia acabar com você, Gagula.

– Seu tolo! – gritou o velho demônio. – Seu tolo maldito, julga que a vida é doce apenas para os jovens? Não é assim, e você não conhece nada do coração do homem para pensar assim. Para os jovens, de fato, a morte às vezes é bem-vinda, pois os jovens podem sentir. Eles amam e sofrem, e lhes dói ver seus entes queridos partir para a terra das sombras. Mas os velhos não sentem, não amam e, *ha! ha*! eles riem ao ver que outros vão para a escuridão; *ha! ha*! eles riem ao ver o mal que é feito sob as estrelas. Tudo o que eles amam é a vida, o calor, o sol quente e o doce, doce ar. Eles têm medo do frio, medo do frio e do escuro, *ha! ha! ha*! – e a velha bruxa se contorcia em medonha alegria no chão.

– Pare com essas palavras maldosas e me responda – disse Ignosi, zangado. – Vai mostrar o local onde estão as pedras, ou não? Se não o fizer, morrerá, agora mesmo – e ele apanhou uma lança, levantando-a sobre ela.

– Não lhe mostrarei. Você não ousará me matar, não ousará! Aquele que me matar será amaldiçoado para sempre.

Lentamente, Ignosi foi baixando a lança até espetar aquele amontoado de trapos, jogado no chão.

Com um grito selvagem, Gagula se pôs de pé, depois caiu de novo e rolou pelo chão.

– Bem, vou lhe mostrar. Apenas me deixe viver, deixe-me sentar ao sol e me dê um pedaço de carne para sugar, e eu lhe mostrarei.

– Está bem. Achei que deveria encontrar uma maneira de argumentar com você. Amanhã irá com Infadus e meus irmãos brancos ao local e tome cuidado com o que fizer, pois, se não lhes mostrar o local, morrerá lentamente. Era o que tinha a dizer.

– Não vou falhar, Ignosi. *Eu sempre mantenho minha palavra – ha! ha! ha!* Certa vez, uma mulher mostrou a câmara a um homem branco, e vejam só! O mal se abateu sobre ele – e, nesse instante, seus olhos perversos brilharam. – O nome dela também era Gagula. Talvez essa mulher fosse eu.

– Você mente – disse eu. – Já se passaram dez gerações.

– Talvez, talvez; quando se vive muito, a gente esquece. Talvez tenha sido a mãe de minha mãe quem me contou; com certeza, o nome dela também era Gagula. Mas observe, você vai encontrar no lugar onde estão as coisas brilhantes um saco de couro cheio de pedras. O homem encheu aquele saco, mas nunca o levou dali. O mal se abateu sobre ele, estou dizendo, o mal se abateu sobre ele! Talvez tenha sido a mãe de minha mãe que me contou. Será uma caminhada alegre... poderemos ver os corpos daqueles que morreram na batalha, ao longo do caminho. A essa altura, os olhos já terão desaparecido, e o tronco deles já estará oco. *Ha! ha! ha!*

CAPÍTULO 16

A MORADA DA MORTE

Já estava escuro no terceiro dia após a cena descrita no capítulo anterior, quando acampamos em algumas cabanas ao pé das "Três Bruxas", como é chamado o triângulo de montanhas para o qual corre a Grande Estrada de Salomão. Nosso grupo consistia de nós três, Fulata (que nos servia como criada, mas especialmente como criada de Good), Infadus, Gagula, que era carregada numa liteira, dentro da qual era possível ouvi-la resmungando e praguejando o tempo todo, e um grupo de guardas e criados.

As montanhas, ou melhor, os três picos da montanha, pois a massa era evidentemente o resultado de uma única elevação da superfície da terra, formavam, como já disse, um triângulo, cuja base estava voltada para nós, com um pico à nossa direita, um à nossa esquerda e outro bem à nossa frente. Jamais esquecerei a visão proporcionada por aqueles três picos elevados ao alvorecer da manhã seguinte. Muito, muito acima de nós, no meio do céu azul, elevavam-se suas coroas de neve retorcidas. Abaixo da linha de neve, os picos eram roxos, cobertos de urzes e charnecas selvagens, que subiam as encostas em direção a eles. Bem à nossa frente, a faixa branca da Grande Estrada de

Salomão se estendia colina acima até o sopé do pico central, a cerca de oito quilômetros de distância de onde estávamos, e ali terminava. Era seu ponto final.

É melhor deixar os sentimentos de intensa excitação com que partimos em nossa marcha naquela manhã para a imaginação do leitor. Finalmente, nos aproximávamos das maravilhosas minas que haviam causado a miserável morte do velho cavalheiro português, três séculos antes, a de meu pobre amigo, seu malfadado descendente, e também, como temíamos, a de George Curtis, irmão de Sir Henry. Estaríamos nós destinados, depois de tudo o que passamos, a ter melhor sorte? O mal se abateu sobre eles, como disse o velho demônio Gagula; isso aconteceria também conosco? De alguma forma, enquanto caminhávamos pelo último trecho da bela estrada, não pude deixar de me sentir um pouco supersticioso a respeito do assunto, e acho que Good e Sir Henry também.

Durante uma hora e meia ou mais, subimos o caminho margeado de urzes, caminhando tão rápido em nossa excitação que os carregadores da padiola de Gagula mal conseguiam nos acompanhar, e sua ocupante nos gritava para parar.

– Caminhem mais devagar, homens brancos – disse ela, projetando seu hediondo semblante enrugado entre as cortinas e fixando seus olhos brilhantes sobre nós. – Por que correr para encontrar o mal que recairá sobre vocês, caçadores de tesouros? – e ela deu aquela risada horrível que sempre me dava um arrepio na espinha, e por um tempo nos tirava o entusiasmo.

Apesar de tudo, prosseguimos, até que vimos diante de nós e, entre nós e o pico, um vasto fosso circular com laterais íngremes, de cem metros de profundidade ou mais e cerca de 800 metros de circunferência.

– Vocês conseguem adivinhar o que é isso? – perguntei a Sir Henry e a Good, que olhavam atônitos para o terrível abismo à nossa frente.

Eles balançaram a cabeça.

– Então está claro que vocês nunca viram as minas de diamantes em Kimberley. Podem ter certeza de que essa é a Mina de Diamantes de Salomão. Vejam! – disse eu, apontando para os estratos de argila azulada e dura que ainda se viam entre a relva e os arbustos que cobriam as laterais do fosso. – A formação é a mesma. Tenho certeza de que, se descermos até lá, vamos encontrar veios de rocha sedimentar saponácea. Vejam também – e apontei para uma série de lajes planas e desgastadas que foram colocadas num declive suave abaixo do nível de um curso d'água que, em alguma época passada, haviam sido cortadas da rocha maciça. – Se essas não são mesas usadas para lavar as "pedras"; então eu sou holandês.

Nas bordas desse vasto fosso, que não era outro senão o fosso marcado no mapa do velho cavalheiro português, a Grande Estrada se bifurcava em duas e o contornava. A propósito, em muitos lugares essa estrada ao redor era construída inteiramente de blocos de pedra, aparentemente com o objetivo de sustentar as bordas do poço e evitar desmoronamentos. Seguimos por essa estrada, movidos pela curiosidade de ver quais eram os três objetos imponentes que podíamos discernir do lado de cá do grande fosso. Ao nos aproximarmos, percebemos que eram colossos de algum tipo específico e conjeturamos com razão que diante de nós estavam os três "Silenciosos", tão admirados pelo povo kukuana. Mas foi só quando chegamos bem perto deles que pudemos reconhecer toda a majestade desses "Silenciosos".

Ali, sobre enormes pedestais de rocha escura, esculpidos com rudes emblemas do culto fálico, separados uns dos outros por uma distância de quarenta passos, e olhando para a estrada que cruzava quase cem quilômetros de planície até Lu, havia três colossais formas sentadas, duas delas masculinas e uma feminina, medindo cada uma cerca de 9 metros, da coroa da cabeça ao pedestal.

A forma feminina, que estava nua, era de grande beleza,

embora severa, mas infelizmente as feições haviam sido danificadas por séculos de exposição às vicissitudes do clima. Erguendo-se de cada lado de sua cabeça estavam as pontas de um crescente. Os dois colossos masculinos, ao contrário, estavam vestidos e tinham feições aterradoras, especialmente o de nossa direita, que tinha o rosto de um demônio. Aquele à nossa esquerda tinha um semblante sereno, mas sua calma era assustadora. Era a calma de uma crueldade desumana, observou Sir Henry, que os antigos atribuíam a poderosos seres do bem, que eram capazes de assistir aos sofrimentos da humanidade, senão sem regozijar-se, pelo menos sem tristeza. Essas três estátuas formam uma trindade que inspirava reverência, porquanto permanecem ali em sua solidão e em eterna contemplação da planície.

Observando esses "Silenciosos", como os kukuanas os chamam, fomos uma vez mais tomados de intensa curiosidade, querendo saber de quem teriam sido as mãos que os moldaram, quem teria escavado o fosso e quem teria feito a estrada. Enquanto eu estava olhando e pensando, de repente me ocorreu, por estar familiarizado com o Antigo Testamento, que Salomão se havia desviado, passando a adorar deuses estrangeiros, e me lembrava dos nomes de três dessas divindades: "Ashtoreth, a deusa dos sidônios, Quemosh, o deus dos moabitas, e Milcom, o deus dos filhos de Amon". E sugeri a meus companheiros que as figuras diante de nós poderiam representar essas divindades falsas.

– Hum! – resmungou Sir Henry, que era um estudioso e tinha obtido graduação em estudos clássicos na Faculdade. – Pode fazer sentido. Ashtoreth dos hebreus era o Astarte dos fenícios, que eram os grandes mercadores da época de Salomão. Astarte, que depois se tornou a Afrodite dos gregos, foi representada com chifres como a meia-lua, e ali na testa da figura feminina podem ser vistos bem distintamente os chifres. Talvez esses colossos tenham sido projetados por algum oficial fenício que administrava as minas. Quem sabe?[25]

Antes que terminássemos de examinar essas extraordinárias relíquias de remota antiguidade, Infadus se aproximou e, depois de saudar os "Silenciosos" erguendo a lança, perguntou-nos se pretendíamos entrar imediatamente na "Morada da Morte", ou se preferíamos aguardar até depois da refeição do meio-dia. Se estivéssemos prontos para partir de imediato, Gagula havia anunciado sua disposição em nos guiar. Visto que não passava ainda das onze11 horas, e instigados por ardente curiosidade, comunicamos nossa intenção de proceder imediatamente, e eu sugeri que levássemos comida conosco, para o caso de ficarmos detidos na caverna. Assim, a liteira de Gagula foi trazida, e a própria senhora saiu dela sem ajuda de ninguém.

Enquanto isso, Fulata, a meu pedido, colocava um pouco de "biltong", ou carne de caça seca, com cabaças de água, numa cesta de vime com tampa. Bem à nossa frente, a uns cinquenta passos da retaguarda dos Colossos, havia uma parede de rocha de 24 metros ou mais de altura, que subia gradualmente até formar a base do imponente pico coberto de neve, que se elevava a novecentos metros acima de nossa cabeça.

Assim que saiu da liteira, Gagula lançou um sorriso maligno para nós e então, apoiando-se numa bengala, foi mancando em direção à face dessa parede. Nós a seguimos até chegarmos a um estreito portal, encimado por um sólido arco, que parecia a entrada de uma galeria de uma mina.

Nesse ponto, Gagula ficou esperando por nós, ainda com aquele sorriso maligno em seu rosto horripilante.

– Agora, homens brancos das estrelas – guinchou ela –, grandes guerreiros, Incubu, Bugwan e Macumazan, o sábio,

25 Compare Milton, "Paradise Lost", Livro I: "Com esses em tropa veio Ashtoreth, a quem os fenícios chamavam Astarté, rainha do Céu, com chifres crescentes; Para cuja imagem brilhante todas as noites ao luar as virgens sidônias dedicavam seus votos e canções". (Nota do Editor) O Editor cita o poema épico "Paraíso perdido", composto em dez livros, de John Milton (1608-1674), poeta inglês. (N.T.)

estão prontos? Eis que estou aqui para cumprir a ordem do rei, meu senhor, e lhes mostrar o estoque das pedras que brilham. *Ha! ha! ha!*

– Estamos prontos – respondi.

– Muito bem, muito bem! Fortaleçam seus corações para suportar o que vão ver. Você vem também, Infadus, você que traiu seu mestre?

Infadus franziu a testa enquanto respondia:

– Não, eu não vou. Não devo entrar ali. Mas você, Gagula, refreie sua língua e tome cuidado com a forma como trata meus senhores. Estão sob seus cuidados, e se danificar um único fio de cabelo deles, Gagula, por mais poderosa feiticeira que seja, você vai morrer. Está ouvindo?

– Estou ouvindo, Infadus; Eu o conheço, você sempre gostou de palavras pomposas. Quando você era bebê, lembro-me de que ameaçou sua própria mãe. Isso foi outro dia. Mas, não tema, não tema, eu vivo apenas para cumprir as ordens do rei. Eu cumpri as ordens de muitos reis, Infadus, até que no final eles cumpriram as minhas. *Ha! ha*! Vou olhar os rostos deles mais uma vez, e o de Twala também! Vamos, vamos, aqui está a lamparina – e ela tirou de sob seu manto de pele uma grande cabaça cheia de óleo, equipada com um pavio de junco.

– Você vem, Fulata? – perguntou Good, em seu paupérrimo linguajar kukuana, no qual vinha se aprimorando sob a tutela dessa jovem.

– Estou com medo, meu senhor – respondeu a mulher, timidamente.

– Então me dê a cesta.

– Não, meu senhor, para onde quer que o senhor vá, eu também vou.

"Mas é claro que vai!", pensei comigo mesmo. "Isso pode terminar de forma bastante estranha, se realmente conseguirmos sair daqui."

Sem mais delongas, Gagula mergulhou na passagem, cuja

largura permitia que duas pessoas caminhassem lado a lado, mas era muito escura. Seguimos o som da voz da mulher, que nos chamava, com algum medo e tremor, que só aumentaram com um repentino bater de asas.

– Hei! O que é isso? – gritou Good. – Alguém me bateu no rosto.

– Morcegos – disse eu. –Vá em frente!

Quando, até onde pudemos julgar, demos uns cinquenta passos, percebemos que a passagem estava ficando levemente clara. Mais um minuto e estávamos talvez no lugar mais maravilhoso que olhos humanos já contemplaram.

Imagine o leitor a nave da mais vasta catedral em que já esteve, na verdade, sem janelas, mas iluminada suavemente desde o alto, presumivelmente por meio de poços de luz que se conectavam com o exterior através do teto, que formava uma abóbada a uns trinta metros acima de nossas cabeças, e então esse leitor terá uma ideia do tamanho da enorme caverna em que nos encontrávamos, com a diferença de que essa catedral projetada pela natureza era mais alta e larga do que qualquer outra construída pelo homem. Mas seu estupendo tamanho era a menor das maravilhas, pois, dispostos em fileiras ao longo de seu comprimento, havia pilares gigantescos que pareciam de gelo, mas eram, na verdade, enormes estalactites. É impossível para mim transmitir qualquer ideia da beleza e grandeza avassaladoras desses pilares de cristal branco, alguns dos quais não tinham menos de 6 metros de diâmetro na base, e que brotavam do chão e subiam em delicada e límpida beleza até o teto distante. Outros estavam ainda em processo de formação. No chão rochoso havia nesses casos o que parecia, disse Sir Henry, exatamente uma coluna quebrada num antigo templo grego, enquanto lá no alto, pendendo do teto, podiam ser vistas com dificuldade pontas de enormes pingentes de gelo.

Enquanto observávamos, era possível ouvir o processo em andamento, pois logo, com um pequeno respingo, uma gota d'água cairia do distante pingente de gelo sobre o pilar abaixo. Sobre algumas colunas as gotas caíam apenas a cada dois ou três minutos e, nesses casos, seria interessante calcular quanto tempo, nesse ritmo de gotejamento, seria necessário para formar um pilar, digamos, de 25 metros de altura por 3 de diâmetro. Que o processo era incalculavelmente lento pôde ser comprovado por uma coisa que descobrimos. O exemplo a seguir será suficiente para demonstrar.

Entalhada num desses pilares encontramos uma figura tosca semelhante a uma múmia, acima da qual havia o que parecia ser a figura de um deus egípcio, sem dúvida, obra de algum artesão do mundo antigo que trabalhava na mina. Essa obra de arte fora executada em tamanho natural, como geralmente faz um sujeito ocioso, seja ele trabalhador fenício ou britânico, ao tentar imortalizar-se à custa das obras-primas da natureza, a saber, com algo mais que 1,5 metro de altura.

Naquele momento, porém, em que a víamos, provavelmente quase três mil anos após a data da execução da escultura, a coluna tinha apenas 2,5 metros de altura, e ainda estava em processo de formação, o que lhe daria um ritmo de crescimento de trinta centímetros a cada mil anos, ou uma polegada e uma fração a cada século. Sabíamos disso porque, parados ao lado dela, ouvimos uma gota de água cair.

Às vezes as estalactites tomavam formas estranhas, presumivelmente onde a queda da água nem sempre havia ocorrido no mesmo ponto. Assim, uma enorme massa, que devia pesar cerca de cem toneladas, tinha a forma de um púlpito, lindamente adornado por fora com um desenho que parecia de renda. Outras pareciam monstros estranhos e, nas laterais da caverna, havia desenhos em forma de leque, como a geada cria sobre uma vidraça.

Nessa vasta nave principal abriam-se aqui e acolá cavernas menores, exatamente, disse Sir Henry, como capelas anexas lateralmente nas grandes catedrais. Algumas eram grandes, mas uma ou duas delas – e esse é um exemplo maravilhoso de como a natureza realiza sua obra seguindo as mesmas leis invariáveis, independentemente das dimensões – eram minúsculas. Um pequeno recanto, por exemplo, não era maior do que uma casa de bonecas e, no entanto, poderia ter sido um modelo de todo o local, pois a água gotejava de minúsculos pingentes de gelo e estalactites se formavam da mesma maneira.

Não tivemos, no entanto, tempo suficiente para examinar essa bela caverna tão minuciosamente quanto gostaríamos de ter feito, visto que, infelizmente, Gagula parecia indiferente a estalactites e ansiava apenas cumprir sua incumbência. Isso me incomodou ainda mais, pois eu estava particularmente ansioso em descobrir, se possível, de que modo a luz penetrava naquela caverna, e se isso era decorrente de obra do homem ou da natureza; além disso, se o local tinha sido utilizado de alguma forma em tempos antigos, como parecia provável. Mas nos consolamos com a ideia de que teríamos tempo de examinar tudo minuciosamente no caminho de volta, e seguimos atrás de nossa sinistra guia.

Ela nos conduziu diretamente para o topo da vasta e silenciosa caverna, onde encontramos outra passagem, não em arco como a primeira, mas quadrada na parte de cima, algo como as entradas dos templos egípcios.

– Vocês estão preparados para entrar na Morada da Morte, homens brancos? – perguntou Gagula, evidentemente para nos deixar apreensivos.

– Vá em frente, Macduff[26] – disse Good, solenemente, tentando parecer que não estava nem um pouco assustado, como todos nós, exceto Fulata, que se agarrou no braço de Good, procurando proteção.

– Isso está ficando horroroso – disse Sir Henry, espiando pela passagem escura. – Vamos, Quatermain, *seniores priores* (os mais velhos, primeiro). Não devemos deixar a velha senhora

26 Ordem dada por Macbeth a Macduff pouco antes que este último se matasse, passagem constante da tragédia *Macbeth* de William Shakespeare (1564-1616), poeta e dramaturgo inglês. (N.T.)

esperando! – e educadamente abriu caminho para que eu entrasse primeiro, gesto que não me agradou de forma alguma.

Toc, toc, fazia a bengala da velha Gagula ao longo da passagem, enquanto ela seguia caminhando, rindo de modo horripilante. Ainda dominado por um inexplicável pressentimento malévolo, recuei.

– Vamos, em frente, meu velho! – disse Good. – Ou vamos perder nossa bela guia.

Sentindo-me pressionado, continuei avançando pela passagem, e depois de cerca de vinte passos encontrei-me num recinto sombrio, com cerca de 12 metros de comprimento por 9 de largura, e 9 de altura, que em alguma época passada evidentemente havia sido escavado manualmente no coração da montanha.

Esse recinto não era tão bem iluminado quanto a vasta sala das estalactites, e à primeira vista tudo o que pude discernir foi uma enorme mesa de pedra que se estendia de ponta a ponta dessa espécie de cômodo, com uma figura branca colossal na cabeceira e outras figuras brancas em tamanho natural a seu redor. Em seguida, descobri uma coisa marrom, sentada no centro da mesa; depois de alguns momentos, meus olhos se acostumaram à luz, e eu vi o que eram todas essas coisas, o que me fez recuar tão rapidamente quanto minhas pernas o permitiam.

De modo geral, não sou um homem nervoso, e realmente bem pouco propenso a superstições, cuja loucura já pude muitas vezes constatar; mas tenho de admitir que essa visão me perturbou, e não pouco; se não fosse por Sir Henry, que me agarrou pela gola e me segurou, creio, honestamente, que em cinco minutos eu deveria estar fora da caverna de estalactites, e que a promessa de todos os diamantes de Kimberley não teria me induzido a entrar ali novamente. Mas ele me segurou com força, então parei porque não pude evitar. No segundo seguinte, porém, seus olhos se acostumaram com a luz e ele me soltou, e começou a enxugar o suor de sua testa.

Good praguejava baixinho, enquanto Fulata jogou os braços em torno do pescoço dele e gritava.

Apenas Gagula ria alto e sem parar.

Era uma visão horripilante. Lá na ponta da longa mesa de pedra, segurando em seus dedos esqueléticos uma grande lança branca, estava acomodada a própria Morte, moldada na forma de um colossal esqueleto humano, de 4,5 metros de altura ou mais. Bem acima de sua cabeça, ela segurava a lança, como se estivesse prestes a atacar; uma mão ossuda repousava sobre a mesa de pedra diante dela, na posição que alguém assume ao se levantar de seu assento, enquanto seu corpo se inclinava para frente, de modo que as vértebras do pescoço e o sorriso do crânio brilhante se projetavam em nossa direção, e as cavidades ocas de seus olhos se fixavam em nós; e mais, com as mandíbulas levemente abertas, como se fosse falar.

– Deus dos céus! – exclamei baixinho, por fim. – O que é isso?

– E o que são *essas coisas*? – perguntou Good, apontando para as figuras brancas em volta da mesa.

– E que diacho é *essa coisa*? – acrescentou Sir Henry, apontando para a criatura marrom sentada à mesa.

– *Hi! hi! hi*! – ria Gagula. – O mal recai sobre aqueles que entram na Morada da Morte. *Hi! hi! hi! ha! ha*! Venha, Incubu, bravo na batalha, venha e veja aquele que você matou. – E a velha criatura agarrou o casaco de Curtis com seus dedos magros e o conduziu para a mesa. Nós os seguimos.

Logo ela parou e apontou para o objeto marrom junto da mesa. Sir Henry olhou e recuou com uma exclamação; e não é de admirar, pois ali, completamente nu, com a cabeça, que a machadinha de guerra manipulada por Curtis havia decepado, apoiada sobre os joelhos, ali estava o mirrado cadáver de Twala, o último rei dos kukuanas. Sim, ali estava ele, com a cabeça apoiada nos joelhos, ali estava em toda a sua feiura, as vértebras projetando-se uma polegada inteira acima do nível da carne retraída do pescoço, parecendo uma versão negra de Hamilton Tighe[27]. Recobrindo a superfície do cadáver havia se acumulado uma fina película vítrea, que tornava sua aparência ainda mais terrível, e que, no momento, nos sentimos inteiramente incapazes de explicar, até que observamos que do teto caía água em gotas e constantemente, *drip! drop! drip!*, no pescoço do cadáver, de onde escorria por toda a superfície, e finalmente se escoava para a rocha por um pequeno orifício na mesa. Então imaginei o que era aquilo – *o corpo de Twala estava sendo transformado numa estalactite.*

Um olhar para as formas brancas sentadas no banco de pedra que circundava aquela mesa medonha confirmou essa visão. Eram corpos humanos de fato, ou melhor, tinham sido humanos; agora eram estalactites. Era assim que o povo kukuana, desde tempos imemoriais, preservava seus falecidos reis. Eles os petrificavam. Qual poderia ser o sistema exato, se houvesse algum, além de posicionar os cadáveres por um longo período de anos sob o gotejamento, eu nunca descobri, mas lá estavam eles, como que congelados e preservados para sempre pelo fluido silicioso.

É impossível imaginar qualquer coisa mais horripilante do que o espetáculo dessa longa fila de reis falecidos (havia 27 deles, sendo que o último era o pai de Ignosi), envolto, cada um deles, numa mortalha de cristal semelhante ao gelo, através do qual se podia distinguir vagamente as feições, sentados em volta daquela mesa inóspita, com a própria Morte como anfitriã.

Que a prática de preservar seus reis dessa maneira tivesse de ser muito antiga é evidente pelo número que, permitindo um reinado médio de quinze anos, supondo que todo rei que reinou foi colocado aqui, coisa improvável, pois alguns com certeza morreram em campo de batalha, longe de casa, levaria a fixar a data de seu início mais de quatro séculos antes.

---

27 "Agora, venham depressa, minhas servas, venham e vejam como ele está sentado e distribui flores com a cabeça apoiada no joelho." – Hamilton Tighe é personagem das ***Lendas de Ingoldsby***. (Nota do Editor)

Mas a colossal Morte, que aparecia à cabeceira da mesa era muito mais antiga e, salvo engano, deve sua origem ao mesmo artista que desenhou os três colossos. Ela havia sido esculpida numa única estalactite e, analisada como uma obra de arte, era admirável no tocante à sua concepção e a posterior execução. Good, que entende dessas coisas, declarou que, até onde podia ver, o desenho anatômico do esqueleto é perfeito até nos menores ossos.

Minha ideia é que esse objeto medonho era uma fantasia macabra de algum escultor do mundo antigo, e que sua presença havia sugerido aos kukuanas a ideia de colocar seus falecidos reis sob sua terrível presidência. Ou talvez tenha sido colocada ali para afugentar eventuais saqueadores que planejassem entrar na câmara do tesouro. Não posso afirmar isso. Tudo o que posso fazer é descrevê-la como é, e o leitor pode tirar sua conclusão.

Essa era, de qualquer modo, a Morte Branca, e esses eram os mortos brancos!

CAPÍTULO 17

A CÂMARA DO TESOURO DE SALOMÃO

Enquanto estávamos empenhados em nos recuperar do susto, e ao examinar às macabras maravilhas da Morada da Morte, Gagula tinha estado ocupada com outra coisa. De uma forma ou de outra, pois era impressionantemente ágil quando queria, ela tinha subido na grande mesa, e havia se dirigido para o local onde nosso falecido amigo Twala tinha sido colocado, sob o gotejamento, para ver, como sugeriu Good, se o processo de conservação do falecido estava indo a contento ou para qualquer outro propósito sinistro dela. Então, depois de se curvar para beijar seus lábios gelados como se fosse uma saudação afetuosa, ela voltou mancando, parando de vez em quando para dirigir uma observação, cujo teor não consegui entender, para uma ou outra das formas petrificadas, com a mesma naturalidade que eu ou você podemos cumprimentar um velho conhecido. Depois de realizar essa misteriosa e horrível cerimônia, ela se agachou na mesa imediatamente sob a Morte Branca e começou, até onde pude entender, a lhes dirigir orações. O espetáculo dessa criatura perversa fazendo súplicas, sem dúvida, perversas, para o arqui-inimigo da humanidade, era tão estranho, que nos levou a abreviar nosso tempo de inspeção do local.

– Agora, Gagula – disse eu, em voz baixa, pois ninguém ousaria falar mais alto do que um sussurro naquele lugar –, leve-nos à câmara.

A velha bruxa prontamente desceu da mesa.

– Meus senhores não estão com medo? – perguntou ela, olhando de soslaio para meu rosto.

– Leve-nos em frente.

– Está bem, meus senhores! – E ela foi mancando até a parte de trás da Morte Branca. – Aqui está a câmara; que meus senhores acendam a lamparina e entrem – e ela colocou a cabaça cheia de óleo no chão e se encostou na parede da caverna.

Tomei um fósforo, ainda tínhamos alguns numa caixa, e acendi um pavio de junco. Então procuramos a entrada, mas diante de nós não havia nada, a não ser a rocha maciça. Gagula sorriu.

– A entrada está aí, meus senhores. *Ha! ha! ha*!

– Não venha com brincadeiras – disse eu, com severidade.

– Não estou brincando, meus senhores. Vejam! – e ela apontou para a rocha.

Ao erguer a lamparina, percebemos que uma imensa laje subia lentamente do chão e desaparecia na rocha acima, onde sem dúvida havia uma cavidade que possibilitava o encaixe. A laje tinha a largura de uma porta de bom tamanho, cerca de 3 metros de altura e não menos de 1,5 metro de espessura. Devia pesar pelo menos 20 ou 30 toneladas e era claramente movida por algum mecanismo simples de contrapeso, provavelmente o mesmo que hoje se utiliza para abrir ou fechar uma janela. Claro que nenhum de nós sabia como o mecanismo era acionado; Gagula teve o cuidado de nos esconder isso; mas tenho poucas dúvidas de que havia alguma alavanca muito simples que, sendo levemente pressionada, em algum local secreto, transferia um peso adicional aos contrapesos ocultos, fazendo com que a enorme laje se elevasse do chão.

Muito lenta e suavemente a grande pedra se ergueu, até

que finalmente desapareceu por completo, e no lugar que a porta preenchia apareceu uma passagem escura.

Nossa emoção foi tão intensa quando vimos a entrada para a câmara do tesouro de Salomão finalmente aberta, que eu, pelo menos, comecei a tremer. Afinal, seria uma farsa, pensei, ou o velho Da Silvestra estava certo? Havia vastos tesouros de riqueza escondidos naquele lugar escuro, tesouros que nos tornariam os homens mais ricos do mundo? Logo haveríamos de saber.

– Entrem, homens brancos das Estrelas – disse Gagula, avançando em direção da porta. – Mas antes, escutem atentamente sua serva Gagula, a velha. As pedras brilhantes que vão ver foram cavadas do poço sobre o qual repousam os Silenciosos, e depois foram guardadas aqui, não sei por quem, pois isso foi feito há mais tempo do que eu me lembro. Mas numa única ocasião alguém entrou nesse lugar, desde a época em que aqueles que esconderam as pedras aqui partiram às pressas, deixando-as para trás. O relato sobre o tesouro foi transmitido de geração em geração entre o povo do país, mas ninguém sabia onde ficava a câmara, nem o segredo da porta. Mas aconteceu que um homem branco chegou a este país, vindo do outro lado das montanhas, talvez ele também tenha vindo "das Estrelas", e foi bem recebido pelo rei daquela época. É aquele que está sentado ali – e apontou para a quinta figura na mesa dos mortos. – E aconteceu que ele e uma mulher kukuana que estava com ele vieram para este lugar, e a mulher, por acaso, descobriu o segredo da porta. Vocês poderão procurar durante mil anos, mas nunca vão conseguir descobrir esse segredo. Então o homem branco entrou com a mulher e encontrou as pedras; encheu com essas pedras a pele de um cabrito, que a mulher trazia consigo para levar comida. E quando ele estava saindo da câmara, apanhou mais uma pedra, uma bem grande, e a segurou na mão.

Nesse ponto, ela fez uma pausa.

– Bem – perguntei, retendo a respiração como todos, de curiosidade –, o que aconteceu com Da Silvestra?

A velha bruxa se assustou com a menção desse nome.

– Como é que você sabe o nome do homem morto? – perguntou ela, bruscamente; e então, sem esperar por uma resposta, continuou:

– Ninguém sabe o que aconteceu; mas o homem branco ficou com medo, pois largou a pele de cabrito cheia de pedras e fugiu com apenas uma pedra na mão, que o rei tomou para si. É a pedra que você, Macumazan, tirou da testa de Twala.

– Ninguém entrou aqui desde então? – perguntei, olhando novamente para a passagem escura.

– Ninguém, meus senhores. Apenas o segredo da porta foi guardado, e todos os reis a abriram, embora nenhum deles tenha entrado. Há um ditado que diz que aqueles que aqui entrarem morrerão no prazo de uma lua, como morreu o homem branco naquela caverna da montanha, onde vocês o encontraram, Macumazan; e por isso os reis não entram. *Ha! ha*! Minhas palavras são verdadeiras.

Nossos olhos se encontraram quando ela disse isso, e eu senti um calafrio. Como é que a velha bruxa sabia de todas essas coisas?

– Entrem, meus senhores. Se eu estiver dizendo a verdade, a pele de cabrito com as pedras deve estar ali no chão; e se for verdade que aquele que entrar aqui morrerá em breve, isso vocês vão saber mais tarde. *Ha! ha! ha!* – e ela foi mancando pela passagem, carregando a luz com ela; mas confesso que mais uma vez hesitei em segui-la.

– Oh! Com os diabos! – exclamou Good. – Vamos lá! Não vou ser intimidado por esse velho demônio! – e acompanhado por Fulata, que, evidentemente, não estava gostando nada daquilo, pois tremia de medo, ele mergulhou na passagem atrás de Gagula, exemplo que rapidamente seguimos.

Alguns passos adiante na passagem, nesse estreito caminho escavado na rocha viva, Gagula havia parado e esperava por nós.

– Vejam, meus senhores – disse ela, segurando a lamparina

diante dela –, aqueles que guardaram o tesouro aqui fugiram apressadamente, e pensaram em proteger o tesouro contra quem quer que chegasse a descobrir o segredo da porta, mas não tiveram tempo. – E ela apontou para grandes blocos quadrados de pedra que, com a altura de cerca de setenta centímetros de lado, foram colocados na passagem com o objetivo de obstruí-la. Ao lado da passagem, havia mais blocos prontos para serem usados e, o que era ainda mais curioso, um montículo de argamassa e algumas espátulas, ferramentas que, examinadas rapidamente, pareciam ser de forma e fabricação semelhantes às usadas pelos trabalhadores de hoje.

Nesse momento, Fulata, que estivera em estado de grande medo e agitação o tempo todo, disse que se sentia fraca e não poderia ir mais longe, mas esperaria ali mesmo. Assim, nós a deixamos sentada junto da parede inacabada, depositando a cesta de provisões a seu lado, e fomos adiante, esperando que ela se recuperasse.

Avançando cerca de quinze passos na passagem, chegamos, de repente, a uma porta de madeira pintada de maneira elaborada. Estava inteiramente aberta. Quem esteve ali por último não teve tempo de fechá-la ou se esqueceu de fazê-lo.

Do outro lado da soleira dessa porta havia uma bolsa de pele de cabrito, que parecia estar cheia de pequenas pedras.

– *Hi! hi*! homens brancos – riu Gagula, quando a luz da lamparina iluminou a bolsa. – O que foi que eu lhes disse? Que o homem branco que esteve aqui fugiu às pressas e deixou cair a bolsa da mulher! Vejam! Olhem dentro também e vocês vão encontrar uma cabaça de água entre as pedras.

Good se abaixou e ergueu a bolsa. Era pesada e tilintava.

– Por Júpiter! Acho que está cheia de diamantes – disse ele, num sussurro, assombrado; e realmente, a ideia de uma pequena bolsa de pele de cabrito cheia de diamantes é suficiente para impressionar qualquer um.

– Vamos em frente – disse Sir Henry, impaciente. – Dê-me a

lamparina, velha senhora – acrescentou ele, tirando-a das mãos de Gagula; passou então pela porta e levantou a lamparina bem acima da cabeça.

Entramos atrás dele, esquecidos por um momento da bolsa de diamantes, e nos encontramos dentro da câmara do tesouro do rei Salomão.

De início, tudo o que a luz um tanto fraca da lamparina revelou foi uma sala escavada na rocha viva, e aparentemente não mais do que 3 metros de largura e outros tantos de comprimento. Em seguida, vimos, empilhadas umas sobre as outras até o teto, uma esplêndida coleção de presas de elefante. Não fazíamos ideia de quantas poderiam ser, pois é claro que não podíamos ver se havia outras atrás dessas, mas não poderia haver menos do que 400 ou 500 presas de primeira qualidade visíveis a nossos olhos. Só ali havia marfim suficiente para tornar um homem rico para o resto da vida. Talvez, pensei, tenha sido desse mesmo estoque que Salomão tirou a matéria-prima para seu "grande trono de marfim", do qual "não houve igual em nenhum outro reino"(28).

No lado oposto da câmara havia cerca de vinte caixas de madeira, semelhantes a caixotes de munição Martini-Henry(29), apenas um pouco maiores e pintadas de vermelho.

– Lá estão os diamantes – exclamei. – Tragam a luz.

Sir Henry veio com a lamparina, segurando-a perto da caixa no alto, cuja tampa, apodrecida pelo tempo, mesmo naquele local seco, parecia ter sido quebrada, provavelmente pelo próprio Da Silvestra. Enfiando minha mão pelo buraco na tampa, tirei-a cheia, não de diamantes, mas de moedas de ouro, de um formato que nenhum de nós tinha visto antes, estampadas com caracteres que pareciam ser hebraicos.

– Ah! – exclamei, repondo as moedas na caixa. – De qualquer

28 Informação que pode ser conferida nos livros bíblicos *I Reis* 10, 18-20 e *II Crônicas* 9, 17-19. (N.T.)

29 Martini-Henry era o tipo de rifle ou fuzil utilizado pelo exército britânico no século XIX. (N.T.)

modo, não voltaremos de mãos vazias. Deve haver alguns milhares de moedas em cada caixa e há 18 caixas. Creio que esse era o dinheiro para pagar os operários e os mercadores.

– Bem – acrescentou Good –, acho que isso é tudo; Não vejo mais diamantes, a não ser que o velho português os tenha colocado todos na bolsa.

– Meus senhores devem procurar mais adiante, onde está mais escuro, se quiserem encontrar as pedras – disse Gagula, interpretando nossos olhares. – Ali, meus senhores encontrarão um recesso e nele há três arcas de pedra, duas fechadas e uma aberta.

Antes de traduzir essas informações para Sir Henry, que carregava a lamparina, não resisti em perguntar como ela sabia de todas essas coisas, se ninguém tinha entrado naquele local depois do homem branco, que havia penetrado ali havia muitas gerações.

– Ah, Macumazan, vigilante noturno! – foi a resposta zombeteira. – Você que mora nas estrelas, você não sabe que alguns vivem muito e que alguns têm olhos que podem ver através da rocha? *Ha! ha! ha!*

– Olhe naquele canto, Curtis – disse eu, apontando para o local que Gagula havia indicado.

– Olá, camaradas! – exclamou ele. – Há um recesso aqui. Deus dos céus! Vejam só!

Corremos até onde ele estava parado, num recanto com a forma de uma pequena janela em arco. Contra a parede desse recesso havia três arcas de pedra, cada uma com cerca de 60 centímetros de altura e de largura. Duas delas estavam com as tampas de pedra fechadas, mas a tampa da terceira estava encostada num dos lados, deixando-a aberta.

– Vejam! – repetiu Sir Henry, com voz rouca, segurando a lamparina sobre a arca aberta. – Olhamos e, por um momento, não conseguimos ver nada, por causa de um brilho prateado que nos ofuscava. Quando nossos olhos se acostumaram, vimos que a arca estava quase cheia de diamantes brutos, a maioria deles de tamanho considerável. Abaixando-me, recolhi alguns. Sim, não havia dúvida, tinham um inconfundível aspecto de sabão neles.

Eu quase me engasguei quando os coloquei de volta.

– Somos os homens mais ricos do mundo – disse eu. – O conde de Monte Cristo[30] não é nada perto de nós.

– Vamos inundar o mercado com diamantes – disse Good.

– Antes de mais nada, é preciso levá-los até lá – sugeriu Sir Henry.

Ficamos parados, pálidos e pasmos, olhando uns para os outros, com a lamparina entre nós e as gemas brilhantes abaixo, como se fôssemos conspiradores prestes a cometer um crime, em vez de sermos, como pensávamos, os homens mais afortunados da terra.

– *Hi! hi! hi!* – cacarejava a velha Gagula atrás de nós, enquanto flutuava em derredor como um morcego-vampiro. – Aí estão as pedras brilhantes que vocês tanto amam, homens brancos; tantas quantas quiserem; apanhem-nas, deixem-nas escorrer entre seus dedos, comam-nas, *hi! hi!*, bebam-nas, *ha! ha*!

Naquele momento, havia algo tão ridículo em minha mente ante a ideia de comer e beber diamantes, que comecei a rir escandalosamente, o que os outros também fizeram, sem sabermos realmente por quê. Lá estávamos nós e gritávamos de tanto rir sobre as joias que ora eram nossas, que milhares de anos antes haviam sido preparadas para nós por pacientes escavadores no grande fosso ali perto, e guardadas para nós pelo supervisor, há muito falecido, de Salomão, cujo nome, talvez, estivesse gravado nos caracteres estampados na cera desbotada que ainda persistia nas tampas das arcas. Salomão nunca se apoderou delas, nem Davi, nem Da Silvestra, nem ninguém.

30 Romance de Alexandre Dumas (1802-1870), romancista francês; a trama gira em torno de um marinheiro preso injustamente, mas que consegue fugir e, por indicação de um colega prisioneiro, encontra um tesouro escondido; rico, passa então a vingar-se impiedosamente de seus inimigos. (N.T.)

Nós as tínhamos: diante de nossos olhos, havia diamantes no valor de milhões de libras, e milhares de libras em ouro e marfim, só esperando para serem levados dali.

De repente, o ataque de riso passou e ficamos quietos.

– Abram as outras arcas, homens brancos – resmungou Gagula. – Certamente há mais dentro delas. Apanhem quanto quiserem, senhores brancos! *Ha! ha*! Recolham quanto quiserem.

Assim instigados, começamos a trabalhar para levantar as tampas de pedra das outras duas, primeiramente, não sem um sentimento de sacrilégio, rompendo os selos que as lacravam.

– Viva! As outras também estavam cheias, cheias até a borda; pelo menos, a segunda estava; nenhum ladrão miserável como Da Silvestra tinha retirado pedras dali para encher peles de cabrito. A terceira arca tinha apenas cerca de um quarto de seu volume preenchido, mas as pedras eram todas selecionadas; nenhuma tinha menos de vinte quilates e algumas eram do tamanho de ovos de pombo. Muitas das maiores, no entanto, quando vistas contra a luz, eram um pouco amarelas, "descoloridas", como eles as designam em Kimberley.

O que não percebemos, no entanto, foi o olhar de terrível malevolência com que a velha Gagula nos brindava enquanto rastejava, rastejava como uma cobra, para fora da câmara do tesouro e descia a passagem em direção à porta de rocha maciça.

De súbito, gritos e mais gritos ecoaram pela passagem abobadada. Era a voz de Fulata!

– *Ah! Bugwan! Socorro! Socorro! A pedra está descendo*!

– Solte-me, garota! Solte...

– *Socorro! Socorro! Ela me apunhalou*!

Nesse momento, já estávamos correndo pela passagem e a luz da lamparina nos mostrou o seguinte: a porta de pedra estava se fechando lentamente; não estava a mais de um metro do chão. Perto dela Fulata e Gagula lutavam. O sangue já escorria até os joelhos da primeira, mas ainda assim a corajosa garota segurava a velha bruxa, que lutava como um gato selvagem.

Ah! ela se livrou! Fulata caiu, e Gagula se jogou no chão, contorcendo-se como uma cobra pela fenda da pedra que se fechava. Ela estava sob... ah! Deus! tarde demais! tarde demais! A pedra a prendeu, e ela gritava em agonia. Desciam, desciam, todas as 30 toneladas, pressionando lentamente seu velho corpo contra o rochedo abaixo. Grito após grito, como nunca ouvimos, então um longo estalido apavorante. E a porta se fechou no momento em que, atravessando o corredor em desesperada corrida, nos lançamos contra ela.

Tudo isso não durou mais que quatro segundos.

Então nos voltamos para Fulata. A pobre moça havia sido realmente apunhalada e percebi que não viveria muito.

– Ah! Bugwan, estou morrendo! – disse, ofegante, a bela criatura. – Ela saiu sorrateiramente... Gagula; eu não a vi, eu estava desmaiada... e a porta começou a descer; então ela voltou e espiou... eu a vi passar pela porta que descia devagar, então a agarrei e ela me apunhalou... e eu estou morrendo, Bugwan!

– Pobre menina! Pobre garota! – choramingava Good, angustiado; e então, como não havia mais nada que pudesse fazer, começou a beijá-la.

– Bugwan – disse ela, depois de uma pausa –, Macumazan está aí? Está ficando tão escuro que não consigo ver.

– Estou aqui, Fulata.

– Macumazan, seja minha língua por um momento, eu lhe peço, pois Bugwan não consegue me entender e, antes de entrar na escuridão, gostaria de dirigir a ele algumas palavras.

– Diga, Fulata, eu vou traduzir o que você disser.

– Diga a meu senhor, Bugwan, que... eu o amo e estou feliz em morrer, porque sei que ele não poderia ter na vida dele alguém como eu, pois o sol não pode casar com a escuridão, nem o branco com o preto. Diga-lhe que, desde que o vi, às vezes senti como se houvesse um passarinho em meu peito, que um dia voaria daqui e cantaria em outro lugar. Mesmo agora, embora eu não possa levantar minha mão e minha cabeça está esfriando, não sinto que meu coração esteja morrendo; está tão cheio de amor que poderia viver dez mil anos e ainda assim ser jovem. Diga que se eu viver de novo, talvez o veja nas estrelas, e que vou procurar em todas elas, embora talvez lá eu ainda seja negra e ele... ainda seja branco. Diga... não, Macumazan, não diga mais nada, exceto que eu o amo. Oh, abrace-me, Bugwan, não consigo sentir seus braços... *oh! oh*!

– Ela está morta... está morta! – murmurou Good, levantando-se cheio de pesar, com as lágrimas escorrendo por seu sincero semblante.

– Você não deve deixar que isso o perturbe, meu velho – disse Sir Henry.

– Eh! – exclamou Good. – O que você quer dizer com isso?

– Quero dizer que logo, logo você irá se juntar a ela. *Ora, companheiro, não vê que fomos enterrados vivos*?

Até o momento em que Sir Henry pronunciou essas palavras, não creio que já nos tivéssemos dado conta da terrível situação em que nos encontrávamos, preocupados como tínhamos estado com a visão do fim da pobre Fulata. Mas agora compreendíamos tudo. A imensa laje de pedra havia fechado a saída, provavelmente para sempre, pois o único cérebro que conhecia seu segredo estava reduzido a pó sob seu peso. Era uma porta que ninguém poderia ter a ilusão de abrir à força, a não ser com enorme carga de dinamite. E nós estávamos do lado errado!

Por alguns minutos ficamos horrorizados, ali, em torno do cadáver de Fulata. Parecia que toda a coragem nos havia abandonado. O primeiro impacto com a ideia de um fim lento e terrível que nos aguardava foi avassalador. Agora percebíamos tudo. Aquele demônio de Gagula havia planejado armar essa cilada contra nós desde o início.

Era precisamente uma espécie de brincadeira com a qual ela teria se regozijar; a ideia dos três homens brancos que, por algum motivo só dela, sempre odiara, morrendo lentamente de sede e de fome na companhia do tesouro que tanto haviam cobiçado. Agora eu entendia o motivo daquela zombaria da parte dela sobre comer e beber os diamantes. Provavelmente alguém tentou fazer o mesmo com o pobre e velho cavalheiro português quando ele abandonou a bolsa de pele de cabrito cheia de joias.

– Isso não vai ter jeito – disse Sir Henry, com a voz rouca. –A lamparina logo se apagará. Vamos tentar encontrar a mola que move a rocha.

Saltamos para frente com uma energia desesperada e, pisando num lodo sangrento, começamos a apalpar a porta e as laterais da passagem. Mas não encontramos nenhum botão ou mola.

– Podem apostar – disse eu. – Não funciona pelo lado de dentro. Se funcionasse, Gagula não teria se arriscado, tentando rastejar por baixo da pedra. Foi o fato de saber disso que a fez tentar escapar de todos os perigos, maldita!

– Em todo o caso – disse Sir Henry, com uma risadinha cruel –, o castigo veio rápido; o fim dela foi quase tão terrível quanto o nosso provavelmente vai ser. Não podemos fazer nada com a porta; vamos voltar para a sala do tesouro.

Demos meia-volta e partimos em direção à sala; mas ao dar alguns passos vi, perto da parede inacabada, do outro lado da passagem, a cesta de comida que a pobre Fulata carregava. Apanhei-a e a levei comigo para a amaldiçoada câmara do tesouro, que seria nosso túmulo. Depois voltamos e carregamos com reverência o cadáver de Fulata, depositando-o no chão, ao lado das caixas cheias de moedas.

Em seguida, nos sentamos, apoiando as costas nas três arcas de pedra que continham um tesouro inestimável.

– Vamos dividir a comida – disse Sir Henry –, para que dure o máximo possível. – Assim fizemos. O que havia na cesta daria, calculamos, para quatro refeições infinitamente pequenas para cada um de nós, o suficiente, digamos, para sustentar a vida por alguns dias. Além de "biltong" ou carne de caça seca, havia duas cabaças de água, cada uma das quais não continha mais de um litro.

– Agora – disse Sir Henry, gravemente –, comamos e bebamos, pois amanhã morreremos.

Cada um de nós comeu uma pequena porção de "biltong" e bebeu um gole de água. Escusado dizer que tínhamos pouco apetite, embora estivéssemos precisando muito de comida e nos sentíssemos melhor depois de engoli-la. Então nos levantamos e fizemos um exame sistemático das paredes de nossa prisão, na vaga esperança de encontrar algum meio de saída, sondando-as e sondando o chão com todo o cuidado.

Não havia nada. Não era provável que houvesse alguma saída numa câmara de tesouro.

A chama da lamparina começou a minguar. A gordura estava quase no fim.

– Quatermain – disse Sir Henry –, que horas são? Seu relógio anda?

Eu o tirei e olhei. Eram 6 horas; havíamos entrado na caverna às 11.

– Infadus vai sentir nossa falta – sugeri. – Se não voltarmos esta noite, ele nos procurará pela manhã, Curtis.

– Vai procurar em vão. Ele não sabe o segredo da porta, nem mesmo sabe onde está localizada. Até ontem, nenhuma pessoa conhecia esse segredo, exceto Gagula. Hoje, ninguém o conhece. Mesmo que encontrasse a porta, não poderia arrombá-la. Todo o exército kukuana não conseguiria despedaçar essa porta de rocha maciça. Meus amigos, não vejo nada além de nos curvarmos à vontade do Todo-poderoso. A busca pelo tesouro trouxe muitos homens a um final trágico; iremos aumentar seu número.

A chama da lamparina ficou ainda mais fraca.

Logo a chama se revigorou um pouco e mostrou todo o cenário com estonteante clareza: o grande volume de presas brancas, as caixas de ouro, o cadáver da pobre Fulata estendido diante delas, a bolsa de pele de cabrito cheia de tesouros, o tênue brilho dos diamantes e os rostos transtornados e pálidos de nós três, homens brancos, sentados à espera da morte por fome.

Então a chama se enfraqueceu e expirou.

CAPÍTULO 18

PERDENDO TODAS AS ESPERANÇAS

Não consigo dar uma descrição apropriada dos horrores da noite que se seguiu. Felizmente, eles foram até certo ponto mitigados pelo sono, pois, mesmo numa situação como a nossa, o cansaço se impõe. Mas eu, de qualquer forma, achei impossível dormir muito tempo. Deixando de lado o pensamento aterrorizante de nosso fim iminente – pois até o homem mais corajoso da terra haveria de tremer diante de um destino como o que nos esperava, e eu nunca tive nenhuma pretensão de ser corajoso – o silêncio em si era excessivo para nos permitir pregar no sono.

Leitor, você pode ter passado uma noite sem dormir e ter considerado o silêncio opressivo, mas garanto, com absoluta convicção, que você não pode fazer ideia de como o completo silêncio é uma coisa vívida e tangível. Na superfície da terra sempre há algum som ou movimento, e embora possa ser em si mesmo imperceptível, amortece a ponta afiada do silêncio absoluto. Mas aqui não havia nenhum. Estávamos enterrados nas entranhas de um enorme pico coberto de neve. Centenas de metros acima, o vento soprava sobre a neve branca, mas nenhum som chegava até nós. Estávamos separados por um longo túnel e por uma espessa parede de rocha, até mesmo da terrível câmara dos mortos; e os mortos não fazem barulho. Não sabíamos quem jazia ao lado da pobre Fulata. O estrondo de toda a artilharia da terra e do céu não poderia ter chegado a nossos ouvidos em nosso túmulo. Estávamos isolados de todos os ecos do mundo – éramos como homens já na sepultura.

E o sentimento da ironia da situação me oprimia. A nosso redor, havia tesouros suficientes para pagar uma dívida nacional moderada ou para construir uma frota de couraçados e, no entanto, teríamos trocado todos eles alegremente pela menor chance de escapar. Em breve, sem dúvida, deveríamos nos alegrar em trocá-los por um pouco de comida ou um copo de água e, depois disso, até pelo privilégio de uma abreviação de nossos sofrimentos. Verdadeiramente, a riqueza, que os homens dedicam todas as suas vidas para adquiri-la, é uma coisa sem valor algum, no fim.

E assim a noite chegou ao fim.

– Good – disse Sir Henry, finalmente, com sua voz grave, que soou tenebrosa no intenso silêncio –, quantos fósforos você tem na caixa?

– Oito, Curtis.

– Risque um para vermos a hora.

Ele acendeu um fósforo e, em contraste com a densa escuridão, a chama quase nos cegou. Eram 5 horas em meu relógio. O belo alvorecer estaria, nesse momento, brilhando nas grinaldas de neve bem acima de nossas cabeças, e a brisa estaria agitando as névoas noturnas nas concavidades.

– É melhor comermos alguma coisa para manter nossas forças – sugeri.

– Qual é a vantagem que podemos ter em comer? – replicou Good. – Quanto mais cedo morrermos e nos livrarmos disso, melhor.

– Enquanto há vida, há esperança – disse Sir Henry.

Assim, comemos e bebemos um pouco de água, e outro período de tempo se passou. Então Sir Henry sugeriu que seria bom chegar o mais perto possível da porta e gritar, na vaga esperança de que alguém pudesse ouvir pelo lado de fora. Por isso Good, que, graças à longa experiência no mar, tinha um grito estridente e penetrante, tateou seu caminho pela passagem e se pôs a fazer isso. Devo dizer que ele fez um barulho diabólico. Nunca ouvi berros como aqueles; mas pelo efeito que produziram poderiam ser comparados a um zumbido de mosquito.

Depois de um tempo, ele desistiu e voltou com muita sede, e teve de beber um pouco de água. Então paramos de gritar, pois afetava nosso suprimento de água.

Então nos sentamos mais uma vez contra as arcas de diamantes inúteis naquela terrível inação, que foi uma das circunstâncias mais difíceis de nosso destino; e devo dizer que, de minha parte, entrei em desespero. Deitando minha cabeça no largo ombro de Sir Henry, desatei a chorar; e acho que ouvi Good engolindo em seco do outro lado e xingando-se roucamente por fazê-lo.

Ah! como era bom e corajoso aquele grande homem! Se fôssemos duas crianças assustadas e ele nossa ama, não poderia ter nos tratado com mais ternura. Esquecendo-se da própria tragédia, ele fez tudo o que pôde para acalmar nossos nervos em frangalhos, contando histórias de homens que estiveram em circunstâncias um tanto semelhantes e escaparam milagrosamente; e quando viu que isso não nos animava, passou a argumentar que, afinal, aquela situação antecipava apenas um fim que deveria chegar a todos nós, que logo terminaria e que a morte por inanição era misericordiosa (o que não é verdade). Depois, de uma maneira meio tímida, como já o havia visto fazer uma vez, sugeriu que nos colocássemos à mercê de um poder superior, o que, de minha parte, fiz com grande fervor.

Ele é um homem de valor, muito quieto, mas muito forte.

E assim, de alguma forma, o dia passou como a noite havia passado, se é que, de fato, se pode usar esses termos num lugar onde tudo era a mais densa noite; e quando acendi um fósforo para ver as horas, o relógio marcava 7 em ponto.

Mais uma vez, comemos e bebemos e, ao fazer isso, uma ideia me ocorreu.

– Como é que – disse eu – o ar nesse local se mantém sempre fresco? É denso e pesado, mas perfeitamente fresco.

– Deus do céu! – exclamou Good, com um sobressalto. – Eu nunca tinha pensado nisso. O ar não pode passar pela porta de pedra, pois é a porta mais hermética que já vi. Deve vir de algum lugar. Se não houvesse corrente de ar aqui dentro, teríamos sido sufocados ou envenenados logo depois de entrar. Vamos dar uma olhada.

Foi maravilhosa a mudança que essa mera centelha de esperança produziu em nós. Num momento, nós três estávamos tateando apoiados em nossas mãos e joelhos, procurando sentir o menor sinal de uma corrente de ar. Logo meu ardor arrefeceu. Pus minha mão em algo frio. Era o rosto do cadáver da pobre Fulata.

Durante uma hora ou mais continuamos tateando, até que finalmente Sir Henry e eu desistimos, desesperançados, e já consideravelmente machucados de tanto bater a cabeça contra as presas, as arcas e as paredes. Mas Good perseverava ainda, dizendo, de forma até animada, que era melhor do que não fazer nada.

– Pois, meus amigos – disse ele, depois de algum tempo, com voz um tanto contida –, venham até aqui.

Escusado será dizer que rastejamos até ele com razoável rapidez.

– Quatermain, ponha sua mão aqui onde está a minha. Sente alguma coisa?

– Acho que sinto o ar subindo.

– Agora escute.

Ele se levantou e pisou com força no local. Uma chama de

esperança se acendeu em nossos corações. O piso parecia oco por baixo!

Com as mãos trêmulas, acendi um fósforo. Eu tinha somente mais três. Vimos que estávamos no ângulo do canto mais distante da câmara, fato que explicava não termos notado o som oco do local, durante nosso exaustivo exame anterior. Enquanto o fósforo queimava, examinamos o lugar. Havia uma junção no piso de rocha maciça e, céus! ali, nivelado com a rocha, havia um círculo cortado na pedra. Não dissemos uma só palavra, estávamos empolgados demais e nossos corações esperançosos batiam tão descontroladamente que não conseguíamos falar. Good tinha uma faca, em cujo cabo estava embutido um daqueles ganchos que são feitos para extrair pedras dos cascos dos cavalos. Ele puxou o gancho e com ele raspou a junção em torno do círculo. Por fim, conseguiu enfiá-lo por baixo e foi levantando o círculo com muito cuidado, com medo de quebrar o gancho. A placa do círculo começou a se mover. Uma vez que era de pedra, não estava tão firmemente presa nas beiradas depois de todos os séculos em que ali esteve, como teria sido o caso se fosse de ferro. O bloco do círculo se elevou na posição vertical. Good enfiou então as mãos por dentro e puxou com toda a força, mas nada se mexeu.

– Deixe-me tentar – disse eu, impaciente, pois a posição da pedra, bem no ângulo do canto, era tal que impossibilitava que duas pessoas puxassem ao mesmo tempo. Empreguei o máximo de minhas forças, mas sem resultado.

Então Sir Henry tentou e também não conseguiu.

Tomando o gancho novamente, Good raspou em torno de toda a fenda por onde sentíamos o ar soprando.

– Agora, Curtis – disse ele –, venha até aqui e apoie suas costas contra o bloco do círculo; você tem mais força que dois. Espere! – e ele tirou um lenço de seda preta que, sempre fiel a seus hábitos de asseio, ainda usava e o passou em torno do círculo de pedra. – Quatermain, prenda isso na cintura de Curtis e puxe com toda a força quando eu disser... *Agora!*

Sir Henry usou toda a sua enorme força, e Good e eu fizemos o mesmo, com o vigor que a natureza nos deu.

– Força! Puxem! Está cedendo – gritava Sir Henry, ofegante; e eu ouvia os músculos das grandes costas dele estalar.

Subitamente, houve um rangido, logo depois uma lufada de ar, e estávamos todos caídos de costas no chão com uma pesada laje sobre nós. A força de Sir Henry tinha conseguido mover a pedra, e nunca a força muscular de um homem tinha sido tão útil.

– Acenda um fósforo, Quatermain – disse ele, assim que nos levantamos e recuperamos o fôlego. – Mas com cuidado, agora.

Risquei o fósforo e ali, diante de nós, Deus seja louvado! *Estava o primeiro degrau de uma escada de pedra.*

– O que vamos fazer agora? – perguntou Good.

– Vamos seguir a escada, é claro, e vamos confiar na Providência.

– Esperem! – disse Sir Henry. – Quatermain, vá buscar o pedaço de *biltong* (carne seca) e a água que sobrou; podemos precisar.

Fui, engatinhando de volta a nosso lugar perto das arcas e, enquanto ia me achegando, tive uma ideia. Não tínhamos pensado muito nos diamantes nas últimas vinte e quatro horas; na verdade, a própria ideia de diamantes chegava a provocar náuseas, visto a desgraça que sua procura nos tinha acarretado; mas, refleti, eu podia muito bem levar alguns em meus bolsos para o caso de conseguirmos sair desse medonho buraco. Então enfiei a mão na primeira arca e enchi todos os bolsos disponíveis de minha velha jaqueta de caça e de minhas calças, terminando de enchê-los (uma bela ideia) com alguns punhados das pedras grandes da terceira arca. Além disso, pensando bem, decidi encher a cesta de Fulata com grande quantidade de pedras, uma vez que, tirando uma cabaça e um pouco de carne seca, a cesta estava vazia agora.

– Olá, camaradas! – exclamei. – Vocês não vão levar alguns diamantes com vocês? Enchi meus bolsos e a cesta.

– Oh! Vamos, Quatermain! Que se danem os diamantes! – replicou Sir Henry. – Espero nunca mais ver um deles.

Good, de sua parte, nem respondeu. Ele estava, eu acho, dando um último adeus ao que restava da pobre garota que tanto o amara. E por mais curioso que possa lhe parecer, meu caro leitor, mas agora, sentado em casa à vontade e refletindo sobre a vasta, na verdade, imensurável riqueza que estávamos abandonando, posso garantir que, se você tivesse passado cerca de vinte e oito horas sem quase nada para comer e beber naquele lugar, não teria pensado em se sobrecarregar de diamantes, antes de mergulhar nas entranhas desconhecidas da terra, na desesperada tentativa de escapar de uma morte agonizante. Se não fosse pelos hábitos adquiridos ao longo de toda uma vida, que para mim havia se tornado uma espécie de segunda natureza a atitude de nunca deixar para trás nada que valesse a pena ter, desde que houvesse a possibilidade, por menor que fosse, de levar comigo, tenho certeza de que não teria me dado ao trabalho de encher meus bolsos e aquela cesta.

– Vamos, Quatermain – repetiu Sir Henry, que já estava parado no primeiro degrau da escada de pedra. – Tome cuidado. Eu vou na frente.

– Veja bem onde põe os pés, pode haver um horrendo buraco lá embaixo – repliquei.

– É bem mais provável que seja outra sala – retrucou Sir Henry, enquanto descia lentamente, contando os degraus à medida que avançava.

Quando chegou a "quinze", ele parou.

– Cheguei ao fim da escada – disse ele. – Graças a Deus! Acho que é uma passagem. Venham descendo.

Good foi o segundo a descer, e eu, o último, carregando a cesta. Ao chegar ao fundo, acendi um dos dois fósforos restantes. Com sua luz, pudemos ver que estávamos num túnel estreito, que corria para a direita e para a esquerda em ângulos retos com a escada que havíamos descido. Antes que pudéssemos vislumbrar algo mais, o fósforo queimou meus dedos e se apagou. Surgiu então a delicada questão de qual caminho seguir. Obviamente, era impossível saber para que servia o túnel, ou para onde levava; de qualquer forma, seguir para um lado podia nos levar à segurança, e seguir para o outro, poderia nos levar à destruição. Estávamos totalmente perplexos, até que de repente Good percebeu que, quando acendi o fósforo, a corrente de ar da passagem soprou a chama para a esquerda.

– Vamos contra a corrente de ar – disse ele. – O ar sopra para dentro, não para fora.

Aceitamos essa sugestão e, tateando a parede com nossas mãos e testando o terreno à nossa frente a cada passo, partimos daquela amaldiçoada câmara do tesouro em nossa terrível busca pela vida. Se algum dia outro ser humano penetrasse ali, o que não acho provável, ele haverá de encontrar sinais de nossa visita nas arcas de pedras preciosas abertas, na lamparina vazia e nos ossos brancos da pobre Fulata.

Quando havíamos tateado nosso caminho por cerca de um quarto de hora ao longo da passagem, de repente, topamos com uma curva fechada, ou, mais precisamente, com um entroncamento, onde o túnel era cortado por outro; seguimos por esse, que logo adiante se bifurcava, deixando-nos diante de um terceiro. E assim continuamos caminhando por horas. Parecia que estávamos num labirinto de pedra que não levava a lugar nenhum. Claro que não sei dizer o que eram todas essas passagens, mas pensamos que deviam ser fruto de antigas escavações de uma mina, cujos acessos eram abertos de um lado ou de outro, conforme os vários veios de minério os conduzisse. Essa era a única maneira pela qual poderíamos explicar toda essa multidão de galerias.

Por fim, paramos, exaustos de fadiga e com aquela esperança adiada que parte o coração, Comemos nosso pobre pedaço de carne seca e bebemos nosso último gole de água, pois nossas gargantas estavam secas como fornos de cal. Parecia que havíamos escapado da morte na escuridão da câmara do tesouro apenas para encontrá-la na escuridão dos túneis.

Enquanto estávamos parados, mais uma vez totalmente deprimidos, pensei ter ouvido um som, para o qual chamei a atenção dos demais. Era muito fraco e muito distante, mas era um som, um som fraco e murmurante, pois os outros também ouviram, e nenhuma palavra pode descrever a felicidade de escutar algum som depois de todas aquelas horas de absoluta e terrível quietude.

– Deus do céu! É água corrente! – exclamou Good. Vamos!

Partimos novamente na direção de onde parecia vir o leve murmúrio, tateando nosso caminho como antes ao longo das paredes rochosas. Lembro-me de que larguei no chão a cesta cheia de diamantes, desejando me livrar de seu peso, mas, pensando melhor, retomei-a. Pode-se muito bem morrer rico ou pobre, refleti. À medida que avançávamos, o som se tornava cada vez mais audível, até que finalmente pareceu bastante alto em contraste com o silêncio. Continuamos a avançar e logo mais adiante podíamos distinguir nitidamente o borbulhar inconfundível de água corrente. E, no entanto, como poderia haver água corrente nas entranhas da terra? Agora estávamos bem perto dela, e Good, que estava na frente, jurou que podia sentir o cheiro.

– Vá com cuidado, Good – avisou Sir Henry. – Devemos estar perto.

Splash! E um grito de Good. Ele havia caído na água.

– Good! Good! Onde você está? – gritamos, totalmente apavorados.

Para nosso grande alívio, recebemos uma resposta com voz engasgada.

– Tudo bem. Consegui me agarrar numa pedra. Risquem um fósforo para ver onde vocês estão.

Rapidamente acendi o último fósforo. A fraca luz nos

revelou uma massa escura de água corrente a nossos pés. Não foi possível ver a largura do curso d'água, mas um pouco mais distante vimos a figura de nosso companheiro agarrado a uma rocha que aflorava na água.

– Fiquem preparados para me agarrar – gritou Good. – Vou nadar até vocês.

Então ouvimos um barulho de algo caindo na água e o nítido rumor das braçadas do nadador. Um minuto depois, ele agarrou e segurou a mão estendida de Sir Henry, e nós o puxamos para fora da água, a salvo no túnel.

– Minha nossa! – disse ele, entre suspiros. – Foi de repente, pisar e cair. Se eu não tivesse conseguido me agarrar àquela pedra e se não soubesse nadar, estaria perdido. A correnteza é muito forte e não consegui chegar até o fundo.

Não ousamos seguir as margens do rio subterrâneo com medo de cair nele novamente na escuridão. Então, depois que Good descansou um pouco, e bebemos bastante da água, que era doce e fresca; lavamos também o rosto, que realmente precisava disso, e nos afastamos, como pudemos, das margens desse Estige africano[31], e começamos a refazer nossos passos ao longo do túnel, com Good pingando desagradavelmente à nossa frente. Por fim, chegamos a outra galeria que conduzia para a direita.

– Podemos muito bem seguir esse caminho – disse Sir Henry, cansado. – Todos os caminhos são iguais por aqui; A única coisa a fazer é continuar caminhando até cair.

Lentamente, por um longo, longo tempo, fomos tropeçando, totalmente exaustos, ao longo desse novo túnel, com Sir Henry à frente, dessa vez. Novamente pensei em abandonar aquela cesta, mas não o fiz.

De repente ele parou, e nós esbarramos nele.

31 Na mitologia grega, Estige era o nome de um rio do Hades, dos Infernos, do mundo dos mortos. (N.T.)

– Olhem! – sussurrou ele. – Estou ficando doido ou aquilo é mesmo uma luz?

Todos nós fixamos nossos olhos naquela direção e, sim, lá bem longe à nossa frente, havia um débil ponto brilhante, não maior do que a vidraça da janela de uma cabana. Era tão fraco, que duvido que existam olhos que pudessem percebê-lo, a não ser como os nossos, que durante dias estiveram na mais completa escuridão.

Com um suspiro de esperança, prosseguimos. Em cinco minutos não havia mais dúvidas; era uma mancha de luz, embora tênue. Mais um minuto e uma lufada de ar bem fresco soprou sobre nós. Continuamos avançando. De repente, o túnel se estreitou. Sir Henry ficou de joelhos. A passagem ficava cada vez mais estreita até ficar do tamanho de uma grande toca de raposa escavada na terra... mas vejam só, agora estávamos sobre terra, e não mais sobre rocha.

Espremendo-se um pouco aqui, contorcendo-se um pouco mais acolá e Sir Henry estava fora, Good logo depois também, e eu, finalmente, também, arrastando a cesta de Fulata atrás de mim. E lá distantes, acima de nós, estavam as abençoadas estrelas e em nossas narinas penetrava o ar livre. Então, de repente, algo cedeu sob nossos pés e saímos rolando sem parar encosta abaixo sobre a relva, sobre os arbustos e sobre o solo macio e úmido.

A cesta se prendeu em alguma coisa e eu parei. Sentado, gritei com toda a força. Um grito de resposta veio lá de baixo, de uma saliência do terreno, onde a tresloucada descida de Sir Henry havia sido interrompida. Eu me arrastei até ele e o encontrei ileso, embora sem fôlego. Então procuramos Good. Nós o descobrimos um pouco mais adiante, preso numa raiz bifurcada. Estava levemente aturdido, mas logo se recuperou.

Sentamo-nos juntos, ali no relvado, e a sobrecarga de sentimentos era tão grande que realmente acho que choramos de alegria. Tínhamos escapado daquela terrível masmorra, que esteve tão perto de se tornar nosso túmulo. Certamente, algum poder misericordioso deve ter guiado nossos passos para a toca de um chacal, pois era o que devia ter sido essa parte final do túnel. E veja, lá nas montanhas, o amanhecer, que chegamos a pensar que nunca mais haveríamos de ver novamente, já se mostrava luminoso, da cor de um vermelho rosado.

Logo depois, a luz cinzenta desceu pelas encostas e vimos que estávamos no fundo, ou melhor, quase no fundo, do vasto fosso em frente à entrada da caverna. Agora podíamos distinguir as formas indistintas dos três Colossos que estavam sentados ali na beirada. Sem dúvida, aquelas tenebrosas galerias pelas quais vagamos durante toda a noite, tinham sido, originalmente e de alguma forma, conectadas com a grande mina de diamantes. Quanto ao rio subterrâneo nas entranhas da montanha, só Deus sabe o que é ou de onde flui ou para onde vai. Eu, de minha parte, não tenho o menor interesse em tentar traçar seu curso.

O dia ficava cada vez mais claro, sempre mais claro. Já conseguíamos nos ver uns aos outros, e eu nunca tinha visto, nem antes nem depois, um espetáculo como o de nossa aparência naquele momento. Estávamos com o rosto esquelético, olhos fundos, cobertos de poeira e lama, machucados, sangrando, o prolongado medo da morte iminente ainda gravado em nossos semblantes, éramos, de fato, uma visão de causar assombro até mesmo à luz do dia. E, no entanto, fato incrível é que o monóculo de Good ainda estava fixo no olho dele. Duvido que o tenha removido algum dia. Nem a escuridão, nem o mergulho no rio subterrâneo, nem o tombo ladeira abaixo, conseguiram separar Good de seu monóculo.

Logo nos levantamos, temendo que nossos membros se enrijecessem se ficássemos ali por mais tempo, e começamos a andar, com passos lentos e dolorosos, tentando galgar as encostas íngremes do grande fosso. Passamos uma hora ou mais tentando subir por sobre a argila azulada, arrastando-nos com a ajuda das raízes e de gramíneas que recobriam a encosta. Mas agora eu não pensava mais em deixar a cesta; na verdade, nada além da morte deveria ter nos separado.

Por fim, conseguimos chegar ao alto e paramos na grande estrada, naquele lado do fosso que fica em frente aos Colossos.

À beira da estrada, a cerca de cem metros de distância, uma fogueira ardia em frente a algumas cabanas, e em volta da fogueira havia gente. Fomos caminhando, como podíamos, na direção deles, apoiando-nos mutuamente e parando a cada poucos passos. Logo uma das pessoas se levantou, nos viu e caiu no chão, gritando de medo.

– Infadus, Infadus! somos nós, seus amigos!

Ele se levantou; correu em nossa direção, olhando-nos com espanto e ainda tremendo de medo.

– Oh, meus senhores, meus senhores! É verdade, vocês voltaram dos mortos!... Voltaram dos mortos!

E o velho guerreiro se prostrou diante de nós e, agarrando-se aos joelhos de Sir Henry, chorava alto de alegria.

CAPÍTULO 19

A DESPEDIDA DE IGNOSI

Dez dias depois daquela memorável manhã, nós nos encontramos mais uma vez em nossos antigos aposentos em Lu; e, estranho dizer, mas em condições não muito piores por nossa terrível experiência, a não ser que meu cabelo saiu daquela caverna do tesouro três vezes mais grisalho do que entrou, e que Good nunca mais foi o mesmo depois da morte de Fulata, que pareceu tê-lo afetado profundamente.

Sou obrigado a dizer, olhando tudo do ponto de vista de um velho homem do mundo, que considero a morte da moça uma ocorrência afortunada, pois, caso contrário, complicações por certo haveriam de surgir. A pobre criatura não era uma garota nativa comum, mas uma pessoa de grande beleza, eu quase diria de imponente beleza, e de considerável refinamento intelectual. Mas nenhuma beleza ou refinamento poderia tornar um envolvimento entre Good e ela uma ocorrência desejável; pois, como ela mesma disse, "Pode o sol casar-se com a escuridão ou o branco com o preto?"

Nem preciso dizer que nunca mais entramos na câmara do tesouro de Salomão. Depois de nos recuperarmos das fadigas, processo que levou quarenta e oito horas, descemos ao grande fosso na esperança de encontrar o buraco pelo qual havíamos nos esgueirado para fora da montanha, mas sem sucesso. Para começar, veio a chuva que apagou nosso rastro; e além disso, os lados do vasto fosso estavam cobertos de buracos e tocas de animais. Era impossível dizer a qual deles devíamos nossa salvação.

Devo dizer ainda que, um dia antes de voltarmos a Lu, fizemos um exame mais aprofundado das maravilhas da caverna de estalactites e, impelidos por uma espécie de sentimento de inquietação, penetramos mais uma vez na Câmara dos Mortos. Passando sob a lança da Morte Branca, contemplamos, com sentimentos impossíveis de descrever, a laje de rocha que nos impediu de escapar, pensando também nos inestimáveis tesouros que estavam do outro lado dessa imensa porta, na misteriosa e velha bruxa, cujos restos mortais jaziam achatados sob essa mesma porta, e na bela jovem que tinha ali seu túmulo.

Digo que contemplamos a laje de "rocha", porque, examinando como pudemos, não encontramos vestígios da junção da porta corrediça; tampouco descobrimos o segredo, agora para sempre perdido, do mecanismo que acionava a porta, embora tenhamos vasculhado o local por uma hora ou mais. É certamente um mecanismo excepcional, característico, em sua incrível simplicidade e ainda assim inescrutável, da época em que foi idealizado e produzido. E chego a duvidar que haja outro igual no mundo.

Por fim, desistimos, frustrados; embora, se a laje se levantasse repentinamente diante de nós, não acredito que haveríamos de ter coragem de passar por cima dos restos mortais esmagados de Gagula e entrar novamente na câmara do tesouro, apesar da certeza de encontrar ali dentro incontáveis diamantes. Ainda assim, dava-me até vontade de chorar diante da ideia de ter de deixar para trás todo aquele tesouro, provavelmente o maior tesouro que na história do mundo já foi acumulado num só local. Mas não havia outro jeito. Apenas dinamite poderia abrir caminho através da espessura de 1,5 metro de rocha maciça.

Então fomos embora. Talvez, em algum remoto século futuro, um explorador mais afortunado consiga decifrar o "Abre-te, Sésamo" e inundar o mundo de pedras preciosas. Mas eu mesmo duvido muito. De certa forma, parece que sinto que as dezenas de milhões de libras em joias que estão nos três cofres de pedra nunca haverão de brilhar no pescoço de uma beldade terrena. Diamantes e pedras preciosas e os ossos de Fulata se farão uma indiferente companhia até o fim dos tempos.

Com um suspiro de decepção, voltamos, e no dia seguinte partimos para Lu. Mesmo assim, não deixa de ser uma ingratidão de nossa parte ficarmos decepcionados; pois, como o leitor deve se lembrar, por uma feliz ideia, eu tinha tomado a precaução de encher os amplos bolsos de minha velha jaqueta de caça e das calças com pedras preciosas antes de deixarmos nossa prisão, além de encher também a cesta de Fulata, que continha o dobro, embora a cabaça de água ocupasse parte do espaço da cesta. Muitas delas caíram quando caímos e rolamos pela encosta do grande fosso abaixo, incluindo várias das grandes, que eu tinha enfiado nos bolsos por cima das demais. De qualquer modo, havia restado uma enorme quantidade, incluindo 93 pedras grandes com peso variando de 200 a 70 quilates. Minha velha jaqueta de caça e a cesta ainda continham tesouros suficientes para fazer de todos nós, se não milionários como o termo é entendido na América, pelo menos homens extremamente ricos, e ainda manter pedras suficientes para fazer os três melhores conjuntos de pedras preciosas da Europa. Não nos tínhamos saído, portanto, tão mal assim.

Ao chegar a Lu, fomos cordialmente recebidos por Ignosi, que se encontrava muito bem, ocupado em consolidar seu poder e reorganizar os regimentos que mais haviam sofrido na grande batalha contra Twala.

Ele ouviu com vivo interesse nossa maravilhosa história; mas quando lhe contamos sobre o terrível fim da velha Gagula, ele ficou pensativo.

– Venha cá – disse ele a um *induna* ou conselheiro muito velho, que estava sentado com outros num círculo em torno do rei, mas um pouco distante, o que não lhe permitia acompanhar nossa conversa. O ancião se levantou, aproximou-se, fez uma saudação e se sentou.

– Você é bem idoso – disse Ignosi.

– Sim, ó rei, meu senhor! O pai de seu pai e eu nascemos no mesmo dia.

– Diga-me, quando você era pequeno, conheceu Gagula, a feiticeira?

– Sim, ó rei, meu senhor!

– Como ela era então... jovem, como você?

– Não é assim, ó rei, meu senhor! Ela era como é agora e como era nos dias de meu bisavô antes de mim; velha e seca, muito feia e cheia de maldade.

– Ela não existe mais; ela está morta.

– Assim, ó rei! Então uma antiga maldição foi eliminada da terra.

– Pode ir!

– *Kum*! Eu vou, Cãozinho Negro, que rasgou a garganta do velho cão. *Kum*!

– Vejam, meus irmãos – disse Ignosi –, essa era uma mulher estranha e me alegro que esteja morta. Ela teria deixado que vocês morressem num local escuro, e talvez depois ela encontrasse uma maneira de me matar, como deu um jeito de matar meu pai e entronizar em seu lugar Twala, a quem seu coração negro amava. Agora continue com a história; certamente nunca houve algo parecido!

Depois de ter narrado toda a história de nossa fuga, como havíamos combinado entre nós que eu deveria fazê-lo, aproveitei a oportunidade para conversar com Ignosi sobre nossa partida de Kukuanalândia.

– E agora, Ignosi – disse eu –, chegou a hora de nos despedirmos e de iniciar a viagem de retorno à nossa terra. Veja, Ignosi, veio conosco como um criado, e agora nós o deixamos como um rei poderoso. Se você se sente grato para conosco, lembre-se de fazer o que prometeu: governar com justiça, respeitar a lei e não condenar ninguém sem julgamento. Assim, seu reinado será marcado pela prosperidade. Amanhã, ao raiar do dia, Ignosi, você poderia nos fornecer uma escolta que nos ajudará a atravessar as montanhas. Poderia fazer isso por nós, ó rei?

Ignosi cobriu o rosto com as mãos por um tempo, antes de responder.

– Meu coração está dolorido – disse ele, finalmente. – Suas palavras partiram meu coração em dois. O que eu fiz a vocês, Incubu, Macumazan e Bugwan, para que vocês me deixassem desolado? Vocês que ficaram a meu lado na rebelião e na batalha, vocês vão me deixar nos dias de paz e de vitória? O que desejam?... Esposas? Escolham entre as donzelas! Um lugar para morar? Vejam, a terra é sua até onde vocês puderem ver. Uma casa como as do homem branco? Vocês podem ensinar a meu povo como construí-las. Gado para carne e leite? Todos os homens casados lhes trarão um boi ou uma vaca. Animais selvagens para caçar? Os elefantes não andam por minhas florestas e os hipopótamos não dormem no meio dos juncos? Vocês querem guerrear? Meus *impis* (regimentos) esperam suas ordens. Se houver algo mais que eu possa lhes dar, eu o darei.

– Não, Ignosi, não queremos nada disso – respondi. – O que queremos é simplesmente voltar para nossa terra.

– Agora entendo – disse Ignosi, amargurado e com os olhos faiscando. – Vocês amam mais as pedras brilhantes do que a mim, seu amigo. Vocês têm as pedras; agora vocês querem ir para Natal, atravessar a água negra e vendê-las, para ficarem ricos, como é o desejo do coração de todo homem branco. Malditas por sua causa sejam as pedras brancas, e maldito seja aquele que as procura. Que a morte seja o prêmio daquele que puser os pés na Morada da Morte para encontrá-las. Tenho dito. Homens brancos, podem ir.

Eu coloquei minha mão no braço dele.

– Ignosi, – disse eu – diga-nos, quando você vagava por Zululândia, e entre os homens brancos de Natal, seu coração não almejava voltar para a terra sobre a qual sua mãe lhe falava, sua terra natal, onde viu a luz pela primeira vez e onde brincava quando pequeno, a terra onde estava sua casa?

– Isso mesmo, foi assim, Macumazan.

– Da mesma forma, Ignosi, nossos corações se voltam para nossa terra e para nossa casa.

Então predominou o silêncio. Quando Ignosi o rompeu, o fez com um tom de voz diferente.

– Compreendo suas palavras que agora, como sempre, são sábias e cheias de razão, Macumazan. O que voa no ar não gosta de correr pelo chão; o homem branco não gosta de viver no nível do negro ou morar entre os *kraals* deles. Bem, vocês têm de ir, mas vão deixar meu coração dolorido, porque vocês estarão mortos para mim, uma vez que de onde vocês estão nenhuma notícia pode vir até mim.

Mas escutem, e que todos os seus irmãos tomem conhecimento de minhas palavras. Nenhum outro homem branco deverá cruzar as montanhas, mesmo que consiga sobreviver a essa tentativa. Não quero ver comerciantes com suas armas e suas bebidas alcoólicas. Meu povo deverá continuar lutando com a lança e beber água, como seus antepassados. Não quero por aqui pregadores para infundir o medo da morte no coração dos homens, para incitá-los contra a lei do rei e abrir caminho para a entrada do homem branco. Se um homem branco chegar até meus portões, eu o mandarei de volta; se vierem cem, eu os repelirei; se vierem exércitos, farei guerra contra eles com todas as minhas forças, e eles não prevalecerão contra mim. Ninguém jamais deverá vir aqui à procura das pedras brilhantes: não, nem mesmo um exército, pois, se eles vierem, enviarei um regimento para soterrar o fosso e quebrar as colunas brancas nas cavernas e enchê-las de pedras, de modo que ninguém possa alcançar nem mesmo aquela porta da qual vocês falam e cujo segredo para abri-la foi perdido. Mas para vocês três, Incubu, Macumazan e Bugwan, as portas de meu reino estarão sempre abertas; porque vocês são mais caros para mim do que qualquer coisa que respire.

E vocês podem ir. Infadus, meu tio e meu *induna*, deve acompanhá-los e guiá-los com um regimento. Fiquei sabendo que há outro caminho através das montanhas, que ele haverá de lhes mostrar. Adeus, meus irmãos, bravos homens brancos. Não venham mais me ver, pois não tenho coração para suportar isso. Fiquem sabendo que vou promulgar um decreto, que será divulgado de montanha a outra de todo o país, para que seus nomes, Incubu, Macumazan e Bugwan, sejam *hlonipa*, assim como os nomes de reis mortos, e aquele que os pronunciar morrerá[32]. Assim sua memória será preservada na terra para sempre.

Agora vão, antes que meus olhos chorem lágrimas como os de uma mulher. Às vezes, quando olharem para trás, no caminho da vida, ou quando estiverem velhos e se reunirem em torno do fogo, porque para vocês o sol não tem mais calor, vocês haverão de se lembrar como estivemos ombro a ombro, naquela grande batalha que suas sábias palavras planejaram, Macumazan; de como você foi a ponta do chifre que feriu o flanco de Twala, Bugwan; enquanto você estava no cerco dos Cinzentos, Incubu, e como os homens caíram diante de seu machado como milho diante de uma foice; sim, e de como você quebrou a força daquele touro selvagem, Twala, e reduziu o orgulho dele a pó. Adeus para sempre, Incubu, Macumazan e Bugwan, meus senhores e meus amigos.

32 Essa forma extraordinária e negativa de demonstrar intenso respeito não é, de forma alguma, desconhecida entre os povos africanos, e o resultado é que se, como é usual, o nome em questão tem um significado, esse significado deve ser transmitido por uma expressão ou por outra palavra. Desse modo, a memória é preservada por gerações ou até que nova palavra suplante totalmente a antiga. – A.Q. (ou Nota do autor).

Ignosi se levantou e olhou sério para nós por alguns segundos. Então ele jogou a ponta de seu manto sobre a cabeça, para cobrir seu rosto de nossa vista.

Permanecemos em silêncio.

No dia seguinte, ao amanhecer, deixamos Lu, escoltados por nosso velho amigo Infadus, que estava profundamente desgostoso com nossa partida, e com o regimento dos Búfalos. Apesar de ser muito cedo ainda, toda a rua principal da cidade estava tomada por uma multidão de pessoas, que nos deu a saudação real quando passamos à frente do regimento, enquanto as mulheres nos abençoavam por termos livrado o país de Twala, jogando flores pelo caminho que percorríamos. Foi realmente muito comovente, e não é o tipo de coisa que estamos acostumados a ver no encontro com nativos.

Um incidente bem cômico ocorreu, no entanto, que julguei oportuno registrar por ter dado motivos para rir.

Pouco antes de chegarmos aos limites da cidade, uma linda jovem, com belos lírios nas mãos, veio correndo e os entregou a Good; por algum motivo, todos pareciam gostar de Good; creio que o monóculo e sua costeleta de um só lado lhe conferiam um aspecto todo peculiar; além disso, a jovem disse que tinha um pedido a fazer.

– Fale – disse ele.

– Que meu senhor mostre a essa sua serva suas belas pernas brancas, para que sua serva possa olhá-las e lembrar-se delas todos os dias e falar sobre elas aos filhos; sua serva viajou quatro dias para vê-las, pois a fama delas correu por toda essa terra.

– O que é isso? De jeito nenhum! – exclamou Good, exaltado.

– Vamos, vamos, meu caro – interveio Sir Henry. – Você não pode se recusar a atender uma dama.

– Não vou fazer isso – insistiu Good, obstinado. – É algo totalmente indecente.

No fim, porém, acabou consentindo em arregaçar as calças até os joelhos, em meio a manifestações de extasiada admiração por parte de todas as mulheres presentes, especialmente da jovem agraciada por esse favor, e desse modo ele teve de seguir caminhando até sairmos da cidade.

Receio que as pernas de Good nunca mais vão ser tão admiradas. Os kukuanas chegaram a se desinteressar um pouco pelos dentes postiços de Good e até por seu "olho transparente", mas nunca por suas pernas.

Durante a primeira parte de nossa viagem, Infadus nos disse que havia outra passagem sobre as montanhas, ao norte daquela que dava para a Grande Estrada de Salomão, ou melhor, que havia um lugar onde era possível descer a parede do penhasco que separa Kukuanalândia do deserto, onde se sobressaem as imponentes formas dos Seios de Sabá. Ao que parece, um pouco mais de dois anos antes, um grupo de caçadores kukuanas havia descido esse caminho para o deserto em busca de avestruzes, cujas plumas são muito apreciadas entre eles para confeccionar cocares de guerra; durante a caçada, eles se haviam afastado das montanhas e acabaram sendo acometidos por intensa sede. Vendo árvores no horizonte, no entanto, eles caminharam em direção a elas, e descobriram um vasto e fértil oásis com várias milhas de extensão e repleto de fontes de água. Foi por esse oásis que Infadus sugeriu que voltássemos, e a ideia nos pareceu muito boa, pois assim escaparíamos dos rigores da travessia na montanha. Alguns desses caçadores estivam presentes para nos guiar até o oásis, de onde, afirmaram eles, puderam ver, mais distantes, outros pontos férteis no deserto[33].

33 Muitas vezes, todos nós ficamos intrigados, tentando entender como tinha sido possível que a mãe de Ignosi, carregando a criança com ela, pudesse ter sobrevivido aos perigos de sua jornada pelas montanhas e pelo deserto, perigos que quase se mostraram fatais para nós. Desde então, ocorreu-me (e repasso a ideia ao leitor assim como ela surgiu em minha mente) que ela deve ter seguido essa segunda rota vagando como Hagar[32b] no deserto. Se ela assim fez, não há mais nada de inexplicável na história, pois, como o próprio Ignosi relatou, ela pode muito bem ter sido apanhada por alguns caçadores de avestruzes antes que ela ou a criança sucumbissem e foi conduzida por eles para o oásis; e daí ela foi seguindo, por etapas, para o país fértil e depois, lentamente, em direção ao sul até Zululândia. – A.Q. (ou Nota do autor) (**32b**) Referência ao fato bíblico em que Abraão mandou embora de casa sua escrava Agar ou Hagar que lhe dera o filho Ismael; e mãe e filho ficaram vagando pelo deserto (Gênesis, 21, 8-20). (N.T.)

Viajando tranquilamente, na noite do quarto dia nos encontramos mais uma vez na crista das montanhas que separam Kukuanalândia do deserto, que se estendia em ondas de areia a nossos pés, cerca de quarenta quilômetros ao norte dos Seios de Sabá.

Na madrugada do dia seguinte, fomos conduzidos à beira de um penhasco muito íngreme, pelo qual devíamos descer e ganhar a planície, seiscentos metros mais abaixo.

Ali nos despedimos daquele verdadeiro amigo e robusto velho guerreiro, Infadus, que solenemente desejou a melhor sorte para nós e quase chorou de emoção.

– Nunca, meus senhores – disse ele –, meus velhos olhos verão alguém como vocês novamente. Ah! a maneira como Incubu abateu os homens na batalha! Ah! pela visão daquele golpe com o qual ele decepou a cabeça de meu irmão Twala! Foi lindo, lindo! Não tenho esperança de ver algo semelhante novamente, exceto talvez em doces sonhos.

Sentimos muito em nos separar dele; de fato, Good ficou tão comovido que deu a ele, como lembrança, (o que poderia ser?) um *monóculo*. Mais tarde descobrimos que ele tinha um de reserva. Infadus ficou encantado, prevendo que a posse desse objeto aumentaria enormemente seu prestígio; e depois de várias tentativas inúteis, finalmente conseguiu ajustá-lo em seu olho. Nunca vi coisa mais ridícula do que aquele velho guerreiro usando um monóculo. Monóculos não combinam com mantos de pele de leopardo e plumas pretas de avestruz.

Então, depois de ver que nossos guias estavam bem carregados com água e provisões e depois de receber uma estrondosa saudação de despedida dos Búfalos, apertamos a mão de Infadus e começamos nossa descida. Foi um trajeto árduo, mas, de qualquer modo, no fim do dia, estávamos na planície, sem sofrer nenhum acidente.

– Você sabe – disse Sir Henry, naquela noite, enquanto estávamos sentados perto do fogo e olhando para os penhascos acima de nós –, acho que existem lugares piores do que

Kukuanalândia no mundo e já vivi momentos mais difíceis do que nos últimos dois meses, embora eu nunca tenha passado momentos tão esquisitos. E vocês, companheiros?

– Eu quase tenho o desejo de voltar – disse Good, com um suspiro.

Quanto a mim, fiquei pensando que tudo está bem quando termina bem. Mas, no decorrer de uma longa vida repleta de episódios, nunca tive momentos de escapar por um triz, como os que passei recentemente. A lembrança dessa batalha ainda me provoca calafrios, e quanto à nossa experiência na câmara do tesouro...!

Na manhã seguinte, iniciamos uma árdua caminhada pelo deserto, levando conosco um bom suprimento de água, carregado por nossos cinco guias e acampamos naquela noite ao ar livre, continuando a caminhada logo ao amanhecer do dia seguinte.

Ao meio-dia do terceiro dia de viagem, avistamos as árvores do oásis de que falavam os guias, e uma hora depois do pôr do sol estávamos caminhando mais uma vez na grama e ouvindo o som de água corrente.

CAPÍTULO 20

O ENCONTRO

E agora chego talvez ao episódio mais estranho de toda essa aventura, que revela como é maravilhoso o desdobramento dos acontecimentos que nos tocam.

Eu caminhava calmamente, um pouco à frente dos outros dois, descendo pelas margens do riacho que atravessa o oásis, até ser engolido pelas famintas areias do deserto, quando, subitamente, parei e esfreguei os olhos diante do que via. Ali, a menos de vinte metros de distância, numa encantadora posição, à sombra de uma espécie de figueira, e voltada para o riacho, havia uma aconchegante cabana, construída mais ou menos segundo o método dos cafres, com capim e juncos, mas com uma porta de fato em vez de um buraco de abelha.

"Que diabos!", pensei comigo mesmo, "uma cabana pode estar fazendo por aqui?" Logo a seguir, a porta da cabana se abriu, e dela saiu mancando um homem branco vestido de peles e com uma enorme barba negra. Achei que o sol do deserto me havia afetado. Era impossível. Nenhum caçador jamais chegou a um lugar como esse. E, com certeza, nenhum caçador jamais haveria de se estabelecer ali. Eu o encarei, continuei fitando nele o olhar, e o mesmo fez o outro homem. Nesse exato momento, Sir Henry e Good chegaram ao local onde eu estava.

– Vejam, meus amigos – disse eu. – Aquilo é um homem branco ou estou ficando louco?

Sir Henry olhou, Good também olhou, e então, de repente, o homem branco de barba negra deu um sonoro grito e veio mancando em nossa direção. Quando já estava bem perto, caiu, parecendo que havia desmaiado.

Com um salto, Sir Henry estava ao lado dele.

– Não é possível! – gritou ele. – *É meu irmão George*!

Com toda essa confusão, outra pessoa, também vestida de peles, saiu da cabana empunhando uma arma e correu em nossa direção. Ao me ver, ele também deu um grito.

– Macumazan – exclamou ele. – Não me conhece mais, meu senhor? Sou Jim, o caçador. Perdi o bilhete que você me deu para entregar a meu senhor e estamos aqui há quase dois anos.

E o sujeito caiu a meus pés e rolou pelo chão, chorando de alegria.

– Seu pateta descuidado! – disse eu. – Você bem que merecia umas boas chibatadas.

Enquanto isso, o homem de barba negra se recuperou e já estava de pé. Ele e Sir Henry se abraçavam efusivamente, sem dizer palavra. Mas qualquer que tenha sido o desentendimento deles no passado (suspeito que tenha sido causado por uma dama, embora nunca tenha perguntado), era evidente que já tinha sido esquecido.

– Meu caro – conseguiu dizer, por fim, Sir Henry –, pensei que você estivesse morto. Transpus as montanhas de Salomão à sua procura. Eu tinha perdido toda a esperança de vê-lo de novo e agora me deparo com você empoleirado no deserto, como um velho *aasvögel* (abutre).

– Tentei cruzar as montanhas de Salomão, perto de dois anos atrás – foi a resposta, proferida na voz hesitante de um homem que teve poucas oportunidades recentes de usar a própria língua –, mas, quando cheguei aqui, uma pedra caiu sobre minha perna e a fraturou, e não consegui mais seguir adiantei nem retornar.

Então eu me aproximei.

– Como vai, sr. Neville? – disse eu. – Lembra-se de mim?

– Ora! – respondeu ele. – Não é o caçador Quatermain, hein! E aquele é Good. Esperem um pouco, companheiros, estou ficando tonto de novo. É tudo tão estranho e, quando um homem deixa de ter esperança, que felicidade!

Naquela noite, em torno da fogueira do acampamento, George Curtis nos contou sua história, que, a seu modo, foi quase tão agitada quanto a nossa e se resumiu no que se segue.

Pouco menos de dois anos antes, ele tinha partido do povoado de Sitanda, para tentar chegar às montanhas de Suliman. Quanto ao bilhete que eu lhe enviara por Jim, esse digno sujeito o perdeu, e ele nunca tinha ouvido falar dele até aquele momento. Mas, agindo de acordo com as informações que recebera dos nativos, ele não se dirigiu para os Seios de Sabá, mas seguiu a rota pela qual tínhamos acabado de descer, configurada em patamares, que é claramente um caminho melhor do que o traçado no plano do velho Da Silvestra.

No deserto, ele e Jim passaram muitas e graves dificuldades, mas finalmente chegaram a esse oásis, onde um terrível acidente acabou selando a sorte de George Curtis. No dia em que chegaram ao oásis, ele estava sentado à beira do riacho, e Jim estava colhendo mel da colmeia de um tipo de abelha sem ferrão, que se encontra no deserto, no alto de um barranco imediatamente acima dele. Nesse afã de colher o mel, uma grande pedra se soltou e caiu sobre a perna direita de George Curtis, fraturando-a gravemente. Desde aquele dia, ficou manco, de modo que ele achou impossível prosseguir ou mesmo retornar. Foi assim que preferiu ficar e correr o risco de morrer no oásis à certeza de perecer no deserto.

No tocante à alimentação, porém, passaram muito bem, pois tinham um bom suprimento de munição, e o oásis era frequentado, especialmente à noite, por grande número de animais de caça, que vinham beber água. Eles os caçavam com as armas de fogo ou preparavam armadilhas; obviamente, se alimentavam com a carne e, depois que suas roupas se desgastaram, utilizavam também as peles para se vestir.

– E assim – concluiu George Curtis –, vivemos por quase dois anos, como um segundo Robinson Crusoé[34] e seu criado, Sexta-feira, esperando desesperadamente que alguns nativos pudessem vir até aqui para nos ajudar, mas nenhum apareceu. Ontem à noite decidimos que Jim deveria me deixar e tentar chegar ao povoado de Sitanda para obter ajuda. Partiria amanhã, mas eu tinha poucas esperanças de voltar a vê-lo. E agora *você*, de todas as pessoas no mundo, *você*, que, como eu imaginava, há muito se havia esquecido de mim, e vivia confortavelmente na velha Inglaterra, *você* toma um caminho ao acaso e me encontra onde menos esperava. É a coisa mais prodigiosa de que já ouvi falar, e a mais abençoada também.

Então Sir Henry começou a lhe contar os principais fatos de nossas aventuras e ficamos em torno da fogueira até tarde da noite.

– Por Júpiter! – disse George Curtis, quando lhe mostrei alguns dos diamantes. – Bem, pelo menos você conseguiu alguma coisa para compensar seus apuros, além de me encontrar nesse estado inútil.

Sir Henry riu.

– Eles pertencem a Quatermain e Good. Fazia parte do acordo que eles deveriam dividir qualquer espólio que pudesse haver.

Essa observação me fez pensar e, depois de falar com Good, disse a Sir Henry que era desejo de nós dois que ele aceitasse um terço dos diamantes, ou, se não quisesse, que sua parte fosse entregue a seu irmão, que havia sofrido ainda mais do que

34 Referência ao romance Robinson Crusoe, de autoria de Daniel Defoe (1660-1731), escritor e jornalista inglês, que narra a vida e as aventuras de um náufrago que vive durante 28 anos numa ilha caribenha. (N.T.)

nós na tentativa de obtê-los. Finalmente, nós o convencemos a consentir com esse arranjo, mas George Curtis só soube disso algum tempo depois.

***

Aqui, nesse ponto, penso que devo terminar minha história. Nossa viagem pelo deserto de volta até o *kraal* de Sitanda foi muito árdua, especialmente porque tínhamos de apoiar George Curtis, cuja perna direita estava realmente muito fraca, e expelia continuamente lascas de osso. Mas conseguimos de algum modo fazer a travessia e dar detalhes a respeito seria apenas reproduzir muito do que nos aconteceu na viagem de ida.

Seis meses depois de nossa nova chegada à casa de Sitanda, onde encontramos nossas armas e outros bens em bom estado, embora o velho malandro que os guardara estivesse muito desgostoso por termos sobrevivido para reivindicá-los, estávamos mais uma vez sãos e salvos em minha pequena propriedade, em Berea, perto de Durban, de onde estou escrevendo agora. E ali me despedi de todos que me haviam acompanhado na mais estranha viagem que já fiz, que posso anexar às muitas e variadas experiências que tive no decorrer de minha vida.

P.S. – No momento em que escrevi a última palavra, um cafre subiu por minha avenida de laranjeiras, trazendo uma carta, que fora buscar no correio. Era uma carta de Sir Henry que transcrevo na íntegra, pois ela fala por si.

1º de outubro de 1884.

Brayley Hall, Yorkshire.

Meu caro Quatermain,

Envio-lhe algumas linhas para lhe dizer que nós três, George, Good e eu, chegamos muito bem, de volta à Inglaterra. Desembarcamos em Southampton e fomos para a cidade. Você deveria ter visto como Good estava elegante no dia seguinte, maravilhosamente barbeado, de sobrecasaca, que lhe caía como uma luva, monóculo novinho em folha, etc., etc. Fui e caminhei no parque com ele, onde encontrei algumas pessoas que conheço, e imediatamente lhes contei a história de suas "lindas pernas brancas". Ele está furioso, especialmente porque uma pessoa indelicada publicou isso numa coluna social de jornal.

Para falar do que realmente interessa, Good e eu levamos os diamantes para a Streeter's para serem avaliados, conforme combinamos, e realmente estou com medo de lhe dizer em quanto os avaliaram, tão elevado é o valor. Dizem que, obviamente, é uma avaliação aproximada e imprecisa, visto que essas pedras nunca foram colocadas no mercado em tais quantidades. Parece que são de excelente qualidade (com exceção de uma ou duas das maiores), e iguais em tudo às melhores pedras brasileiras.

Perguntei-lhes se iriam comprá-las, mas eles disseram que estava além de suas possibilidades e nos recomendaram que as vendêssemos aos poucos, no decorrer de alguns anos, para não inundar o mercado de repente. Eles oferecem, porém, 180 mil por uma parcela muito pequena das pedras.

Você deve voltar para casa, Quatermain, e cuidar dessas coisas, especialmente se insistir em dar o magnífico presente da terça parte, que não pertence a mim, a meu irmão George. Quanto a Good, ele não está bem. Ele se ocupa demais em barbear-se e em aprumar-se. Mas acho que ainda está sofrendo por aquilo que aconteceu a Fulata. Disse-me que, desde seu retorno, não tivera a oportunidade de ver mulher que se comparasse a ela, seja pela aparência, seja pela doçura da expressão.

Quero que volte para cá, meu velho camarada, e compre uma casa aqui por perto. Você já trabalhou demais nesta vida e agora está com muito dinheiro; aqui perto, há um local à venda que lhe conviria perfeitamente. Venha, quanto antes melhor. Você pode terminar de escrever o relato de nossas aventuras a bordo do navio. Nós nos recusamos a contar a história até que seja escrita por você, por medo de que não acreditem em nós. Se partir logo depois de receber esta carta, chegará aqui no Natal, e eu reservei um lugar para você em minha casa. Good e George vão estar presentes; e também, a propósito, seu filho Harry (um modo de pressioná-lo para que você venha). Estive com ele durante uma semana de caça e gostei do rapaz. Ele tem uma mão firme... acertou um tiro de espingarda em minha perna e, depois de remover os chumbinhos, comentou sobre as vantagens de ter um estudante de medicina em cada grupo de caça!

Adeus, meu velho; Não tenho mais nada a dizer, mas sei que você virá, nem que seja para nos agradar.

Seu amigo sincero,

Henry Curtis

P.S. – *As presas do grande elefante macho que matou o pobre Khiva foram colocadas no salão de minha casa, acima do par de chifres de búfalo que você me deu, e são recordações magníficas; e a machadinha com a qual decepei a cabeça de Twala está fixada acima de minha escrivaninha. Eu gostaria que tivesse sido possível trazer também as cotas de malha. Não perca a cesta da pobre Fulata com a qual carregou os diamantes.*

H.C.

Hoje é terça-feira. Há um navio a vapor que zarpa na sexta-feira. Acho realmente que devo aceitar a proposta de Curtis e navegar para a Inglaterra. Mesmo que seja apenas para vê-lo, Harry, meu filho, e cuidar da impressão dessa história, tarefa que não gosto de confiar a mais ninguém.

Allan Quatermain

Impressão e Acabamento
Gráfica Oceano